歴史を複眼で見る

2014〜2024

Hirakawa Sukehiro
平川祐弘

弦書房

装丁　毛利一枝

装画　William Morris's Kelmscott Press in 1896（部分）

目次

第四部　日本語と外国語……239

第五部　書物と私……277

はじめに

『歴史を複眼で見る』は『産経新聞』「正論」欄に、二〇一四年夏から年に十回ほどの割合で二〇二四年夏まで寄稿した文章を集めた随筆集である。

『産経新聞』に寄稿するよう招かれたのは二〇〇九年、私が満七十八の年で、それ以前の私は時々九州の『熊本日日新聞』などに「反体制」ならぬ「反大勢」の意見を述べていた。そんな平川祐弘の中央ジャーナリズムへの登場は遅かった。いや今でも『産経』は中央ではない、右だという見方をする人はいるであろう。

同紙への二〇〇九年から十四年までの五年間の寄稿分は、河出書房新社から『日本の正論』という題の新書版で刊行された。そんなタイトルをつけたのは河出の伊藤靖氏で、私の文章は時事の政論集という感じに編まれてしまい、多少違和感を覚えた。自分の論を「正論」と言い張る人はどこか怪しい。そう天邪鬼《あまのじやく》の私は感じたのである。怪しいのは産経新聞社だけではない、自社の主張は「天の声」と名乗る大新聞も怪しいと思っている。

私は政論を書くにせよ、それを随筆として書くよう心掛けた。その文章のおかげだろうか、遅れて論壇に顔を出した私だが、愛読者もいると見え、文筆家として意外に寿命が長く、いまや「正論」執筆者では最年長である。寄稿数も最多という。かつてその記事は必ず注意して読んだ岡崎久彦氏や中嶋嶺雄氏など当初の新学而會の執筆仲間が姿を消してすでに久しい、淋しいことである。その間、『産経新聞』からは「記事に横文字を入れるなど、社の校閲方針に従わない方は、おやめいただいて結構でございます」という高飛車な御挨拶に接したこともあった。しかし評判は悪くないらしく、是非書き続けてください、と励ます人は『産経』の社内にも、『朝日』の社内にもおられ、拙論への共感をしたためたお葉書をいただいたこともある。

しかし九十三歳となるに及んで、連載記事は整理することにした。雑誌『Ｈａｎａｄａ』に載せた自伝その他は飛鳥新社から出していただく話がつき、この『産経新聞』の随筆も、かつて『熊日』記事を『書物の声　歴史の声』に編んでくれた九州の弦書房にお願いすることにした。

内容に応じて六部に分ける。第一部では世界の中の日本の宗教文化的個性である神道の国柄に触れた。神道や天皇や国体について本書で私が語ることが多いのは、年長者として年頭に寄稿を依頼されれば自ずと神祇が話題に上るからでもあるが、特に二〇一六年秋に天皇様の生前退位のお話があり、有識者会議で私が意見を求められたこと、そしてその前に日本人の宗教的アイデンティティーについてパリからフランス語で単行本を出したことも関係したのであろう。拙著の日本版『西洋人の神道観』は、日本人の盲点にふれたためか、近所の八幡様の宮司さんから「読みました。神道がよく判りました」といわれて、私は恐縮したことがある。河出文庫にもはいった。

そんな次第で神道にも天皇にもふれたが、私は国史家ではない。神道家でもない。日本近代史については、国体明徴化運動は今後も発生するだろうが、それが他を排撃し、日本の言論の自由を圧迫することの無いよう、今から左右両翼の言論人の交流の暢達であることを願っている。

自由主義を奉ずる一大学関係者として昭和の過去を振り返ると、戦前日本の国史学界の大御所の一人は黒板勝美であったが、その弟子筋の平泉澄は、戦時中皇国史観を唱え、国民の動員に大きな役割を演じた。そのかどで戦後大非難を浴びた。もう一人の弟子羽仁五郎は、唯物史観を唱え、戦時中迫害され、戦後左翼の大ヒーローとなった。一九六八年の大学紛争のころは『都市の論理』などで過激派学生の煽動に大きな役割を果たした。しかし虚名もそこまでであった。さてその二人の英才のうちどちらが今なお読むに値するか。そう言われれば、羽仁ではないような気がする。

かくいう私は歴史は好きであったが、昭和二十年代、皇国史観にも唯物史観にも背を向け、複数の外国語をひたすら学び、日本脱出を図った。おかげで日本のほか、北米、フランス、中国、台湾などの大学で教えることを得た。覚えた単語数からいうと、私は東大関係者の中で断然西洋学者に属する。駒場キャンパスでは仏伊語を教え、ダンテ『神曲』等イタリア古典の翻訳者として世間に知られた。しかし内外の大学院では日本を中心に比較文化史を教えた。私が書いた英文テクストのあるものは西洋の大学の日本学の教科書にも載っている。その意味では平川は日本学者なのである。

駒場育ちの教養学士である私は、心がけが旧帝大卒とはよほど違った。片脚は日本、もう片脚は外国におろし「二本脚の学者」が私どもの理想であったので、歴史を複眼で見ると称する所以である。十九世紀風の大学教育が、世界いたるところで、一国・一言語単位であったとするなら、私はインターナショナル、さらにはインターカルチュラルなアプローチを試みた、二十世紀中葉に育った新世代の一人だった。日本の人文社会系の学者で、母国語のみか外国語で外国の書店から立派な書物を刊行した先輩同僚は何人もおられるが、複数の外国で教えたばかりか、（翻訳でなく）自分で複数の外国語で著書を出した人は珍しいだろう。そんな一国特化主義でない私をフランスの『比較文学研究』の女性編集者が「知的一夫多妻主義」polygamie intellectuelle と呼んで笑ったことがある。本書はそんな育ちの一比較文化史家の随筆集である。歴史にしても第二部の「米中日、中韓日の三角関係」などという視角で論じてきた。

具体例を示すと、一九九一年度の東大の私の最後の授業は「文学に現れた太平洋戦争と大東亜戦争」と題し、大学院聴講生も半ばは日本人、半ばはかつて敵対した国々の出身者だった。そうした院生たちを相手に『戦場に架ける橋』、『ビルマの竪琴』、硫黄島で戦死した市丸利之助海軍中将の『米国大統領への手紙』などをとりあげた。その成果は日本語だけでなくおおむね外国語でも発表している。特定の国だけが正しい、と夜郎自大に言い張ることはしていない。そうした教育体験を踏まえた上での第三部「太平洋戦争と大東亜戦争」なのである。

そんな日本語と英語がせめぎ合う学問的戦場を生きて来た私は、日本人の外国語教育問題には発言せずにはいられない（第四部「日本語と外国語」）。私は言葉を通しての文化感覚の涵養に関心がある。そんな私が子供のころから好んで読んだ書物（第五部）や、私と付き合うことの深かった、なつかしい人（第六部）の思い出も添えた。

なお新聞社からゲラがすでに出ていたにもかかわらず、私が掲載をとりやめた記事に次の「正論」がある。折角書いたのに、日の目を見ぬまま没にするのも惜しいから、この記事も落穂拾いに加えて活字にさせていただく。

正論　博士論文を書いた人から書く人へ

授業再開

令和五年四月「大学授業再開」と聞いた途端、昭和四十年代を思い出した。過激派学生が暴れて大学内が無警察状態のあの頃、学生ストライキは未解決のまま、学部当局は授業再開に踏み切った、若手教師の私は緊張して教室に臨んだ。あのヘルメット姿の学生と対峙《たいじ》した時と、今回のシールドで仕切られた対面の授業再開とが奇妙に重なる。片や思想性ウイルス、片や細菌性ウイルスが原因で、いずれも全世界が感染した。問題は、そんな乱世に学問する者はいかに処するか、である。

コロナは本当に終わりか。授業は可能か。市民講座「『源氏物語』を日英両文で読む」は四月一日再開と予告は出た。私も授業はしたい。だが三年辛抱した今となって、変異株に罹りたくない。聴講者は原文やウェイリーの英訳文を声に出して朗読するから、伝染のおそれはある。出席者の自己責任だが、迷惑はかけたくない。結局、再開は十月にまた延びた。

大学教授の任務

教授の主要任務は二つ、教育と研究だ。教室封鎖の紛争時は教育は無理だ。私は事務棟で当直の夜も論文を書き続けた。今回の災害も同じで、蟄居《ちっきょ》しながら精出した。前回は同僚と組んで学内を巡回したが、今回はマスクして一人で散歩する。それ以外は原則、外出しない。紅茶をいれて、書斎でパソコンに向かう。書きだすと夢中で、気がつくと紅茶が冷えている。だが三年続くと、六百五十頁の研究が一冊の英文大著となった。

これを学術博士論文として提出し、公開審査に通れば、九十歳を過ぎた日本の人文学者の英語出版は、ギネス記録か、とひそかに笑みを浮かべる。しかしホモ・サピエンスの寿命は更に伸びるだろうから、やがて抜かれもするだろう。

年甲斐もなく論文提出を口にしたには訳がある。「特輯　博士論文」と題された『比較文学研究』一〇八号（すずさわ書店）が届いたからだ。手にしてぎょっとした。七十年前、大学院に入りたての頃、論文の書き方がわからず、私は困った。いま表紙の「人文系博士論文——理念と現場のはざまで」「海外で博士号を取るということ」「博士論文から本へ」の目次が目に触れるや、あの頃の悩みがよみがえる。一瞬、気分が重くなった。

論文からの逃避

若い研究者には重圧がかかる。最大関心事は昔も今も論文提出だ。二十代の私は、象牙の塔の入口で、何をどう書けばよいかわからず、論文執筆から逃げた。修士二年の春、留学生試験に通った時は、これで論文提出の締切りが延びた、とほっとした。戦後、東大駒場に新設された大学院比較文学比較文化課程の第一回生だった私は、論文を書こうにも、参考すべき先行モデルが皆無《かいむ》で、それだけにひどく迷ったのである。

比較研究者は複数語を駆使せねばならない。外地でその国とは別の言葉を学ぶと一石二鳥になる。それでアルバイトして金を貯めて、留学先のパリからまたさらに独英伊へ留学し、外国語習得にいそしんだ。が、その先どんな論文を書けばよいか、見当がつかない。ただ、こんな研究はしたくない、という見当ははっきりしていた。論文の良し悪しは文章が生きているかどうかだ、とも思った。

独自の視界が開ける

戦後、一番若くて留学した私だが、西洋で長く修業したため、就職は一番遅れた。後輩たちが教授会メンバーなのに私は万年助手。だが意気は盛ん、複眼で見る力がつくと、独自の視界が開け、論文がすなおに書ける。書く骨《こつ》が会得《えとく》され、修士論文『ルネサンスの詩』も、博士論文『和魂洋才の系譜』も、書くのが楽しくて、単行本は世間の評判となった。

七百年前、ダンテは『神曲』で原稿収入は一文も無かったが、平川訳は版を重ねた。イタリア語詩を平明な血の通う日本語詩に訳したからだ。『ダンテ「神曲」講義』にも読者がついた。文筆家として恵まれた私は、いざとなれば筆一本で暮らせる、という若気の自信から、反体制でなく、反大勢《はんたいせい》の意見をしきりと述べた。

フランス語イタリア語教師の私は仏伊語で論文も書き、パリ大学でも教えたが、それに自足せず、英語圏の近代化研究に刺戟され、遅まきながら北米でも暮らし、英語でも発信につとめた。日本と西洋の愛憎関係について英文で主著を出すと、日本文の場合と同様、外国でも毀誉褒貶《きよほうへん》様々だった。

大学で定年を迎えた時は、近隣諸国に比べ言論自由な日本に生れて、まあよかった、と感謝した。そんな歴史感覚の持主だから、『産経新聞』のこの欄に招かれたのだろう。私の「正論」に対して反撥があるのは承知だが、儀礼的遠慮はせず、「自慢臭い」と言われても、本音《ほんね》で語りたい。

今回は *Ghostly Japan as Seen by Lafcadio Hearn* と題して、怪談の作者小泉八雲ことラフカディオ・ハーンを扱うことで、神道の霊の世界を説明した。「神道指令」で軍国主義の共犯者扱いされた宗教文化の見直しである。日本人の比較文学比較文化研究の一モデルとしても読むに値するであろう。

そんな論文の公開審査の傍聴記がもし新聞にも出るなら、学界の学際的な風通しも多少はよくなる。『比較文学研究』には「博論を書いた人から書く人へ」の欄もあった。私も書いた手の内を明かすことで、学問世界に里帰りする次第だ。

私は『和魂洋才の系譜』を紛争後の東大に提出して文学博士号を頂いたが、コロナで書斎に蟄居《ちつきょ》した間に書き上げた英文の大著は駒場の大学院に提出し新制大学院の学術博士号も頂こうと思い、若い主任に問い合わせたのである。論文審査で試される人は論文提出者だけではない、論文を審査する側の教授たちも公開の審査の席上、多数の傍聴者の前で、質疑応答の間にその実力を試される。

そんな光景を想像しておびえた上のこととは思わないが、学内外の論文審査関係者の手間暇《ひま》を苦慮してのことか、博士号を二つも狙う風潮を憂えてのせいか、主任は平川が『小泉八雲が見た神道の国日本』の英語論文を提出することはどうか遠慮していただけないか、とすこぶる丁重な返事をよこした。それで私も遠慮して、ゲラがすでに出ていたにもかかわらず、右の記事の新聞掲載も取り下げたのである。しかしここにこう書いておけば、平川の英語論文がどの程度の水準かと読む好《こう》事家《ずか》も現われるであろう。*Ghostly Japan as Seen by Lafcadio Hearn* は『平川祐弘著作集』外文篇として勉誠出版 Bensei Publishing から刊行されている。

私は西洋の大学でも博士論文審査に加わり、審査報告を書かされたこともある。パリ大学の公開審査は『ル・モンド紙』の学芸欄に参観記が載ることもある。東大駒場が公開審査に踏み切った時は『読売』記者に声をかけて参観記を記事にさせたこともある。私はそうした事が学問の励みになる、と思って自己の英文著述がこれからの学徒の比較研究の参照例になりはしないかと思い、論文提出を申し出たのだが、主任はそうは思わなかったらしい。私のような存在を学者の老健とは思わず、学者の老害と感じる人も、世間にはままいるのかもしれない。

アカデミアだけではない。ジャーナリズムも私の意にそむくことがままあった。外部執筆者の記事には、『産経新聞』社側は、社の権利としてタイトル、こみだしをつける。それが必ずしも気に入らないので、本書では私が訂正した場合がある。校閲も丁寧で正確なのは有難いが、校閲の名の下の検閲、と私を憤慨させたことも何度かあった。たとえば「与謝野晶子を造った『源氏物語』」と私が書いたら、「与謝野晶子を作った『源氏物語』」にされてしまった。「造る」は「作る」にするのが『産経新聞』の決まりなのだそうである。そうした校閲統制は不可解である。本書ではなるべく元に戻した。

この「はじめに」と「おわりに」は『歴史を複眼で見る』の著者の自己紹介である。皆様がこの随筆集を読んでお楽しみいただければ有難い。

第一部

日本の国柄

世界史に刻まれる「昭和」の時代

昭和をどう総括するか

大正デモクラシーに引き続く昭和は激動期であった。昭和をどう総括すべきか。近代史を論ずるには複眼が求められる。いま角度をひろげ世界史の中で昭和天皇とヴィクトリア女王を比べてみたい。昭和天皇の時代は一九二六年から六十四年続いた。これはヴィクトリア女王の時代が一八三七年から六十五年続いたのに匹敵する。女王の時代、英国は植民地をひろげ、世界最初の近代産業国家となり、大英帝国は最盛期を迎えた。それに対し昭和の日本は、惨敗を喫した。だが気がつくと英国を抜く産業大国となっていた。

ヴィクトリア女王は一八一九年に生まれた。英国がシンガポールを領有した年である。崩御《ほうぎょ》の一九〇一年、ロンドンに居合わせた夏目漱石は一月二十二日の日記に書いた「The Queen is sinking. ほとゝぎす届く。子規尚生きてあり」。陛下の重態が「女王は沈みつつあり」と新聞に報ぜられたとき、大英帝国の人にはQueen's Navyの旗艦沈没の連想が浮んだことだろう。

その夜、女王は亡くなり、二月二日、白に赤でもって覆われた柩《ひつぎ》がハイド・パークを通った。漱石は下宿屋の親爺《おやじ》に肩車してもらって葬列を見た。

天皇・鈴木・グルー

ヴィクトリア女王が崩御した年は明治三十四年だが、その四月二十九日、昭和天皇は生まれた。昭和には二重のドラマがあった。軍国日本の壊滅《かいめつ》と経済大国の蘇生《そせい》である。注目すべきは、昭和天皇が降伏を余儀なくされながら、その後も君主の地位にとどまり、国民の敬愛を受け、廃墟の復興と繁栄を目のあたりにしたことだろう。

天皇が地位を保全したについて、安直な歴史家はマッカーサー総司令官が占領を円滑に行なうために天皇の権威を利用したからと説明するが、ではなぜ昭和天皇は敗戦後も国民に圧倒的に支持されたのか。それは天皇の聖断による終戦の決定が玉音放送によって伝えられたからである。

昭和十一年、天皇は斎藤実前首相、岡田啓介首相、鈴木貫太郎侍従長らが襲われた二・二六事変の際、激怒し、反軍部ファシズムの態度を内外に示した。日本は昭和二十年、その鈴木首相らの努力によって和平を回復する。その際、日本の終戦意図を察知した米国務省の次官はかつて二・二六の前夜に米国大使館へ斎藤や鈴木を招いた知日派のグルー大使であった。クーデターの際と終戦の際と、日米双方には昭和天皇の意を解する人が揃っていた。それだからこそ平和は回復されたのである。

西洋植民主義は問題ないのか

敗戦国が不死鳥《ふじちょう》のように蘇《よみがえ》り、経済大国となるに及んで、日本叩きは再開され、昭和天皇に対する戦争責任追及も蒸し返された。しかしヴィクトリア女王に対し、阿片戦争の戦争責任や香港植民地化の責任追及は行なわれない。立憲君主に法的責任はないからだ。

また日本の植民地支配を問題とするなら、英仏蘭米の植民地支配こそ問題とせねばならない。渡米して英国軍と戦ったフランス人ラファイエットが米国独立を助けた英雄と評価されるなら、シンガポールを落とし、南方から西洋勢力を駆逐し、昭和十八年、大東亜会議を開き、アジア各国に独立を約束した日本に植民地解放の功績が全くなかったとは言えまい。

華夷秩序は復活するか

国家には栄枯盛衰《えいこせいすい》がある。今日、世界第一の国はどこかと聞かれるなら、米国と答えるだろう。だが戦前、私は幼稚園で、日本は別格として、世界一は英国であった。七つの海を制した英国だからこそ世界の共通商業語は英語なのであり、米国が超大国となるに及んで英語の地位はゆるぎないものとなった。

明治維新は日本人が第一外国語を漢文から英語に切り換えた文化史的大転換で、福沢諭吉がその旗振りである。私はそんな「脱漢入英《だつかんにゅうえい》」の福沢の支持者だけに、習近平主席が唱える「中国の夢」が実現し、華夷《かい》秩序が復活、東アジアの人が中国語を強制される日がきたら、それこそ一大事だと思っている。

だが文明の興亡はめまぐるしい。米国と並ぶ超大国と目されたソ連は、昭和前期には社会主義建設の天国のごとく喧伝《けんでん》された。だが実態は逆で、スターリンの少数民族強制移住だけでも千数百万人の犠牲者を出した。中華人民共和国は、さすが大国で、毛沢東の大躍進や文化大革命の際にソ連をうわまわる二千数百万の死者を出した。私は人間が単純で歴史を直視するから、そんな国でなく日本人に生まれて、まあよかったと思っている。

平成に安んずるなかれ

世界史で昭和天皇のような波瀾《はらん》を経て、天寿を全うされた君主は稀《まれ》である。君民相和《くんみんあいわ》すというが、日本人が戦中戦後、天皇を敬愛し誠実な天皇がそれに応えたからで、有難いことである。

平成に安んじる人には、そんな古風なお国柄はわからないかもしれない。戦争世代で不慮の死をとげた人には気の毒だが、敗戦と復興を生き抜いた一身二生の経験は悪くなかった。巨視的に眺めれば、昭和はヴィクトリア女王の時代に匹敵する時代だったのではあるまいか。(二〇一五・五・六)

「和諧」を良しとする日本を誇る

神田明神と天満宮

今年（平成二十七年）の御用始めの日、東京神田明神は善男善女であふれた。テレビはご利益《りやく》を願う人々の参拝と報じたが、柏手を打つ人の多くはここに平将門《たいらのまさかど》が祀《まつ》られているとは知らない。京都北野天満宮の境内には元旦からお賽銭《さいせん》を投げる人があふれた。受験合格を祈る本人やその親である。ここに菅原道真が祀られているとは承知だが、しかし天神様が崇《あが》められたのは道真の祟《たた》りを恐れたからだとは知らない。

平安朝の日本で皇位を奪おうとした将門は類を見ない悪人だが、その乱の際、八幡大菩薩が将門を新皇にする託宣を下した。それを取りついだのが道真の霊で『北野天神縁起』には道真は雷神となり、清涼殿に落雷し、廷臣を殺し、醍醐天皇も地獄に落ちたとされる。

善人も悪人も神になる

祟《たた》ると崇《あが》めるとは字も似るが、祟りが怖ろしいから崇めたのだ。だがそんな荒ぶる御霊《ごりょう》が鎮魂慰《ちんこんい》撫《ぶ》されて今では利生《りしょう》の神、学問の神として尊崇される。神道では善人も悪人も神になる。本居宣長は「善神《よきかみ》にこひねぎ……悪神《あしきかみ》をも和《なご》め祭る」と『直毘霊《なおびのみたま》』で説いた。鎮魂は正邪や敵味方の別を超えて行なわれてこそ意味がある。

読売新聞の渡辺恒雄氏は宗教的感受性が私と違うらしく、絞首刑に処された人の分祀《ぶんし》を口にした。私は「死人を区別するのか」と感じる。解決の目途《めど》も立たぬまま大陸に戦線を拡大した昭和日本の軍部は愚かだと思うが、だからといって政治を慰霊の場に持ち込むのは非礼だ。

靖国神社は日本軍国主義の問題と決めてかかる人が国内外にいるが、そうした狭い視野で考えていいことか。非業《ひごう》の死を遂げた者はかつて外国では宗教的・政治的にどのように扱われたか。

ゴッドの敵は許さない

聖徳太子は十七条憲法の第一条で「和ヲ以テ貴シトナス」と述べて複数価値の容認と平和共存を優先したが、これは世界史的に珍しい。大宗教はまず唯一神への信仰を求める。モーセの十戒は「わたしのほかに、なにものも神としてはならない」を第一条とする。それだから敵は地獄に落とす。ゴッドの掟に背く者は許さない。

キリスト教ではオフェリアの場合がそうだが、神の掟に背いて自殺した者の葬式を教会は行なわない。オフェリアが入水するやハムレットは激怒して「土の中へ遺骸を入れい」と詰め寄るが僧院長は埋葬を肯《がえ》んじない。しかし作者シェイクスピアの同情は明らかにオフェリアの側にある。そして今では英国国教会も自殺者は地獄に落ちるなどとはいわなくなった。

敵対者の墓は造らせない。遺骸《いがい》は野辺に晒《さら》す。この仮借《かしやく》ない罰をくらった著名な例は『神曲』に登場するマンフレーディ王で、法王軍と戦って死んだ王はいわばA級戦犯並みの扱いを受けた。敗残の部下は一人が一個ずつ小石を遺骸に積んで戦場を去ったが、法王は葬ることを許さない。死骸を掘り出してヴェルデ川のほとりに捨てた。それで今も「雨に打たれ風に曝《さら》されている」。だが作者ダンテの同情は明らかに菩提《ぼだい》を弔ってくれと願うマンフレーディの側にある。敵の墓を暴《あば》くのは野蛮の残滓《ざんし》である。

刑死者もまた祀るべきである

欧州も変わり出した。慰霊に際し戦争犯罪人や刑死者を除くべきではないとする考え方が受入れられ始めた。

百年前の第一次世界大戦では戦線離脱、利敵行為など軍紀違反で銃殺された兵士は英仏で二千名にのぼる。だが戦後七十年が経つとフランスでは処刑された者も「苛酷な戦闘におとらぬ苛酷な軍紀の犠牲者」として「国民の歴史的記憶の中に迎え入れるべきである」という主張がなされた（ジョスパン首相）。当初は軍法会議で銃殺された兵士を許すことに猛反対したサルコジだが、自分が大統領になるや同意した。次のオランド大統領は刑死者の慰霊は当然で左右両翼の合意ができた以上、軍事法廷の判決内容の是非は問わない、とした（『ル・モンド』二〇一三年十一月九日）。

そのような事情を勘案すれば、日本の皇室も閣僚も国のために命を落とした人の霊のために祈るのは当然だろう。靖国神社には昭和天皇の身代わりに死んだ人も祀られているのである。

墓をあばく国

　だが中国では敵は死んでも許さない。日本と組んで大東亜共栄圏を確立しようとした中国人は漢奸《かん》として処刑され、日本の敗戦前に死んだ汪兆銘の墓は戦後国民党の手でダイナマイトで爆破された。

　今はときめく共産党首脳とても将来は不安だ。周恩来も鄧小平も死ぬと空から撒骨《さんこつ》させた。墓を造ればいつか壊されることを懼《おそ》れてのことだと故周総理を尊敬してやまぬ中国人学生たちも言った（もっとも死後も自分の思い出は同胞に愛されると確信した共青団の胡耀邦は墓を造らせた）。

　韓国も酷薄である。二十世紀のはじめ、中露よりはましと日本と協力して国の近代化につとめた政治家の子孫は親日派として百年後も吊し上げられ、先祖の墓をあばくことを強要される。だが日韓併合にかかわった先祖の墓をあばくと、子孫はそれで許されるどころか、今度は不幸者の烙印《らくいん》を押される。

　私はそんな不寛容な国でなく、和諧《わかい》を良しとする日本に生まれて、まあよかったと思っている。

（二〇一五・二・四）

複眼の士を養成する教養主義

「台風を放棄する」と憲法に書けば、台風は日本に来なくなりますか、と田中美知太郎（一九〇二－一九八五）は問うた。世間には「戦争を放棄する」と憲法九条に書いてあるから戦争がないような言辞を弄する者がいる。田中は戦争被害者で焼夷弾で焼かれた顔は恐ろしかったが、そう問うことで蒙《もう》を啓《ひら》く発言には笑いと真実があった。

一九六〇年、国会前は「安保反対」で荒れた。多くの名士はデモを支持した。だが大内兵衛、清水幾太郎など社会科学者の主張は傾向的だったものだから、今では古びて読むにたえない。ところがギリシャ哲学者田中の発言は古びない。今年の国会でも維新の党の議員が「台風放棄」説を引用した。

論壇人の賞味期限

興味あるのは論壇名士の賞味期限だ。人民民主主義を擁護した社会科学者の賞味期限はとうに切れたが、田中は違う。複数の外国語に通じた人文学者の常識——プラトンの対話を講ずる一見浮世離れの田中の論壇時評のコモン・センスを私は信用した。またドイツ語でマルクスを読んで有難がる社会科学者よりも、東独からの逃亡者と生きたドイツ語で会話する竹山道雄（一九〇三－一九八四）の判断の方を信用した。私はいま竹山の往年の新聞コラムを本に編んでいるが、その安保騒動批判は今でも通用する。「米軍がいると戦争が近づく、いなければ遠のく——、多くの人がこう考えている。しかしあべこべに、米軍がいると戦争が遠のくがいなければ近づく」と考えるのが竹山だった。習近平中国の露骨な膨張大国主義に直面して日本人の考えはいまや後者の方に傾いた。半世紀前は新保守主義とか教養主義とか揶揄《やゆ》された田中や竹山だが、どうしてその判断は捨てたものではない。

そんな大正教養主義世代を敬重するだけに、日本の高等教育における教養主義の衰退に私は危惧《きぐ》の念を抱く。かくいう私は later specialization を良しとした。ところが近年文部科学省は、そんな専門化への特化を先延ばしする教養主義を排し、早く結果の出る専門主義を推している。

外国語による自己主張の訓練を

教養教育批判が出るについては、従来の教養部の実態に問題もあったろう。しかし私は教養主義を奉じた旧制高校で学び、新制大学では教養学部の教養学科を出、教養学士の学位号を持つ者だ。おかげで八十代でも英語でもフランス語でも本を出している。恩恵を感じるだけに、教養主義の復権を唱えずにはいられない。私が学際的につきあった人は理系社会系を問わず詩文の教養があり外国語が達者な人が多かった。外国人と食卓で豊かな会話もできぬような専門家では淋しいではないか。

では二十一世紀の要請に応え得る教養人の形成は具体的にどうするか、その一石二鳥の語学教育法を披露したい。

人文主義的な教養教育の基礎は外国語古典の講読で、徳川時代は漢文、明治・大正・昭和前期は高校では独仏の短編などを習った。西洋では以前はラテン・ギリシャ les humanités classiques を習ったが、近年は近代語 les humanités modernes へ重点が移行した。

英語の読み書き話しの力はグローバル人材に必要だが、問題は有限の時間を効率的に使うこと。そのために英語と共に国際関係・歴史など別の科目も同時に学ぶこと。たとえば教材にルーズベルトの対日宣戦布告、チャーチルの演説、ポツダム宣言なども用いれば外国が日本をどう見たかもわかる。

そして日本側の非とともに理のあるところも考えさせ、外国語による自己主張も訓練せねばならない。そのためには日本人であることに自信のある人が望ましい。

複眼の士の養成が大学の任務

『源氏物語』を原文とウェイリー英訳とともに講読すれば、外国語を学びながら自己の日本人性にも目覚める。平安朝の洗練を知れば、日本人として妙な自己卑下はしないだろう。もっともこんな授業は大学院でも無理かもしれないが。

しかし、文化的無国籍者でなく、世界に通用する日本人を育てることは国防上からも大切だ。そんな日本と外国に二本の足をおろして活躍できる人を育てることこそが教養教育の王道で、複眼の士を養成することが大学の任務だろう。

だが今の日本では餅は餅屋式の専門分化の考えが邪魔立てし、一人の教師が『源氏』の原文も英訳も教えるなどできない相談と思いこんでいる。ハーンの英語怪談の日本語原拠を調べることすら英文学の専門の枠外だと思っていたのだから、専門白痴は困ったものだ。これから先は主専攻とともに副専攻を自覚させることが肝心だ。

しかし安倍晋三首相の戦後七十年談話なら一人の教師で原文も英訳も教えることはできるだろう。丁寧に読めば問題点もある。事変、侵略、戦争について日本語では主語が不特定多数だが、英文では主語はわれわれ日本で「二度と武力の威嚇はしない」と誓うのだから日本は侵略したと読める、などと指摘する人も出てこよう。そうした文法的・歴史的かつ政治的問題を学生と議論することこそ大切だ。

（二〇一五・十一・二）

人口抑制は「愚策」か「賢策」か

平成の日本は少子高齢化がとまらない。世間は人口が減って国勢が衰えると懸念している。だが昭和初年は今とは逆で人口増が心配の種だった。当時は日本人の過半は農業に従事し、日本の主要輸出品は生糸《きいと》で、工業製品ではなかった。狭い国土で人間が増え続けたらどうなるか。「これでもう少し人の数が少なければ日本は天国だが」と父は言った。農耕可能面積は国土の十六パーセント。「耕シテ天ニ至ル。貧シイ哉」と来日中国人が言った。この増え続ける人口の捌《は》け口を一体どこに求めるのか。

間引きによる口べらし

明治半ばまで三千万といわれた人口は、千九百三十年代には七千万、台湾・朝鮮を加えると一億。衛生の普及、幼児死亡率の低下で、平均寿命は四十代半ばまで延びた。となると、この数の人間をどうやって食わすのか。人口増加を示す国勢調査の結果を手放しで喜べない。

そんな日本人をフランス人神父が唯物論者だといった。ポピュレーションを測る単位が日本では人口と「口」で数えるのに対し、フランスではアーム âme「魂」で数える。キリスト教国では教会が人口を把握していたからだ。今でもカトリック神父は人間が恣意《しい》的に産児制限するなど神意にもとると説教している。

人口増に対する日本の第一の解決策は、徳川時代以来、間引きだった。柳田国男は明治二十一年、茨城へ行き、どの家にも子供は二人しかいない。それはその後に生まれた赤子は親が口べらしのために殺すからだと知ってショックを受けた。利根川べりの地蔵堂に絵馬が掛けてあり「その図柄は産褥《さんじょく》の女が鉢巻を締めて生まれたばかりの嬰児《えいじ》を抑えつけているという悲惨なものであった。障子にその女の影絵が映り、それに角が生えている。その傍に地蔵様が立って泣いているというその意味を、私は子供心に理解し、寒いような心になったことを今も「憶えている」と記した。明治四十三年作の長塚節『土』にも農婦の堕胎の様が描かれている。二十世紀になっても日本の田舎ではそんな形で口べらしをしていたのである。

満州の地に求めたはけ口

人口増に対する第二の解決策は、移民や植民で、これがより文明的な方策と思われた。そもそもアメリカは欧州からの移民で成立し、シベリアもロシアの植民で開発された。いずれもコロナイゼーションである。大英帝国は七つの海に植民地をひろめた。

だが遅れて国際社会に参入した日本には移民の渡航先も限られていた。太平洋地域ではオーストラリアは白濠主義で日本人を受け付けない。米国は一九二四年（大正十三年）の排日移民法で日本人を締め出し、わが国民感情をいたく刺戟した。その七年後の一九三一年（昭和六年）、関東軍が独走して事変を起し、満州国を建設するや、日本の新聞や国民世論がそれを支持したのは、増大する人口の捌け口を満州の地に求めたからである。万里の長城の外であってみれば、ロシアが沿海州を勢力圏に収めたと同様、中国本土ではないとして日本人に侵略意識は薄かった。

わが移民をカリフォルニアでは受け付けないくせに、米国がそんな日本の大陸経営に文句をつけ、中国の排日を裏で煽るとは何事か、というのが日本人の義憤の念でもあったろう。日本を知るライシャワー博士は、戦前のわが国の膨脹主義は人口増による圧力だと観察した。

バース・コントロールが世界に普及したのは第二次大戦後だ。米国占領軍が日本にいちはやく避妊法をひろめたのは日本が再度膨脹主義になるのを未然に抑止するためもあったろうが、日本人もまた歓迎した。わが国はその方面の先進国で、私が留学した千九百五十年代のフランスでも、六十年代のイタリアでもコンドームはまだ市販されていなかった。夫婦で留学していた私たちは「シエーテ・フルビ！」と言われたことがある。「あなたたちはずるなのね」というほどの意味である。

一人っ子政策と公権力の介入

人口は基礎国力だとするナショナリストは日本にもいたが中国にもいた。毛沢東である。中国で一九五一年、北京大学長に就任した馬寅初《マー・インチュー》が人口抑制の必要を『新人口論』で主張した。それに対し毛が「消費する口は一つだが生産する手は二つだ。人の多いことは武器である」と馬を「中国のマルサス」と批判したから、馬は悲惨な目に会った。

毛沢東が一九七六年に死ぬや馬は復権され、三年後、中国は一人っ子政策に踏み切る。当時の中国は毎年オーストラリアの人口に匹敵する人間を生み出しており、抑制は絶対に必要だった。だが仕事の単位と生活の単位が重なる中国では、官庁・会社・大学などでも主任が下の者に「今度はお宅で子供を産んでもいい」などと割当てる。泣く泣く堕胎を命じられる女子職員もいた。公権力が個人の出産に介入するのは人権問題だ。一人っ子政策の廃止に私もほっとした。隣国にこれ以上自己中心的な「小皇帝」がふえたらはた迷惑である。

ところで日本で人口を増やす名案はあるのか。かつてブルガリアでは独身税を科した。見合い制度の廃れた日本だ。社交ダンスを復活させ男女交際の機会をせいぜいふやすがいい。

（二〇一六・二・二十九）

「ご発言」を退位に直結してよいか

天皇陛下がご意向を示された「生前退位」への対応について、有識者会議の初会合が平成二十八年十月十七日に開かれる。その一人として、論議は自由で闊達《かったつ》でありたい。この際、余計な忖度《そんたく》はせず、空気は読まず、遠慮せず、率直に語らせていただく。

八月、陛下が述べられたお気持を世間はごもっともと重く受け止めた。だが国民多数が好意的とはいえ、御発言を御退位に直結してよいことか。神武天皇以来の歴史を眺めるなら、万世一系の皇統の維持は、枢機卿の選挙で決まるローマ法王と話が違う。「法王もお年で譲位したのだから」という類の先例にならうわけにはいかないだろう。

首相官邸筋がいうように、陛下のお仕事の軽減をまず考えるなら、なるべく早くから摂政が国事を行なう、それでなぜよくないのか。そこをはっきり知りたい。陛下の御発言は今後位を継がれる方みなに関する。もし退位を認める特別法を作れば、先例になり、政治利用も懸念される。弓削《ゆげ》の道鏡は宇佐神宮の御神託を天の声としたが、近年はラディカル・フェミニストが声高に叫び出し、それが天の声になるかもしれない。

法律家や官僚に欠けるのは、日本の伝統文化を巨視的に見る眼がないことで法学部卒の秀才も『源氏物語』を通読すれば退位・譲位に問題が多いことがわかるはずだ。

日本人の心底の願い

小泉純一郎内閣のとき「女性・女系天皇」を認める案をとりまとめようと、古川貞二郎・元官房副長官が「皇室典範に関する有識者会議」を取り仕切った。その会議の進行の拙速に対し、さすがに世間は疑義を呈し不信をつのらせた。天は日本皇室を見捨てず、改正案が提出される前に、紀子様ご懐妊の報で事態が一転した。そのことは国民の記憶に新しい。秋篠宮家の男子誕生に国民が欣《よろこ》んだ。あの歓呼の声は日本人の心底の願いが奈辺《なへん》にあるかを示した。皆が安堵《あんど》したのは、伝統に反する「天皇」擁立《ようりつ》の可能性がそれで一旦立ち消えになったからである。

現行の皇室典範は昭和二十二年に制定され、その規定が皇位継承のルールとなっているが、皇統《こうとう》維持《いじ》のため旧宮家の復活や、皇族による公務維持のための女性宮家の創設などの改正をなぜ早くしなかったのか。皇族方による両陛下のおつとめの代行は実は今でも可能で、英国のチャールズ皇太子夫妻はエリザベス女王に代わり、国事に関する行為や被災者の慰問など多くの公務に携わっている。今の陛下も皇太子として晩年の昭和天皇の代行を勤められた。ただ皇太子殿下が代わっておつとめをなさる際、妃殿下のご不調について心配する声もある。

昭和日本の名誉回復

昭和天皇のご生涯が見事なのは意見対立の中で退位せず、在位六十四年、わが国の敗戦と復興を御一身《ごいっしん》で体現されたことである。負けたままで終わらせずに日本はよみがえった。辛くもあり楽しくもあった昭和天皇の代に生をうけ、日本が平和裡にそっと名誉を回復したことを、私はひそかに誇りにしている。「天皇陛下万歳」と叫んで戦死した人も、戦争裁判で刑死した人も、昭和天皇が御在位のまま天寿を全うされたことを草葉の蔭で喜んだに相違ない。

昭和天皇は激動の時代にあって、国民とともに歩まれ、安寧を祈られた。平成の明仁美智子両陛下もまたご高齢にいたるまで力を尽くして、おつとめを果たされたことは末永く記憶されるだろう。ご自分の口から「全身全霊」と言われた陛下の、この四半世紀は真に充実した歳月であったと拝察する。その皇統が内から崩れるようなことがあってはならない。日本の天皇家は「続く」ことと「祈る」ことに意味がある。

「国民統合の象徴」の意味

世界の皇室外交とは何であったのか。ドイツのウィルヘルム二世はロシヤのニコライ二世に向けて「親愛なニッキー」Dear Nicky, と自分で英語の手紙を書き、相手も「親愛なウィリー」Dear Willy, と応じた。国政に関する権能をこうして駆使した皇帝《カイザー》と皇帝《ツァー》の二人は、フランスを引き込んで、日本に三国干渉を行なった。

だが日本の天皇は、明治時代といえども、そんな政治に関係することはなかった。「天皇は、日本では、魂のように現存する。天皇は常にそこに在り、そして続く。天皇は国を統治しない。ただ耳を傾ける」――フランスのよき日本理解者だったクローデルは大正時代にそう述べた。

憲法学者や官僚は憲法に記載がないと言及しないが、皇室は天照大神《あまてらすおおみかみ》を祖神と仰ぎ、天皇は神道の大祭司《だいさいし》である。万世一系と続く天皇は民族の永生の象徴で、日本の不滅を信ずる民の心のよりどころである。その陛下が祈ることにより死者と生者は結ばれる。それが「国民統合の象徴」の真の意味で、いま生きている人の統合だけではない。

先帝をお送りする御大喪《ごたいそう》あっての新帝の華やかな即位の式典である。大正天皇が亡くなられて、日本の天皇の意味をクローデル大使はじめ世界の心ある人に会得《えとく》させたのは、冬の夜の厳かな大正天皇御大喪の儀によって「死と再生」を参列者に感じさせたからだった。その清らかな宗教文化的伝統を忘れるべきではないだろう。

（二〇一六・十・十二）

天皇が継承される神道文化とは何か

明治神宮は晩秋も樹木が鬱蒼《うっそう》としている。都の中にありながら、山野の中にあるがごとき代々木の森ほど、東京に住んでうれしい場所はない。明治天皇皇后を追慕《ついぼ》し、明治の日本を偲《しの》んで造られたこの森は、人工でありながら、人工の感を与えない。

神宮内苑の厳かさと尊さ

両陛下を祭神に祀《まつ》る明治神宮が大正五年に起工されて百年が経つ。私が子供の昭和初年のころは玉砂利《たまじゃり》を踏みながら軍人さんが粛々《しゅくしゅく》と行進して参拝した。近ごろは参道でさまざまな外国語が耳に入る。

山手線をはさんで東側に明治神宮の外苑がひろがる。花火があがる神宮球場などスポーツ施設や緑地帯が整備された地域で、次のオリンピックでさぞかし賑わうだろう。ここも国民の献金で創建されたが、外苑中央に位置するのが聖徳記念絵画館で、明治を一望する壁画が常時展示されている。修学旅行の高校生は明治神宮だけでなくここにも寄るといい。徳川慶喜の「大政奉還」、西郷隆盛と勝海舟の「江戸開城談判」、明治天皇の「東京御着輦《ごちやくれん》」、横浜湾での「岩倉大使欧米派遣」、「日露役奉天戦」で馬に跨って入城する大山巌総司令官など、教科書で目にした歴史の名場面に再会するだろう。

明治時代とは何であったのか、画を描いた昭和初期の作家は明治をどう認識したのか。――近代日本は西洋列強に対抗し中央集権の国造りに邁進《まいしん》した。聖徳記念絵画館の八十点の絵はその証言である。だが日本の天皇の一代記を、ルイ王朝の一代記とか、ドイツ皇帝《カイザー》の一代記と同じように見てよいのか。もし違いがあるとすれば何か。

十一月二十日まで続く外苑の聖徳記念絵画館の大展示に先立ち、内苑の参集殿で私はそれについて講演し、そのおり聴講者とともに二つの場所を往復した。近代文明の所産のスポーツ競技場、緑地帯、石造の聖徳記念絵画館、日本画と洋画、みなそれぞれに立派である。だが、そんな外苑よりも、代々木の森、池、鳥、そこに鎮座します神宮――この内苑の方が厳かで、尊くて、すがすがしい。この誰もが感じる違いは何を意味するか。

皇室の「聖」と「俗」

内苑と外苑のこの異質感は何に由来するか。それは皇室が有する「聖」と「俗」の二面性に由来する。聖とは英語でいうsacredで、天皇は第一に天照大神《あまてらすおおみかみ》を皇室の祖神《そしん》と仰ぎ神道の祀《まつ》り事を行なう大祭司《だいさいし》である。その宗教文化的伝統の継承者として陛下は国民とともに祈り、先祖の霊を祀り、お勤《つと》めをはたされ御自身も神宮に祀られた。

そして第二の俗secularの面では、憲法に規定される日本国民統合の象徴として国事行為や公務をなされた。それは明治も平成も変わりない。ただ聖徳記念絵画館の画家たちは天皇の国王《キング》としてのおつとめは描いたが、祭司《プリースト》としてのおつとめは描くことが難しく、伊勢の「神宮親謁」「大嘗《だいじょう》祭《さい》」など点数も限られた。皇室のおつとめには視覚化しがたい、厳かで、尊くて、すがすがしい要素がある。それが「聖」の面であり私たちは外苑から内苑にはいると、ここが神域であることを直覚するが、なぜ神々《こうごう》しいのか、口で説明することは難しい。

　ではその聖俗いずれのおつとめが日本の天皇にとり大切か。日露戦争の翌年、明治天皇は詠まれた。

　かみかぜの伊勢の宮居を拝みての後こそきかめ朝まつりごと

天皇家にとり「まつりごと」とは「祭事《まつりごと》」が第一で、天皇は国民にとってまず神道の大祭司である。それだから「伊勢の宮居を拝みて」の後に「まつりごと」の第二である「政事《まつりごと》」の仕事に国王として耳を傾ける。美子皇后も天皇家の一員としてこの信念をわかちもたれた。

　神かぜの伊勢の内外《うちと》の宮柱たててうごかぬ日のみくにかな

「祈る」ことで祖先と「続く」

大切なことは、万世一系の男子世襲の天皇は、神道の宗教文化的伝統の継承者であるということで、だからこそ権力はないが権威がある。いまの憲法に書いてないからといって昨今の法学者は言及せず、官僚は自覚せず、新聞も報じないが、天皇家が民族の永生の象徴であるのは「祈る」ことにより祖先と「続く」からで、存在することに意味がある。皇室には歴史的にそのような聖俗二つの面があることを忘れないようにしたい。

文化や美術は、キリスト教文化とか仏教美術というように、宗教とともに発達した。それぞれ特色があり、イスラム美術は建築・工芸にすぐれるが、神は不可視的存在として偶像崇拝は禁じられ、それゆえ肖像画・人体彫刻は少ない。神道にも似た宗教文化的特性がある。

ルイ大王などと違って明治天皇の一幅の大肖像画や騎馬像がないのは、帝《みかど》を描くことは畏れ多いという感覚が働いたからだろう。御門《みかど》の言葉自体、天皇の御所の明示を避け御所を御門で呼ぶこととした。

聖俗の第一の面、明治天皇が天照大神に祈られた御製は戦前は小学校教科書に載っていた。

とこしへに民やすかれといのるなるわがよをまもれ伊勢のおほかみ
わが國は神のすゑなり神祭る昔の手ぶり忘るなよゆめ

この歌は明治天皇の御子孫や国民への御訓戒と拝察する。謹みて皇室の御安泰を祈る次第である。

（二〇一六・十一・四）

小泉八雲と節子

初め良ければすべて良し

世界は日本の女性の何を良しとしたのか、帰化して小泉八雲と名乗ったハーンと妻節子を見直すことで、夫婦の役割分担をも含む男女の生き方の可能性を考えたい。

一九九〇年、松江でラフカディオ・ハーン来日百年が祝われた時、梶谷泰之教授はハーンが出雲で小泉節子を娶《めと》ったこの初めが良かった、だから文学者として大成した、「初め良ければすべて良し」と叫んで満場を沸かした。All's well that begins well とは All's well that ends well「終わり良ければすべて良し」というシェイクスピアのもじりで、内外の聴衆はそれに笑ったのだが、「良い日本人妻にめぐりあえたハーン」という思いを共有したからこそどよめいたのである。

小泉八雲の家庭生活

詩人萩原朔太郎はこの夫婦の生き方を知るにつれ、感動を禁じ得ず『小泉八雲の家庭生活』を書いた。朔太郎は先妻にも後妻にも逃げられた男であるだけに、羨ましくてならない。ハーン夫妻の情愛と怪談合作の秘訣をこう語った。――ハーンはただの朗読には興味を示さない。物語はすべて夫人自身の主観的の感情や解釈を通じて、実感的に話されねばならない。「本を見る、いけません。ただあなたの話、あなたの言葉、あなたの考でなければいけません」。それゆえ多くのハーンの著作は、書物から得た材料ではなく、妻によって主観的に翻案化され、創作化されたものを、さらにまたハーンが詩文化したものである。

しかし夫人はあくまで謙遜で、田舎の小学校も中退で、良人に対して満足な奉仕ができないと嘆き詫びた。ある時ハーンから萬葉集の歌を質問され、答えられず、泣いて無学を詫びた。その時ハーンは、黙って節子を書架の前に導き、言った。この沢山の自分の本は一体どうして書けたと思うか。みな妻のお前のお蔭で、お前の話を聞いて書いたのである。「あなた学問ある時、私この本書けません。あなた学問ない時、私書けました」。

ハーンは愛憎の振子が激しく揺れる。日本の悪口も言ったが、日本の女だけは終生褒めて変わらなかった。

妻に毎週生活費を渡す西洋

西洋には一定額を妻に渡し毎週それでやりくりするよう命じる夫が多い。私も英国でそんな金の手渡しの場面に居合わせて気まずい思いをした。そんな習慣が続く限り女の側に経済的自立を望む気持が湧くのは当然で、フェミニズム運動は起るべくして起った。

ハーンは自分が受取るべき遺産を横領され貧苦のどん底で悩んだ人だけに金銭に厳しい。一八八四年、生活に多少ゆとりができメキシコ湾へ海水浴に行った折、島のキャビンに鍵はなくあけっぱなしで、呑気な別天地とハーンは喜んだ。それでも「僕はかつて性悪な連中の住む町にいたものだから大金を鍵のかからぬ場所に置いておく気はしない」。そんな男だったが七年後、出雲では土地の人を信用したらしく、宿の畳の上にお金は靴足袋に入れてほうり出したまま泳ぎに行った。

さらに小泉家では妻を信頼し財布の権をゆだねた。これは大きな財布で、西大久保の売屋敷を買って建増しするときも、ハーンは「冬の寒さには困らないように、ストーブをたく室が欲しい、又書斎は西向きに机を置きたい」というだけで、節子が何か相談しても「ただこれだけです。あなたの好きしましょう。宜しい。私ただ書く事少し知るです。外の事知るないです。ママさん、なんぼ上手します」と言った。こうした日本風の夫婦の役割分担を良しとしたハーンだからこそあれだけ仕事に専心できたのだ。これは女性解放に憧れる世代が良しとする夫婦像とはかなり違う姿ではあるまいか。

日本では妻に財布を渡す

日本では多くの人の理想は「進んだ」西洋にある。日本女性が西洋男性と結婚すると、女が男に合わせる。よほど無学でないかぎり、普通は日本女の方が片言の英語を用いて意思疎通をはかる。そのうちに外国語に上達し生活の価値基準も次第に西洋風になる。それはまたグローバル化の風潮にもかなう。

だが小泉家では違う。夫ハーンは郷に入り、日本流に妻に財布を渡し、家事の権をゆだねた。

ハーンはこうして妻の人権を尊重した。そんな節子を「隷従した封建的な女」と誰が言えよう。こんな夫婦の生き方も、それなりに高く評価されることを私は願うが、昔ながらの日本のこの生き方の価値に気づかぬ人は内外に多い。

偏見を抱く人は誰か

詩人ヨネ野口の子イサムを連れて彼を追うように来日した米国女性を映画『レオニー』で松井久子監督はヒロインに仕立てた。節子が生活に困ったレオニーをハーンの長男の英語教師に雇うが、フェミニストの松井は勝手に節子を英語を流暢に喋る人に仕立てた。レオニーに会おうとしないヨネ野口を独善的な日本男としてさげすんだ。だがそんな紋切り型で描くのは実は松井の人種偏見である。ヨネという詩人の身勝手さを道徳的に非難する俗論に対し、シングル・マザーとして来日したレオニーは激しい口調で別れた夫を擁護する投書をしているのだが、頭から日本を否定してかかる人々にはそんなレオニーの言い分は聞こえるべくもなかった。

（二〇一四・十一・二十八）

神道の清々しさ

人のみぬ時とてこころゆるひなくみのおこなひをまもりてしかな

他人が見ていようがいまいが、気を弛《ゆる》めず、身の行ないはきちんと持《じ》したいものです。——この歌は明治天皇の皇后美子《はるこ》が明治四十四年に詠まれた。そんなお説教はどうでもいい、と当世の子女は顔をそむけるかもしれない。いや宮中でも、西洋志向の強い人は、この歌を読み過ごすだろう。だが、比較文化史的に考察すると別様の意味が浮かびあがる。それは日本の皇室が体現してきた神道文化の価値である。

「罪の文化」と「恥の文化」

米国の文化人類学者ルース・ベネディクトは日本の敗戦直後の一九四六年、『菊と刀』を公刊した。彼女の日本文化論は西洋プロテスタント文化を「罪の文化」guilt cultureと規定し、「恥の文化」

shame cultureと呼ぶ日本文化と対比させ、罪の文化では人は内面的な罪の自覚に基づいて行動するが、恥の文化では人は世間という外面的強制力を意識して行動する、と説明した。恥とは他人の批判に対する反応である。

そんなベネディクトの日本人論の翻訳が出るや、東大法学部の川島武宣教授は全面的に賛同し『菊と刀』の国民性分析は「(日本人の)みにくい姿を赤裸々に白日の下にさらすものであって、われわれに深い反省を迫ってやまない」と自己卑下した。だが、日本人は他人の目ばかり気にして行動するとは本当か。

日本には古代から神道がある。その上に外来の宗教文化が次々と重なった。そうしてできたわが国の文化は、世間体のみを気にする「恥の文化」なのか。そのベネディクト説は正しいのか。

日本人が良しとした道徳規範

かつて漢学を学んだ日本人は「俯仰不愧天地《ふぎょうてんちにはじず》」と言い、「仰いでは天に対し、伏しては地に対し恥じない」という孟子の道徳規範を良しとした。

儒教由来のこの訓《おし》えは武士の胸に刻まれたが、それは曲がったことはしたくない、という日本庶民の心根とも合致したから、人口に膾炙《かいしゃ》した。それはまた清らかさを尊ぶ神道由来の日本人の美意識とも重なった。恥ずべき事をしてはお天道《てんとう》様やご先祖様に相済まぬ、という感覚を日本人は、士族にかぎらず、わかちもったし、いまでもわかちもっている。

そのように天を畏れて身を処する人は、世間の義理を欠くことを惧《おそ》れて、外的強制力の下にのみ行動する人ではない。他人が見ていようがいまいが、きちんと身を持《じ》する人は「罪の文化」の人でもなければ「恥の文化」の人でもない。日本人はそうと自覚せずとも実は先祖代々の「神道の文化」に従っている人である。

冒頭のお歌で美子皇后は人間の心掛けをまっすぐにそのまま口にされた。詩というにしてはあまりに直接な訓戒であり自戒のお言葉である。皇后はとくに神道の訓えと考えることなく歌によまれたのだろう。平常のお心掛けがおのずと三十一《みそひと》文字と化したものと拝察する。

倫理的情操を大切に育みたい

だが明治皇后のお歌は日本にはそれなりに神道に根ざした倫理感覚があることをはからずも示した。お歌は日本人一般の心掛けに近い。暁に神社に参拝する自分を思い浮かべてみよう。社頭《しやとう》に立ち、姿勢を正し、柏手《かしわで》を打つ。その胸を張ったときに心に覚えるかすかな気持の張り、──その緊張の瞬間に覚える清らかさ──そこにこそこの「こころゆるひなく」「みのおこなひをまもりてしかな」の心掛けは、おのずと胚胎《はいたい》する。そんな倫理的情操を私たちはやはり大切に育《はぐく》みたい。

わが国は昔は大陸から、明治後は西洋から、文化を採り入れた。それが昭和前期には日本のみを尊しとする夜郎自大の言動や行動も見られた。敗戦を機に今度はそれが逆転し、日本を悪く言えばそれがあたかも正義であるかのような論調となり、一部の学者先生は旧日本を悪しざまに言うことで論壇のヒーローとなった。その知的倒錯の度が過ぎて、人民民主主義万歳を叫ぶ人も出た。

だが幸いわが国は文化大革命をやらかすような野蛮国にならずにすんだ。そんな二十世紀後半の世界史の有為転変にもかかわらず、わが国の論壇では日本を悪く言えば恰好がいいと心得る人が今もなお結構いらっしゃる。

過去七十年、確かに私も外国の良さを多く感じた。だから、多くの時間を外国語学習に費やした。国外に野蛮もあれば偉大もあることは承知している。そして人間いやしくも自己を偉大にしようとする限り、他の偉大を容《い》れるに吝《やぶさ》かなるはずはない。そんな国際主義を奉ずる私だが、それでもそっと言いたい、――私は自分が神道文化の中で育った日本人であることを、誇りにこそ思え、自己卑下するつもりはない、と。


（二〇一七・八・二十一）

神道再評価の時代を祝う

宗教摩擦の時代

日本の宗教文化を外国との関係で再考したい。外国人労働者の来日がふえる。労働力は必要だが、トラブルも生じるだろう。地球が狭くなり宗教摩擦は激化する。では世界の中で神道はどのように見られてきたか。そもそも日本人自身が自分の宗教文化をどの程度自覚してきたか。自己反省の資としたい。

仏教・キリスト教・イスラム教には創始者がいて聖典がある。そこが自然発生的な神道と違う。大陸から仏道が伝わった時、それとは違う信仰が日本にあることが自覚され、神道という名もついた。漢訳仏典を尊んだ聖徳太子は、外来文化導入により勢力を伸ばす蘇我氏と土着文化を奉ずる物部氏との抗争を目撃し、一党の専制支配を懸念して、支配原理でなく「和ヲ以テ貴シトナス」という複数価値の容認と平和共存を国家基本法の第一条に述べた。これは十戒の第一条に「汝我ノホカ何物ヲモ神トスベカラズ」と主張する一神教とまったく異なる態度である。日本の多くの家には仏壇も神棚もある。神道は他宗教との共存を認めるが、ただしそれは他の宗教が神道との共存を認める限りにおいてである。

神道評価の変遷

明治初年に来日したプロテスタント系英米人は神道の価値を低く見た。「仏教の渡来以前から日本に存在した神道とは、神話や漠然とした祖先崇拝や自然崇拝に与えられた名前で、ほとんど宗教の名に値しない。まとまった教義も、聖書経典の類もない」とブラウン、ヘボン、チェンバレンらは言い、神道は文明開化と共に消滅すると予測した。

それに対し神道の重要性を説いた西洋人はラフカディオ・ハーンやフランス大使ポール・クローデルである。小泉八雲ことハーンは神道的な日本を「霊の日本」ghostly Japanと呼び、お盆などの宗教風俗や怪談など日本人の「あの世」を探った。先祖を神棚に祀り、その御霊《みたま》を神として敬うから日本を神国と呼んだ。その日本人の宗教的感情は「元日や一系の天子不二の山」の句に示される。無宗教と自称する人も新幹線の窓から富士山を見ると感動する。元日にはあらたまって神社にお詣りに行く。天皇家が代々続くと民族の永生が感じられて有難い。そんな人は自分は神道家だとはいわないが、神道なのである。クローデルは「富士　神の玉座のごと　はかりしれぬ高さで　雲の海にはこばれて　われらの方へと進みくる」と歌った。白雪をまとった霊峰を「富士、日本の天使は羽衣をまとわせた」ともうたった。カトリックの大詩人にとっては富士山もキリスト教の神を讃える合唱隊の一員だった。

神道は日本の国教か

戦後の日本で神道について斬新な解釈を示した人は上智大の故渡部昇一教授だが、カトリック信者の渡部氏にはクローデルと同様、神道との共存は可能だった。しかし宣教師には神道に反撥する人もいた。西洋には一五四九年のザビエル来日以来の百年を「キリスト教の世紀」と呼び、安土桃山時代の日本は国をあげて改宗したかのように宣伝されていた。

だが禁教令を廃した明治以来の日本はクリスチャンは人口の一パーセントを越えない。すると一部西洋人は神道と天皇制こそキリスト教布教の妨げと考え、日本は神道を天皇崇拝の国教に仕立てた、台北・京城に神宮を建てた、と非難した。それでいて西洋列強が植民地にキリスト教寺院を建設したのは文明化の事業だと肯定した。思い上がりもいいところだ。日本人は天皇をGod-Emperorとして尊崇し、それで日本兵は死をおそれず闘う、という説明が戦争中連合国側で行なわれた。

ゴッドと神の違い

西洋のゴッドは創造主で人を造るが、日本では人が死んで神になる。その違いがあるのに、ゴッド・エンペラーと天皇を呼んだのは、西洋キリスト教を日本に投射して神道とその現人神を説明しようとしたからである。そしてそれはまた、西洋人に潜在する、他の信仰に対する宗教的敵愾心を煽るための戦時下のプロパガンダでもあった。米軍はこの日本人の神道をおそれ、昭和二十年四月、明治神宮を焼夷弾で焼き払い、敗戦後四ヵ月「神道指令」で国家神道の解体を命じた。

神道が日本国民の信仰とされたというが、神道が日本の国教に定められたという史実はない。その証拠に戦争中、国公立の学校に宗教の時間はなかった。日本人は習わないから「神道とは何か」と聞かれて答えられない。しかし知らずとも戦後は神道の悪口だけははやった。

戦争中も日本にとどまった俳句研究家の英国人ブライスは、山梨勝之進学習院長に天皇にまつわる米英人の誤解は解く方がいい、と注意した。ゴッド・エンペラーの呼び方は米英側の発明だが、「天皇」の訳語としては問題がある。「八紘一宇」を私たち日本の中学生は We are all brothers の意味で習った。だが米国ではそれを「日本国民ヲ以テ他ノ民族ニ優越セル民族ニシテ、延テ世界ヲ支配スベキ運命ヲ有ス」の意味だと主張した。皇国日本をナチス・ドイツの極東版とみたてたから生じた曲解で、それこそ「架空ナル観念」であった。

だが幸いに誤解は次第に解け、米国大統領も明治神宮に参拝する。クリスマスの日、バチカンに詣でる人は三十万だが正月に三百万の人が神宮に詣でる。安倍首相は伊勢・志摩でサミットも開いた。目出度い事だ。謹みて伊勢神宮に連なる、神道の大神主であられる皇室の弥栄を祈り上げる。

（二〇一九・一・十）

反捕鯨は日本たたきの感情論だ

私が中国や朝鮮の肩をもったことがある。天安門事件の興奮のまださめやらぬ北京で教えていた私は、外人教師の定宿の友誼賓館に泊まっていた。するとその食堂の一つで犬の肉を出すという掲示が出たという。確認のために中英両文の広告を見に行くと、私の目の前で一西洋人が「Dog meatとはけしからん」と掲示を引き裂いた。昨今のわが国もペット・ブームだ。この英国人の肩を持つ人もいるだろう。

だが北京在住の日本人教師たちの反応は違った。掲示を破ったと聞いてその英国人の自己中心的正義感に鼻白んだ。「でもね、漢字は読めないらしく、破り損ねた中国文の方に狗肉《くにく》と出ていたよ」と私が言うと皆笑った。ドッグ・ミートを食うのは野蛮、と決めつける西洋人に違和感を覚えた私たち日本人教師は、その晩、揃ってその店へ出向くこととし、破られた掲示の残り半分に記された番号に電話で予約した。初めて食べたが、安い羊肉よりも狗肉《くにく》のシャブシャブの方がうまかった。料理長は「あんた方は朝鮮人か」と訊いた。なんでも北朝鮮の要人が来たとき周恩来は狗肉でもてなしたという。

食の禁忌は宗教に由来する

なぜこの話をまた持ち出すのか。地球が狭くなるグローバル化の世界では、少数派の文化や趣味に対し文句を言い、正義面する主流派が増大し増長するからだ。西洋人は犬が食用に供されることを嫌うが、同じ西洋でも馬肉を食べる国民と食べるのを忌み嫌う国民がある。

食文化は歴史的に形成された。さまざまな禁忌《きんき》は多く宗教に由来する。蹄《ひづめ》が分かれず、反芻《はんすう》しない獣、鱗《うろこ》や鰭《ひれ》のない魚などもタブーとなった。徳川五代将軍綱吉の「生類憐《しょうるいあわ》れみの令」は動物生命維持のために他人の行動に干渉した先例だが、犬公方《くぼう》の令は二十二年後に廃止された。仏教信心の善意から出たにせよ、他人に強制するとなると、はた迷惑だ。

グリーンピースとかシー・シェパードの反捕鯨運動は執拗《しつよう》だが、環境保護に名を借りた反日活動で名を売っている。それが英語圏で支持されるのは旧約聖書レビ記にある鯨に対するタブーと無関係ではあるまい。十九世紀米国人は盛んに鯨を殺し燈火用の油は採ったが肉は食べなかった、日本近海に来たメルヴィルの捕鯨小説『モービー・ディック』が出たのは一八五一年。その二年後にペリーは来日し、捕鯨船の給水用にと開港を迫った。

寛容こそ平和共存の規範だ

私は戦争中の疎開先で、家内は戦後の給食で、鯨肉を食べた。そんな世代だけに、反捕鯨を前提とする国際捕鯨委員会（ＩＷＣ）の偏向は手前勝手で面白くない。脱退に賛成だ。ただし日本の捕鯨により鯨の生態系が脅《おびや》かされぬという統計結果を世界に周知させる広報活動が大切だ。というのも近年、日本についてのニュースでこの脱退ほど西洋で頻繁に報道されたのは珍しい。だが露骨な反日報道の中でフランスのテレビは「食文化の問題」と報じた。

この別の視点がはいることが大切だ。生態系を脅かさぬかぎり、また海洋資源の保護が可能なかぎり、他人の食物に苦情は言わない、という食文化に関する地球社会の倫理規範を確立させることが急務だ。日本はノルウェー、アイスランドなどの捕鯨国とともに主張すべきだろう。

世界には豚を食べぬイスラム教徒、牛を食べぬヒンズー教徒などがいる。だが反捕鯨の過激派と違って彼らはよその国まで押しかけて「豚を食べるな」「牛を殺すな」などとデモはしない。その寛容こそが平和共存のグローバル・スタンダードとなるべきだ。

食文化は不変でなく、鯨でなくても栄養は取れる、という意見もある。だが鯨で譲れば次は海豚《いるか》を取るな、黒鮪《まぐろ》を取るな、と言い出すだろう。それが海洋資源保護の観点からの主張なら考慮に値するが、反捕鯨は一種のジャパン・バッシングだ。かつての黄禍論の一変形の感情論と見るべきだろう。

まずは討論で勝たねばならない

富山の料亭で白魚を鉢に泳がせ二杯酢につけて食べた。この踊り喰いの饗応《きようおう》に西洋人の相客が「日本人は残酷だ」と言う。あいまいに同意したが、招待者に悪いから「でもおいしかった」と私は付け足した。すると相客は「日本人は鯨を食べる。残酷だ」と非難を強めた。こうしたことで目くじらを立てると、問題は食習慣を超え、国際間の感情摩擦の火種になる。

他国の食い物を西洋文化の価値基準で判断するグリーンピースの騒ぎようを見かねて、それなら日本も各国のヒンズー教徒やイスラム教徒を誘ってイエローピースを組織し、西洋諸国の食肉処理場のまわりで反対デモでもしたらどうだろう、と二昔前に高知の新聞に書いた。土佐なら鯨の食文化弁護の説に理解があろうと思ったのだが、編集者は私を偏狭なナショナリストと目したと見え、コラムは没になり、一年間の連載予定が二月で打切られた。

それでしつこく再論するのだが、日本の大学法学科ですべき訓練はこの種の論点についての賛成反対のディベートだろう。英語でやれば外国人に負けるから、まず日本語でやる。ただし日本語で討論に勝っても、日本の法学士の英語能力では国際的に通用しない。この言語文化的ハンディキャップをどう克服するかが日本の宿命的な問題だ。

（二〇一九・二・二十七）

真直なる天皇の大きなる道

新天皇徳仁《なるひと》陛下の即位を祝し、天皇家のお歌をかかげ、皇室の弥栄《いやさか》を祈らせていただく。

さしのぼる朝日のごとくさはやかにもたまほしきは心なりけり

明治天皇は人はいかに生きるべきか、心がけをうたわれた。お歌は天皇様はじめだれしもがそうありたいと願う気持である。

日本人とは和歌をよむ人である

外国は日本を the Rising Sun 旭日の国と呼んだ。和歌をよみ心が動くほどの人は日本の民である。一国語、一歴史の民族の間では歌を介して心が通う。私ども昭和一桁世代は小学校で明治天皇御製をお習いした。

あさみどり澄みわたりたる大空の廣きをおのが心ともがな

これが神道の訓《おし》えと私が気づいたのはだいぶ後である。自覚が遅れたのは、敗戦後、占領軍総司令部の否定的な神道解釈の下で教育された私たちは、自国の過去に背を向けがちだったからである。神道には他の一神教と違い「スルナカレ」式の戒めはない。だがお歌には人の人たるべき道がゆったりと示される。清い明るさを良しとする感覚こそ神道の審美感であり倫理感なのだろう。明治天皇は、祖神を伊勢神宮に祀《まつ》る神道のまつりごとこそ天皇家の大切なおつとめと考えられた。国を挙げて西洋化（近代化）につとめた治世の末つ方、明治四十三年に詠まれた。

わがくには神のすゑなり神まつる昔のてぶりわするなよゆめ

近代史を通じ政治に近く位置した天皇は睦仁《むつひと》陛下だが、日本の宗教文化の伝統を守る旨をあらためて強調されたのである。

国民と天皇は祈りを介して結ばれる

天皇が権力者ではないのに権威があるのは、神道を介して国民の上《かみ》の座、すなわちカミの座を世襲的に継がれるから、それで国民と天皇は祈りを通して結ばれるので、その国柄を英語でコンスティチューションと呼ぶと渡部昇一教授は説明したが、その国柄が日本のナショナル・アイデンティティーと私は考える。

紙に書かれた舶来の憲法と違い、これは遥《はる》か以前から日本の歴史に深く根ざしている。美智子陛下も入内され、時を経てから、祈ることの意味を語られた。この祈りとは、政教分離の「教」以前の広義の宗教行為であって、他の宗教と共存する。

一神教でない神道に絶対神はおらず、天皇はゴッドの意味での神でない。また中・独・露のカイザーやツァーの意味での皇帝でもない。天皇は命令しない。国民とともに祈り、ともに人の道を守り、それを誓う。「朕《ちん》ハ爾《なんじ》臣民ト倶《とも》ニ拳拳服膺《けんけんふくよう》」すると私が習った勅語の言葉にあった。わが国では上に立つ陛下も、自分に到達し得ない天を畏《おそ》れ、自ら慎む。目に見えぬ上なる尊いものに対し、私共とともに謙虚に頭を垂れる。

天皇のお務めは祈ることと続くことである

天皇のお務めはなによりも祈ることと続くことにある。天皇家が民族の永生の象徴であるのは「祈る」ことにより「続く」からである。陛下はこの国の死んだ人と生きている人との統合の象徴で、万世一系の天皇を戴《いただ》くことで、日本人は民族の命の永続性を感得する。

我が国は敗北はしたが、国体は護持した。誇るべきことである。神武天皇以来の歴史に比べ、戦後七十余年は短い一時期に過ぎない。宮中祭祀《さいし》がつつがなく続く事を切に願う。

とこしへに民やすかれといのるなるわがよをまもれ伊勢のおほかみ

明治天皇はこう祈願された。平成の明仁《あきひと》陛下も即位の後、緑したたる大和島根の伝統護持のお気持をこう自然に託して歌われた。

いにしへの人も守り来し日の本の森の栄えを共に願はむ

新天皇が「御祖《みおや》みな歩み給ひし真直《ますぐ》なる大きなる道」を進まれることを寿《ことほ》ぎ、この御代替わりにあたり、一人の民として謹みて祝意を述べさせていただく。

（二〇一九・四・三十）

李王殿下と日韓関係の「盲点」

新天皇の令和の御代《みよ》となった。めでたい。万世一系の天子をいただく国に生まれてよかったと多くの人が参賀に集った。個人の命は有限だが、百二十六代の天皇家は、古風にいえば天壌無窮《てんじょうむきゅう》、日本国民の永生の象徴として天地とともに窮《きわ》まりない。

私たちは家族として先祖を敬い、国民として天照大神《あまてらすおおみかみ》を祖神とする天皇家を尊ぶ。国の為に死んだ者は陛下の祈りにより慰霊される。死者と生者は、陛下の祈りにより結ばれる。そんな日本の過去と現在の統合の象徴だからこそ陛下には、権力はないが、権威が有る。人の姿で現われるが、人の上《かみ》なる存在である。平成三十一年四月三十日は大晦日、令和一年五月一日は元旦の気分だった。新しい御代《みよ》が明け、新年を寿《ことほ》ぎお神酒《みき》をいただいた。代替わりには宗教気分がただよう。

和ヲ以テ貴シト為ス

大陸から仏教が伝わったとき、固有の宗教文化を護持する勢力と大陸文化の受容を進める勢力が争ったが、聖徳太子は憲法第一条で「和ヲ以テ貴シト為ス」を国是とされた。今日の言葉でいえば神仏共存の宗教的寛容である。一神教徒は妙に思うらしいが、私たちの家にはそれで神棚も仏壇もある。

令和の和も harmony の意味という。天皇家は我が国の神道の大祭司のお家柄だが、他の宗教文化も、それが神道との共存を認める限り、受け入れてきた。そんなお国柄である。次の憲法には、舶来の翻訳調でなく、「和ヲ以テ貴シト為ス」を前文に掲げたい。皇室典範には祭祀のお勤めも成文化し、皇族数を増やし、男系天子の続くことを祈りたい。

元号の漢字が『万葉集』からと聞いて多くの日本人が喜んだ。結構だが、それは隣国が鬱陶《うっとう》しい。そんな国民感情の裏返しではないか。それで令和の出典が国書にあると喜ぶようだ。しかし漢字で良かった、音《おん》の発音も澄んで響く。目にも映えて美しい。レイワとか Reiwa とか片仮名やローマ字表記の元号では困る。なるほど中国は漢字を使う地域は自国の版図と目し、台湾併呑《へいどん》を唱えたりする。朝鮮は北も南も漢字を廃した。日本人が漢字を使う限り中華の人は優越感を抱くだろうが、しかし度が過ぎた排他的愛国主義を私は好まない。

毛子学院になるのはいつか

ナショナリストの日本人でも、中華料理も洋食もキムチも食べる。和服も洋服も着る。日本が漢文化や西洋文化に汚染されたと私は考えない。政治的には独立は必要だ。だが文化的には漢字仮名混じりの混淆《こんこう》も結構だ。将来、四書五経から元号が選ばれることもあるだろう。

それよりも問題は、中国の共産党政権が孔孟の教えに背くことだ。胡錦濤政権は和諧社会を標榜《ひょうぼう》した。和諧もharmonyだが、理想は口先だけで、農村の貧民と都市の党員富裕層との格差が広がった。孔子は平和主義だが、文化大革命の末期に毛沢東は批林批孔《ひりんひこう》を唱え、吊し上げられた孔子の子孫は生きた心地もなかったろう。

そんな過去はどこ吹く風と人民中国は孔子学院を世界各地に設けた。教育施設を装う政府御用の宣伝機関らしいから、いつ毛子学院と改名してもおかしくない。さすがに『毛主席語録』は教えるまいが、別の主席の語録を習わせるかもしれない。その習主席の「中国の夢」とは覇権国家の夢だ。経済大国中国に、民主化の気配はない。露骨に軍事大国への道を大股で進み出した。見るに見かねて米国が動き出したが、これから東アジアは大変だ。わが国が脅威にさらされる様は日清戦争前にそっくりだ。

日韓王室の交流

文在寅《ムンジェイン》政権の下で韓日関係は悪化の一方だった。善意を悪意で返されてはたまらない。平成年間に天皇がソウル訪問をなさらなくてよかったとつくづく思う。来日する韓国観光客は減らないが、韓国で日本語を習う学生数は減った。それは世界の中の日本の力が減ったからやむを得ない面もあるのだが。

そんな中で特筆すべき事は、李建志《りけんじ》関西学院大学教授の『李垠』の伝記が作品社から出始めたことだ。李垠《りげん》とは五百年続いた李朝の最後の王で大韓帝国の皇太子、日韓併合で大日本帝国の皇族となり梨本宮方子《まさこ》と結婚した李王殿下のことである。韓国人の著者は明確な鋭い日本語で歴史の実態を語る。今まで光のあたらなかった日韓関係の大切な盲点を細部にわたり照らし出す。頭のよい著者はずばずば言う。たとえば「慰安婦像の各地での設置問題は、韓国内にとどまらず海外にまで出張し、慰安婦問題に関する韓国社会の主張を固定させるために想像を誘導する、すなわち思考停止を要求する行為だといえまいか」。

そんな指摘に半島及び日本国内の左派勢力はどう応ずるか。日本人は李王に添い遂げた李方子が、李王の死後も韓国で障害児教育に取り組み、歿後韓国政府から国民勲章第一等を追贈されたことを知っている。『李垠』の伝記は皇室外交がいかなる面をもつものか、その詳細を生き生きと伝える。この重要な歴史書の続刊が待たれる次第だ。

（二〇一九・五・三十）

平成に安んずるなかれ

徳仁《なるひと》陛下の新時代を国民は寿《ことほ》いでいる。この節目に昭和・平成を振返り、令和の日本が果すべき使命について考えたい。平成の日本は、自然災害には襲われたが、人為的攻撃は浴びず軍事災害がなくてよかった。だが僥倖《ぎょうこう》を喜ぶ愚《ぐ》はしたくない。国際場裏に私たちは誰と連帯すべきかを考えたい。

昭和は世界史の奇蹟

平静だった平成に比べ、動乱の昭和は印象が強烈だ。新聞雑誌も革新を唱え「昭和維新の志士」と煽り、一部軍人の驕慢《きょうまん》、無責任、出世主義もあり、国が乱れた。暗殺、テロ、軍部の独断専行……だが、そんな裕仁《ひろひと》陛下の時代には二重のドラマがあった。軍国日本の壊滅と産業大国の蘇生だ。生き残った戦中派が死んだ仲間のために黙々と働いてくれたおかげだ。

ヴィクトリア女王崩御の一九〇一年、明治三十四年に誕生の昭和天皇は、六十五年続いたヴィクトリア朝英国に一年及ばず、昭和六十四（一九八九）年に亡くなられた。天皇は降伏を受諾し和平を回復された。敗戦後も国民に敬愛され、祖国の復興と繁栄を目のあたりにし、天皇の地位を全うされた。そんな例は世界でも稀《まれ》だ。国民の悲願の国体は護持されたのである。

平成元年と令和元年

それに比べ、平成の日本は穏やかに年老いた。平成元年の一九八九年、春に天安門事件、秋にベルリンの壁の崩壊があり、ソ連、中国は冷戦に負けた。日本に対する共産圏からの軍事的・思想的脅威も消滅した。自由の勝利と感じ、私はうれしかった。それで精神の緊張が弛んだ。

明仁《あきひと》陛下即位当時のわが国周辺の環境は、良かった。平成年間は武を知らぬ戦後民主主義世代が表に出た。だが文弱世代が気がつくと、東アジア情勢はきな臭くなっており、この三十年間に悪化し、日清戦争前の地政学的関係に逆戻りした。

令和の初年、朝鮮半島は、核兵器とミサイルを持つ北はもとより、南ももはや日本と価値観を共有する国とは言い難い。文在寅《ムンジエイン》政権は政治的に不健康だ。民族的連帯を最優先し、南北統一のためなら、人権も民主も自由も無視する。左翼民族主義者はやることが強引だ。従来の自国政権が結んだ約束を反故《ほご》にし、反日プロパガンダを高唱《こうしよう》する。韓国の常識は世界の非常識というが、歴代の大統領が次の大統領により投獄され処罰される。死刑執行しないだけが救いだが、そんな復讐政治の悪循環こそ「清算すべき積弊《せきへい》」だろう。民主制のメリットとは政権移譲が平和裏に行なわれることにある。

大中華秩序復活の悪夢

だがさらに厄介な隣国は、経済力を身につけた中国だ。令和元年、米中対立はついに表面化した。改革開放の中国は、市民社会が形成され、民主化に進むかに見えた。しかし習近平国家主席の登場で事態は急変、大中華帝国へ先祖返りだ。習終身国家主席とは習皇帝だ。ポスト・アメリカ時代は地球に中国時代を招来させる、それが「中国の夢」だと黄福論《こうふく》を唱え出した。宇宙をも制する軍事力は、一国だけでは対抗できない。

この中国がもし台湾を併呑するなら、ナチス・ドイツのオーストリア併呑と同様、決定的なターニング・ポイントとなるだろう。昔は海で守られた日本だが、そして今も一応守られているが、わが国は隣国のミサイルの射程内にある。いいかえると政治的・心理的に恫喝《どうかつ》される範囲内にある。しかも日本には外国に通じる分子がいる。敵性国家に対して弱腰の人は多い。諸国民の公正と信義が信頼できぬ今日、「わが国は平和でめでたい、平和憲法のお蔭だ」と口走るのは無責任だ。上に立つ人がもしそんなおめでたい発言をするなら、平成は小成に安んじた三十年といえよう。

国際的に連帯せよ

第二次大戦直後の一九四八年、英国作家ジョージ・オーウェルは、全体主義国家が監視社会となる近未来を予想し、『一九八四年』を書いた。そんな年は先の先と思っていた若い私だったが、その一九八四年は無事に過ぎた。だが、機械文明の成果を駆使して、人民を監視統治する全体主義国家が隣国で現実のものと化しつつある。人々の思想傾向を記録し、その顔を認証する現代版の档案《とうあん》の完成は近い。中国語で dàng'àn ダンアンと発音するが、かつての共産中国では個人の履歴・言動なども手書きで記録し、それが運命を左右した。だがこれからは外国在住の中国人も、いや日本人も含めて、電子機器で記録されるだろう。

私たち日本人は呑気だが、香港では二百万人が街頭デモに繰り出した。逃亡犯条例が成立し中国本土へ引き渡されたら、ナチス・ドイツのゲシュタポに捕まったも同然だ。その香港の運命は次は台湾の運命だ。この際、日本の学長有志は、中国当局に睨まれた学生を受け入れる用意がある旨、声明を出したらどうか。労働移民と異なり、政治難民にはビザを出すべきだ。杉原千畝の精神を生かすべき国際的連帯の時は近づいた。平和立国のスイスはヒトラー・ドイツからの亡命者を受け入れた。私たちは平和を維持し、専制と隷従、圧迫と偏狭をこの地上から除去しようと努めることで国際社会において名誉ある地位を占めることを得るのだ。その使命を忘れてはならない。

（二〇一九・七・十二）

日本の国柄とは何か

ハンチントンの文明分類

サミュエル・ハンチントンは冷戦構造崩壊後の世界を「文明衝突」の時代と予言した。二〇〇一年九月十一日、イスラム過激派が米国で同時多発テロを決行するに及んで、この宗教文明史観は的中したかのごとくであった。

このハーバード大教授は、西洋のアジア専門家の見解に依拠して、世界を宗教文明圏に分類した。米国と欧州連合（EU）はキリスト教圏。中近東、パキスタン、インドネシア、マレーシアはイスラム圏。ロシアやスラブ諸国はギリシャ正教圏。中国、韓国、台湾、シンガポールは儒教圏。インドはヒンズー圏等の単位に収まる。だが日本はうまく収まらず、儒教圏や仏教圏と異質だという。

舶来宗教というファッション

実は誰しも日本の宗教文明の異質性を薄々感じている。大陸文化は古代から尊重された。だが仏道が伝わると、土着の信仰を自覚し、神道と呼び、聖徳太子は「和ヲ以テ貴シトナス」と神仏を共存させた。舶来宗教がもてはやされる様は『源氏物語』に顕著だが、キリシタンも当初は仏教の一派と錯覚され、デウスは大日如来、マリア様は観音様と同様に崇められた。その流行の様は、今日ホテルでキリスト教式の結婚式をあげるのと同じだ。ただしブライダル・チャペルの挙式が多かろうとも、日本がキリスト教国となったわけではない。

葬式も多くは仏式だが、タイ、ミャンマー並みの仏教国とはいえない。現に日本人の多くは「無宗教」と答える。

では儒教圏でないのか。大和言葉の人が漢魂漢才になるとは、菅原道真や紀貫之も思わなかった。仮名書きの和歌や物語が発達し、理想は和魂漢才だ。和魂とは、シナ文化輸入以前の日本人の精神だが、和魂の把握は他者との関係だから、幕末以降の和魂洋才の際は和魂に儒教精神も含む。しかし日本人が東洋精神や武士道を主張したのは、強がりもあった。だから米国に敗れるやインテリは大和魂や神道について黙ってしまった。

伊藤博文の宗教観

ではなぜ日本人は自己の宗教文明史的なアイデンティティーについて自信がないのか。明治二十一年の憲法制定会議で伊藤博文はこう述べた。

「欧州ニ於イテハ宗教ナルモノアリテ憲法政治ガ機軸ヲナシ、深ク人々ノ心ニ浸潤シテ、人心此ニ帰一セリ。シカルニ我国ニアリテハ宗教ナルモノ、ソノ力微弱ニシテ、ヒトツモ国家ノ機軸タルベキモノナシ。仏教ハヒトタビ隆盛ノ勢ヲ張リ、上下ノ人心ヲ繋ギタルモ、今日ニアリテハ既ニ衰退ニ傾キタリ。神道、祖宗ノ遺訓ニ基キ之ヲ祖述スト雖モ、宗教トシテ人心ヲ帰向セシムルノ力ニ乏シ」

それを補うために伊藤は天皇を頂点に戴く「君臣相睦み合う家族国家」を理念とする天皇制という国体を日本に据えた、と一部政治思想家は批判する。

日本は国体を護持した

しかし天皇を戴くについては歴史的必然があった。中国に比べ日本には万世一系の天皇がいる。それが昔から日本人の誇りだった。日本人は天皇様だけは守りたいと願い、国体護持を条件に、昭和二十年八月、降伏を受諾し、立憲君主制を維持した。

祖神が天照大神で神道の大祭司である天皇家は、政治権力はなくとも、権威はある。そんな日本の国体を自己誇大化して讃美したのが皇国史観なら、その裏返しが、神道の説明は出来ずとも、悪口だけは言う、一部知識人の日本観だろう。

自信喪失の敗戦後は、大塚久雄等がまず洋魂洋才が理想だと説いたが、しかし森鷗外が早く見通したように、日本人がそう安々と自己を捨てるはずもない。大和魂が米国占領軍のお達しで禁句となるや、そんなGHQ史観の下で育った一部日本知識人は、私たち比較研究者が日本固有の宗教文化的アイデンティティーについて語ると嫌な顔をする。だが日本の文明史的規定については実証的に語るがよい。

アニミズム系神道文化

たとえば工藤隆は『深層日本論』で日本では神道というアニミズム系文化の基層の上に漢文化や西洋文化の表層が重なって近代化が達成されたと解釈した。先崎彰容の本居宣長論も世間の盲点をついた視座で興味深い。一神教ではゴッドが天地を創造するが、日本では万物は自生する。その一つ一つに霊《アニマ》が宿るとするからアニミズムという。わが国では神道の仏教化以上に、仏教が神道化した。そのことは「山川草木悉皆成仏《さんせんそうもくしっかいじょうぶつ》」が日本人好みの仏典の言葉だと指摘すればわかる。古来の御霊《ごりょう》信仰があるから、日本では死者を「仏さん」と呼ぶ。ほかの仏教圏にそんな例はない。

GHQ史観の後継者たち

徳川時代の漢学者は中華本位の色眼鏡で日本を批判した。今の言葉でいえばチャイナ・スクールの偏見だが、本居宣長はそれを漢意《からごころ》と呼んだ。近頃は日本の宗教学者で西洋一神教本位の色眼鏡で神道を批判する人がいるが、それも西意《からごころ》だと私は言いたい。

戦時中、米軍は天皇と神道を敵視し、明治神宮を爆撃し焼き払った。だがそんなゴッド・エンペラー観の誤りに気づいたからこそ、近年は米国大統領も明治神宮に参拝する。それなのに占領軍の神道指令にいまなお従う、惰性的な官界や守旧的な左翼論壇の人たちは、私たちが天皇のおつとめの巨視的な説明に神道的要素をあげると、「なぜいま国体なのか」と色をなし、大袈裟に騒いでいる。

（二〇一九・八・八）

「和を以て」令和憲法の前文私案

日本をとりまく国際環境は悪化する。それに感づく人がふえたせいか、防衛力増強への反対が減った。以前は「平和憲法を守れ！」とむきになる婦人や宗教者がいて、カルチャー・センターの教室でも場違いな発言をしたが、世間の風向きが変わり出した。クラスのあとお茶を飲みながら憲法改正を口にしても、怖い顔をされない。

知的成熟してきた日本社会

受講者には戦後のベビー・ブーム世代が多い。一九四六年憲法にあやかった憲一という名の人もいる。戦後民主主義の「団塊の世代」だが、学生時代にストを繰返した。戦後教育の感化は続き、昭和天皇崩御の頃、神道について私が比較文化論的見地から講義すると、右翼呼ばわりされた。しかし今は一九六〇年の安保騒動の高調と昨今の安保法制反対の低調にふれても、反撥はない。往年の活動家も「日本のメディアも、野党も、惰性的に反対するだけで能がない」などとソフィスティケートした口をきく。sophisticationとは「知的成熟」とも「不純化」とも訳されるが、「憲法改正について日本のたいていの新聞は民意を読み違えている」という「おとな」の批評には一理も二理もある。

野党は口実を設けて国会で憲法論議を避ける。だがこんな子供じみたサボタージュする政党を世間が支持するだろうか。真っ向から真剣に国防を考えて欲しい。これが人々の本音だ。私のクラスの過半は、外国体験が長いせいか、日本の大新聞やテレビの主張を信用せず、野党幹部に不満を抱き、若手の独立に期待し、もっと「反大勢」の論を書け、と私にもけしかける。憲法前文は暗誦するに足る名文であることが望ましい、と述べたら、では具体的にというから、私案を提案させていただく。

暗誦するに足る憲法

憲法には日本の伝統に則し、しかも世界に通用する精神を高らかに唱いたい。憲法前文を「和を以て貴しとなすの理念を重んじ日本国民は」と始めてはいかがか。平和共存は古代から日本の大原則だ。明治憲法がドイツ製、昭和憲法が米国製の名残があるのに比べ、令和の憲法は、聖徳太子以来の伝統にも依拠したい。

十七条憲法第一条はHarmony is to be valuedと普通英訳されるが、憲法の公式英文ではTolerance is to be valuedと訳したい。二十一世紀は一神教勢力の衝突が懸念される。大宗教の地域的すみわけが終わり、人口移動の加速化で宗教対立に火がつきやすい。国際的にも注目される日本の憲法改正だ。寛容を冒頭に掲げる意義は大きいだろう。

世界の宗教文明の大原則は、モーセの十戒の第一戒のように「汝我のほか何物をも神とすべからず」という排他的主張で始まる。Thee *alone* do we worship, and of Thee *alone* do we ask aid.と『コーラン』の英訳にある。聖徳太子は大陸から仏教を採り入れたが、外来文明導入派の蘇我氏と土着宗教維持派の物部氏の抗争を目撃し、日本は「和を以て貴しとなす」がよいとされ、『論語』の言葉を太子流に解釈し、わが国最初の成文法の第一条とした。国民も宗教的に神仏共存、文化的に和魂漢才（後には和魂洋才）の社会を造ってきた。

複数価値の平和共存認める

日本社会には自己の正義を言い立てる者を「わが仏尊し」と冷やかす智慧《ちえ》がある。だが西洋では「わがキリスト尊し」と熱心家の相手に水をさす言いまわしはなかったようだ。イスラム圏で「わがアラー尊し」とか「わがマホメット尊し」などという言葉で相手をたしなめることはできるまい。宗教的寛容の幅が狭いからだ。

政治的寛容のない国は言論の自由もない。大陸中国で毛沢東の権威を担ぐ習近平主席を「わが毛主席尊し」と皮肉ろうものなら、公安当局に逮捕される。だが相手を揶揄し、複数価値の共存を認めることこそデモクラシーの大原則だ。それこそが日本が取るべき道だ。

和の主張は国際的にも意味がある。人民中国も、建前だけかもしれないが、和諧《わかい》社会を理想とした一時期があった。だがそのスローガンは色あせ、新しい中華帝国は高度のテクノロジーを駆使して不満分子を監視する警察国家になりつつある。

日本は違う。新憲法の前文にはわが国が明治維新以来、デモクラシーを国是とした国であることを明確にしたい。そのために、「廣く会議を興し万機公論に決する民主主義国家として日本は」と『五箇条の御誓文』を踏まえてわが国の政治形態を述べるがよいだろう。

また一九四六年憲法からも理想を引き継ぐならば「われらは、平和を維持し、専制と隷従、圧迫と偏狭を地上から除去することに努め、国際社会に於いて名誉ある地位を占めたいと願う」という文言も拾えばよい。

最後に一言。将来天皇の位を継ぐ方の中から宮中祭祀《さいし》は行ないたくないという方が出ることのないよう、天皇は皇室の伝統に基づき祭祀の儀礼を行なう、という趣旨を天皇の国事行為、公的行為として憲法で明文化していただきたい。

（二〇一九・十二・十九）

神道のこころの旅

日本における神道の行方について考えたい。

元日や一系の天子不二の山

大和島根が自然に豊かな環境であるかぎり、神道は末永く続く、と私はひそかに考えている。神道のこころは、神道学の知識などのない人々の間にも、漠然と胸の内に秘められ、本人も知らぬ間にいきいきと息づいている。人の心の中に半ば眠っている宗教感情こそ、実は深く根ざしたなにかである。無意識であるだけに逆に根深い。それが人生の大事な瞬間に目覚める。神道は四季の時の流れと結びついた宗教感情で、季節の命の営みの宗教でもある。初日出におぼえる胸の高鳴りが、日の本の民の宗教心なのだ。その証左に歳時記には新年に天神地祇《てんしんちぎ》にまつわる句が多い。

そんな肯定的な見方に対し、否定的な見方を口にする人もいる。

「近代の神道は、ナチズムと同様に危険である」。戦争中、米国知識人が口にしたそんな過激な見方をグルー前駐日大使がたしなめた。すると、一九四四年二月二日『ニューヨーク・タイムズ』の社説は逆にグルー大使を名ざしで非難した。

タブー視された神道

交戦中の米国でまかり通った神道非難の否定的な見方が、敗戦後、米軍の日本統治の基本方針となった。問題は米国占領軍を解放軍として歓迎した日本側の左翼知識人や新聞人が、その神道悪者説を広めることに協力したことだ。その見方はわが国に根づき、一九五二年の主権回復後も、神道はタブー視され、人々は言及を避けた。戦後日本では思潮の正邪を判断する座標軸が昭和二十年代に敷かれたのである。

優等生タイプだった私は占領下の日本で神道がよくないように教えられるや、敏感に従った。本居宣長も禁書のように遠ざけた。それだけに戦後十数年たって『うひ山ぶみ』を読み、この国学者のすばらしさに驚いた。さらに十数年後、米国でも本居の学問観を教えたりした。ただしだからといって神道を自分から積極的に口にすることはなかった。

神道の大歌人、明治天皇

神道のこころがよく示されるのは明治天皇のお歌で、戦前は義務教育の年ごろにすぐれた和歌が教科書に載っており、おのずと暗記した。

さしのぼる朝日のごとくさはやかにもたまほしきは心なりけり
春の日の光のどけき大ぞらにたちまどふとびのこゑの聞ゆる

これからも良き歌は暗誦したい。そしてこれから先も新しい神社が創建されてこそ、神道は宗教として新しく命がよみがえる。だが誰が、どのような形で御祭神を定めるのか。私たちはこれから先も国の為に命を落とした人を、生前本人がそう望まないと言うならともかく、神として祀《まつ》りたい。

伊勢神宮は天皇家の祖神である天照大神が祀《まつ》られている。天皇はその神道の大祭司である。天皇は代々続くことと祈ることに意味がある。個人は死ぬが子孫や民族は続く、天皇が続くことに民族の永生を感じるからこそ「一系の天子」が有難い。天皇の本質は誰も取って代わることのできない血統によって決まった「存在」にある。天皇に権力はないが権威があるのはそのゆえである。

ライシャワー教授は明治神宮の意味をリンカーン記念堂に比することで米国人に説明した。明治天皇は、リンカーン大統領に相当する歴史的存在であるとした。

しかしワシントンのモール近くにある記念堂は、神宮でいえば外苑に相当するパークで、神宮は内苑こそが別格の神域で、鳥居をくぐった先の代々木の森の中にあればこそ尊い。外苑の聖徳記念絵画館では人は参拝しないが、内苑の拝殿の前では人は謹んで柏手《かしわで》を打つ。

「こころ旅」という日本巡礼

私は自宅から徒歩で参宮橋、そこから西参道を経て御社殿の前へ行く。参拝した後、南参道から原宿へ出、代々木公園を抜けて帰宅する。卒寿の私にはこれが大散歩である。

そんな老体は、テレビで火野正平の自転車の「にっぽん縦断心たび」を見、一緒に全国を旅したつもりでいる。NHKの関係者がどこまで自覚しているか知らないが、あの一行は自転車で実は日本を巡礼している。その尋ねる先は神社やお寺の庭、海辺、大樹、山頂、小学校など、日本人の心のふるさとをたどるが、大和島根には地霊《ちれい》の働きがあるのか、その行く先の多くが神道ゆかりの地である。

日本人の心の行方はどこにあるのか。それは自転車を漕ぐ人に、往時の思い出を手紙で打ち明ける人々の胸の中にある。その人たちのいまは亡き人々を偲ぶ思いが、自転車を漕ぐ人にも、それを見ている私たちにも伝わる。その共感が体験されることが尊い。

松尾芭蕉の『奥の細道』にも神道の巡礼の旅の面影がある。人生の旅路を踏みしめて行く時、光を浴びた瞬間、畏敬の念を覚え、日本のこころを思いもかけずわかちもつ折がある。神道は生きている。

あらたふと青葉若葉の日の光

（二〇二一・一・五）

根無し草では世界で通用しない

終わり良ければすべて良し

開催賛成・反対で国論が当初は二分された二〇二〇東京オリンピック競技大会だが、めでたく終わった。盛り上がった熱戦が過ぎると、オリンピックをやって良かった、との感想が湧く。

一部の人が「五輪中止」を唱えたのは、菅自民党内閣の評判を落とさんがための空騒ぎで、せっかくの祭典に水をさしたのが憎い。反対以外に建設的な対案がなかったのも淋しい。「小学生はコロナに感染した例はない。観客席は子供たちに無料開放しろ」とでも提案すればよかった。

そんなことを言うのは、私にとって一番印象深いオリンピックは、子供の時のベルリン五輪だからだ。一九三六年、入りたての幼稚園でまず日の丸、ついでオリンピックの旗の絵を描かされた。左から青・黄・黒・緑・赤の順で、五つの輪を組む。小学校の体育の先生は、ベルリン・オリンピック視察団の一人で、それだけで後光がさした。

だが特に思い出が深いのは、記録映画『民族の祭典』が数年後封切られたからだ。日独が同盟を結ぼうとしていた時期だから、日本人の活躍を特に際立たせたかと思われるほど、日本選手の奮闘が実に見事に記録されていた。女性監督、レニ・リーフェンシュタールは戦後、ナチスの宣伝映画を作ったと非難されたが、私はそうは思わない。姉と一緒に見た映画にいきなり飛び出したのは、人種主義者、ヒトラーが嫌う黒人選手だったからだ。そのオーエンスが百メートルも走幅跳も一着の米国。だが三段跳は田島直人が勝つ。

一万メートル競走で小柄の村社《むらこそ》講平が、背の高いフィンランド選手たちの前を力走、結局抜かれたが、四着。マラソンも孫《そん》基禎選手と南《なん》昇龍選手が一着と三着、「日本が勝った」と子供心に喜んだ。半島出身の二人は帰国するや朝鮮でも英雄視されたに相違ない、が晩年はどうだったか。胸に日の丸をつけて走った「親日派」と心ない非難を浴びたのではあるまいか。

印象に深く刻まれたのは西田修平、大江季雄《すえお》が米国選手と棒高跳びで競《せり》合ったシーンだ。高さを上げるが、延々と決着がつかない。あたりは次第に暗くなる。死闘は続く。ついに米国選手が一位、西田、大江が二、三位で結着する。そんな名前は記憶されたから、日米開戦劈頭《へきとう》、ルソン島敵前上陸の戦死者を報じる新聞に大江の名が出ていたことも憶えている。

東京オリンピック観戦記

上級生の下級生いじめの巣窟《そうくつ》だった中学の運動部が、敗戦で参加が必修から選択に変った時は、ほっとした。そんな文弱《ぶんじゃく》の私は、前の東京も他の大会も、関心が薄く、一九六四年、女子バレー優勝の際も「鬼の大松《だいまつ》」監督が称揚されると、その猛訓練が、戦時中の新兵のしごきが連想され、嫌だった。

そんな私だから選手名を憶えたのはベルリン大会だけ、そして詳しく観戦したのは、実は今回の東京大会が初めて。不要不急の外出は控え、テレビで驚いた。

女子ソフトボールで三塁手がはじいた飛球を背後にまわったショートがキャッチし、二塁から飛び出した米国選手を刺した。ダブルプレーの奇蹟に、思わず「万歳」と叫んだ。

連日のテレビの合間に牛村圭『ストックホルムの旭日』（中公選書）も読んだ。五輪競技参加で文明国の仲間入りを願った明治以来の先輩の努力を知り、今まで運動部を野蛮と見下してきたことをいささか恥じた。

すばらしい男女混合卓球に見とれる。一旦競技が始まるや、以前は社説で反五輪を説いた大新聞までが、日本の勝利を「金メダル史上最多」と大々的に報じる。大きな写真に日の丸をひろげて躍り上る選手が写る。だがこんな調子でナショナリズムを煽《あお》っていいのか。五輪競技は国家主義か。国際主義ではないのか。それとも無国籍であるべきか。

五輪は国家主義か国際主義か

教師の娘はオリンピックは平和の祭典と教科書通りの答をいい、大学生の孫は五輪は民族間のナショナリズムを増長させる、という。

なるほど「民族の祭典」は無国籍の行事ではない。競技は、国を代表して選手が闘う限り、国家主義を強める。古風な「君が代」が演奏されると心の古層《こそう》が動くが、私はそんな素直な気持を肯定する。そのナショナリズムがあればこそインターナショナリズムも成立する。自国に一本の足を、世界にもう一本の足をおろしてこそ、有用有為《ゆうようゆうい》の人材たりうる。

だが日本のオリンピック関係者には、自国を否定し、自国民を批判すれば、それで国際的に通用する、と勘違いする似非《えせ》国際主義者がいるらしい。「『国民は』という表現は完全な時代遅れだから排除する、日本語は使わず英語しか使わない」。

そんなコンセプトを口にする根無し草人間が、開閉会式を統括するチームの責任者なのだそうだ。そんな人間は国内でも世界でも通用するわけがない。失格だ。オリンピックに携わる者としてもレッド・カードだ。

（二〇二一・一・五）

神道論議をすることはタブーか

川端康成と横光利一

「僕は日本の山河を魂として君の後を生きてゆく。幸い君の遺族に後の憂えはない」。川端康成（一八九九－一九七二）は、友人横光利一（一八九八－一九四七）の葬儀でそう述べた。

敗戦後、日本人が自信を喪失したとき、川端は自国の自然への愛着を述べることで、不遇のうちに死んだ同志へのはなむけとした。

百年前、『文藝春秋』でデビューした横光と川端は、文壇主流の自然主義リアリズムに抗し、現実をあざやかな感覚で表現した。横光は昭和十一年、ヨーロッパへ特派され、半年の滞在後、帰国するや、パリを舞台とする『旅愁』の連載により文壇の寵児となった。

洋行の船上で知り合った矢代耕一郎と宇佐美千鶴子の恋愛を縦糸に、東洋対西洋、伝統対科学といった比較文明論を横糸に織りなした長編で、西洋優位の世界にあって、西洋に憧れる青年久慈と日本的精神主義を重んじる矢代が、パリの空の下で議論の火花を散らす。帰国した矢代と千鶴子の結婚には、古神道とカトリックという信仰や家柄の違いが立ちはだかる。

渡仏前の私は昭和二十年代の半ば『旅愁』で語られる諸問題を自身のものと感じた。「西洋へ行くなら俳句でも能でもいい。日本の伝統文化の一芸を身につけておくがいい」、そんな横光の忠告は今でも通用する。

神道指令と言論統制

横光は戦前・戦中・戦後を通して『旅愁』を書き続けた。敗戦後、改造社はこのベストセラーの再刊で社の再建をはかった。だが作中人物に日本固有の宗教文化の意義を語らせた作品は、戦後、猛烈に非難された。戦前、プロレタリア文学と格闘して文壇に登場した横光だけに、まず左翼から叩かれた。ついで連合軍総司令部（ＧＨＱ）からも睨《にら》まれた。日本兵は天皇を神と信じるから死を恐れない。神道についてそんな説明を宣教師から聞かされた米国占領軍は、日本の「精神的武装解除」を実施すべく、一九四五年十二月「神道指令」を発した。横光は神道に言及している。もうそれだけで横光は占領下の日本で自由に執筆することはできなくなった。

「神道指令」の目的は日本国民を国定宗教への信仰強制からの解放であると前置きして、占領軍はまず神社神道を国家神道と言い換えた。そして天皇を神として崇拝し、日本国民が世界に冠たるものであるとする教義の破棄や、官公立学校における神道教育の廃止を命令した。米国は軍国日本をナチス・ドイツとの類推で解釈しようとした。それでわが国の神道をドイツのナチズムと同列の悪者扱いにしたのである。アメリカ側は、天皇教こそ軍国主義を助長した日本の精神的基礎であると主張した。

だが神道が日本の国教であったわけではない。私と同じ年の深田祐介は、まだ子供だったが、カトリックになるほどの信教の自由は戦時下のわが国にはあった。昭和十八年当時の国史教科書教師用には、島原の乱を教える際は信者の子供が苛められぬようにと注意している。天皇を神様だと言う人はいたが、私たちは御真影の前でお辞儀はするが、柏手《かしわで》を打ちはしない。天皇陛下万歳と叫んだのはナポレオン麾下《きか》のフランス兵が皇帝万歳と叫んだのと同じで、ナポレオンを神様として崇めたわけでもないだろう。

宗教教育はなかった

国公立の学校には戦中も戦後も宗教教育はない。宗教について教わらないから、日本人は神道について質問されてもきちんと答えられない。だが占領軍は神道をドイツの人種主義になぞらえて「八紘一宇」を「日本国民ハ他ノ民族ニ優越セル民族ニシテ、延テ世界ヲ支配スベキ運命ヲ有ス」Japanese are superior to other races and fated to rule the world の意味だと一方的にきめつけた。英語教師の私の叔父は子供に紘と名付けたが、八紘一宇は We are all brothers の意味だと私に言った。国際聯盟創設に際し日本が出した人種差別撤廃提案は多数決で可決されたが、米国のウィルソン大統領に「満場一致でない」という口実で握り潰され、憤慨して反米的になったわが国民だ。日本は米国占領軍が邪推したような、神官が神社で群衆を煽動し戦争に突入させた国ではない。

タブーとなった神道

そんな実態が知れるにつれ、神道指令を発表したGHQのダイク准将は、神道についての米国側の勘違いに気づいたらしい、翌年帰国した。だが占領軍が植え付けた悪者イメージや判断基準は日本に固着した。神道はタブーとなり、口にしてはならぬなにかとなった。

近年、岩波文庫に収められた『旅愁』には十重田裕一氏の手で、占領軍の言論統制により書き換えられた箇所が復元されている。下巻三四五頁にある日本精神の説明の句もその例で、「それが八紘為宇という飛び拡がるような光だよ。もしそれが無ければ日本は闇だ。また世界も闇だ」などと作中人物に手前勝手な発言をさせている。しかしマルロー文化相の「飛び拡がる光」rayonnement de la Culture というフランス文化の説明もまったく似たものだ。

問題は、戦後日本の論壇は、この種の検閲を命じた方は非難せず、作中人物の一人に問題発言をさせたとして作者横光を非難したことだ。

失意のうちに死んだ横光は忘却の淵に沈んだが、その弔い合戦を誓った川端は、『山の音』を書き、もののあわれを解する人と解さぬ人を描くことで、日本的感性がしみわたる、稀に見る名作を書き上げて、一九六八年ノーベル文学賞に輝いた。

（二〇二二・三・三十一）

「国家神道」とは誰が言い出したか

日本の敗戦当時、敵国側の神道理解はどの程度だったか、「国家神道」とは誰が言い出したのか。今の日本人は戦前戦中の日本は国家神道の国であったと理解しているが、当時の日本人は「国家神道」なる日本語は聞いたことがなかった。私も敗戦後初めて聞いた。「国家神道」とは神社神道をさす、と占領軍総司令部が一九四五（昭和二十）年十二月十五日に用いてから State Shinto の訳語として流布した用語であり概念である。

神道は日本のナチズムか

『源氏物語』の英訳が一九三三（昭和八）年に完結したとき、訳者ウェイリーは日本語を独学したと評判となったが、学ぼうにも、当時の英米には本格的に日本語を専門に学べる大学はなかった。その程度の日本理解の水準だった。しかし米国の偉さは一九四三年、勝利の見通しがつくや、戦後の日本処理準備を始めたことで、国務省のボートンらは、当時、最高の日本通といわれた日本勤務三十七年、日本史家でもある、駐米英国公使サンソムの意見をまず聴いた。

「戦後は日本軍部の特権を廃し、議会を強化、議院内閣制を樹立すべきで、天皇制の廃止を強いてはならない」とサンソムは述べ、滞日十年の米国大使グルーも「天皇と天皇制が日本の侵略的軍国主義の根底にあるとみなす人々は歴史の事実にうとい」と言い、軍部関係者により、好戦的選民思想に結びつけられたにせよ、神道を諸悪の根源と言うのは誤りだとした。

しかし、米世論は、敵国ドイツとの類推で、日本を断罪した。天皇はヒトラー、大政翼賛会は日本のナチス党、神道はナチズム、ニュルンベルク裁判の極東版として、東京裁判を開いた。『ニューヨーク・タイムズ』は「近代の神道は、ナチズムと同様、膨張主義の教義と化し、全世界を日本天皇の支配下に統合することを説いている」（一九四四年二月二日）として、「神道は基本的には祖先崇拝」と述べたグルー大使を、「専制的神政政治を擁護するつもりか」と非難した。

「軍国主義」源泉と廃止指令

神道はどう評価されたか。維新前後は尊皇攘夷を叫んだ神道家だが、開国和親の新政府内で力は衰えた。在日英米人は、神道の将来に対し否定的で、サトウ、ヘボン、チェンバレン、アストンらは、「神道は内容空虚で宗教の名に値せず」文明開化とともに消滅する、と判断し、伊勢神宮は掘立小屋程度などといった。

しかし、日清、日露戦争に勝利した日本では神道は盛んとなる。するとチェンバレンはそれを官僚による「新宗教の発明」と呼び、音頭取りの一人は『武士道』の著者だとした。わが国では国際主義者の代表格の新渡戸稲造も、日本愛国教の教祖扱いにされてしまったが、そんな神道に対する恐怖感は、第二次大戦中、自己犠牲をいとわぬ神風特攻隊が出現するに及んで、天皇を現人神《あらひとがみ》とする神道の宗教的狂信ゆえという説明となった。

一九四五年九月二日の降伏文書調印の四日後、ワシントンは米国の初期対日方針を連合軍総司令部（ＧＨＱ）に打電した。

「日本国ハ完全ニ武装解除セラレカツ非軍事化サレルベシ。軍国主義オヨビ侵略主義ノ精神ヲ表示スル制度ハ、強力ニ抑圧セラルベシ。宗教的信仰ノ自由ハ占領トトモニ直チニ宣言セラルベシ。同時ニ、日本人ニ対シ超国家主義的オヨビ軍国主義的組織オヨビ運動ハ、宗教ノ外被ノ陰ニ隠ルルヲ得ザル旨ヲ明示セラルベシ」

「軍国主義」源泉と廃止命令

総司令部は、「日本国民を国定宗教から解放する」と言い、官公立学校における神道教育の廃止を十二月十五日に指令した。なるほど宮城遥拝《ようはい》や勅語《ちょくご》朗読はあった。だがそれで神道を日本の国教だと決めつけるのは無理ではあるまいか。繰返していうが、日本の国公立の学校に宗教の授業はなかった。私は戦前の小学校で神道について習ったことはない。

米占領軍は当初神道を極端に恐れた。秋祭りに復員兵姿の若者が神社境内に集まり太鼓を叩くや「さては反乱か」と動揺した。神道指令を無視し、神道に言及した教授は教職から追放された。さわらぬ神に祟《たた》りなし、と私も神道や国学は長いあいだ敬遠した。

宗教風俗正確に描いたハーン

だが米国にも日本を別様に見る少数の士もいた。十九世紀の末年、小泉八雲ことハーンは出雲の宗教風俗を正確に描いた。マッカーサーに随行した副官フェラーズ準将は厚木に着くや、旧知の女性教育者河井道らに再会した。恵泉学園を創設した河井は日本の国柄を大切にするキリスト教信仰者で、フェラーズ同様、ハーンの愛読者だった。河井の意見を確かめるや、副官は「八月十五日、玉音放送によって平和が回復したことで、民衆はかつてなく天皇を身近に親しく感じている」とマッカーサーに報告した。その経緯は岡本嗣郎『陛下をお救いなさいまし』に詳しい。

戦前は宣教師として在日、戦中は対日情報戦勤務、戦後は総司令部宗教文化資源課で働いたウッダードは、占領軍の宗教政策を論文に総括し、占領軍は日本宗教の中で神道を見せしめに鞭《むち》で叩いた、間違って whipping child に仕立てた、と後年述べている。

正体不明確な国家神道なる観念にこだわり、非難する評論家や学者が日本にはいまなお多い。山口輝臣編『戦後史のなかの「国家神道」』（山川出版社）には朴輪貞の皮肉な指摘がある。日本の教科書には、いつ形成されたか説明もないのに、国家神道の解体だけは記されている、と。

そんな State Shinto の正体とは何か。宗教学的解明より、戦時下米国の反日プロパガンダで創られた悪玉イメージとして調べる方が先決ではあるまいか。

（二〇二二・五・二十七）

安倍晋三元首相の死に国葬を

日本の世界的政治家

安倍晋三氏が凶弾に倒れ、日本は世界に向けて説得的に語り得る稀代の大政治家を失った。安倍晋三は伊藤博文以来のわが国が生んだ最大の世界的政治家であった。ロシアのプーチン大統領すらも個人的な感懐の情を述べずにいられなかった。モスクワの日本大使館には弔意を示す花束が届けられた。これは世界の多くの国の日本大使館で見られたことであろう。安倍氏の死は国家的に、いや国際的にも大損失である。痛恨の念を禁じ得ない。日本国は国葬によって安倍晋三氏の非業の死を弔うべきではあるまいか。

なぜ安倍氏は伊藤博文と並んで、世界的大政治家であり得たか。二人とも世界史の中の日本の位置と進むべき方向がよく見えた例外者であったからである。具体例に即して説明すると、かつて日本の首相で、その英語演説で相手を沸かせた人は、岩倉使節団の副使としてサンフランシスコで大喝采を博した伊藤博文と、ワシントンの上下両院議員を前にして講演した安倍晋三の二人だけだった。

旧暦明治四年十二月十四日、西暦の一八七二年一月二十二日の夜、サンフランシスコのグランドホテルで開かれた歓迎晩餐会の席で、岩倉具視大使は烏帽子直垂《えぼしひたたれ》姿で挨拶し、その言葉は駐日米国公使デロングが通訳した。次いで末席副使の伊藤博文が、上席副使の木戸孝允、大久保利通をさしおいて、登壇した。

満三十歳の伊藤は臆するところなく、はっきりとわかる英語でスピーチを始めた。「日の丸はもはや日本を封ぜし封蝋《ふうろう》ではなく、昇る朝日である」と開国和親の大方針を巧みな譬《たと》えで述べた。伊藤はそれまですでに二回にわたり長期に海外体験をしたとはいえ、手紙の封蝋（taper）などの英単語は船中で同行の米国人から仕入れた知識だったに相違ない。

平成二十七年、西暦二〇一五年四月二十九日、日本の首相として初めて安倍晋三はワシントンで上下両院議員を前にしてスピーチをした。「戦争に負けて外交で勝った」吉田茂首相はマッカーサー総司令官と二人で会話する術にはたけていたが、国会演説でもわかるようにスピーチは得意でない。サンフランシスコ講和会議では日本語で巻紙を繰りながら読み上げた。その様子はトイレット・ペーパーと揶揄《やゆ》された。安倍首相の英語スピーチには惚れ惚れとした。念入りに練られた英文を、安倍氏自身、何度も朗読して訓練したに相違ない。

その安倍氏の国際感覚はどのようにして磨かれたのか。父安倍晋太郎外務大臣の若い秘書として広く外国要人と接し、自らも英語を使うことで、相手側の立場や主張を理解したのみか、日本の立場を外国人にも理解できるよう主張する骨《こつ》を体得したからか。安倍氏の政治家としての登場を外務省の岡崎久彦が救世主の到来のように喜んだことが思い出される。

安倍氏の話し方は日本語でもリズムがあり、テンポがよく、率直で無駄がない。頭脳の集中力が素晴らしかった。ワシントンの演説でも硫黄島の激戦に触れたとき満堂が感動した。その地で戦った海兵隊のスノーデン退役中将と栗林忠道司令官の孫の新藤義孝議員が握手した。

私がさらに良しとしたのは政治家としての歴史観である。その年の八月十四日に出した『戦後七十年談話』がそれで、安倍談話は明治日本の努力を肯定する。

「百年以上前の世界には、西洋諸国を中心とした国々の広大な植民地が、広がっていました。圧倒的な技術優位を背景に、植民地支配の波は、十九世紀、アジアにも押し寄せました。その危機感が、日本にとって、近代化の原動力となったことは、間違いありません。アジアで最初に立憲政治を打ち立て、独立を守り抜きました。日露戦争は、植民地支配のもとにあった、多くのアジアやアフリカの人々を勇気づけました」。

安倍首相は単細胞の日本至上主義者ではない。満州事変以来、日本が「進むべき針路を誤り、戦争への道を進んで行きました」という歴史認識もきちんと述べた。

渋谷区に住む私は一九六〇年六月、ヘリコプターが岸信介首相の私宅の上を飛び交うのを見た。そのころ幼児だった晋三は世間の口真似で祖父の膝の上で「アンポハンタイ」などと言っていたそうである。

「安倍反対＝正義」の番組に食傷

二〇一五年の夏も『朝日』『毎日』『東京』など新聞が反自民党政権のスタンスで「安保法制」反対を訴えた。さる大学のドアには「安倍、死ね」と貼られていた。半世紀前の「安保反対」騒動に比べれば、デモに力がなかった。しかし、テレビが国会周辺のデモのみをクローズ・アップしてあたかも安倍反対だけが正義であるかのごとく報じる番組に私は食傷した。

「アベ氏ね」式のネット上の煽動は視聴者の意識下にとどまることもある。今度も渋谷区富ヶ谷の空をヘリコプターが飛んだ。奈良から安倍元首相の遺体が運ばれて自宅へ戻った際、撮影をしたのだ。この一代の大政治家の死を国葬にせずともよいのか。単なる内閣と自民党の合同葬ですませてよいことか。

（二〇二二・七・十四）

お彼岸に「美しい死」を考える

お彼岸《ひがん》に墓参りをし、伸びた枝葉を整えた。父母の墓に手をあわせ、次は私の番か、と思う。

鈍感な私は死について考えずに年をとった。「一億玉砕」と戦争中新聞は唱え、覚悟はした。だが若者には死の怖さの実感はない。軍の学校も平気で志願した。だが昭和二十年春、ドイツが惨敗するや、「日本でよかったな。ベルリンにいたら、ヒトラー・ユーゲントとして首都防衛で死んだろう」と級友と噂した。「日本はもう勝てない」と感じ出したが、ソ連参戦の時も、「負けないぞ。日本は降伏しないから」と中学生は強がりを言っていた。

疎開先では餓えの方が辛かった。不満を作文に書いて提出した。「君の意見は偏狭だね」と担任に言われたが、ヘンキョーの意味が解らず、辞書を引いた。そんな生意気盛りだったが、夜寮で、発熱、「苦しい」と呻《うめ》いた。担任が聴きつけて「大声を出して他人に迷惑ではないか」と叱りながら私の体をさすってくれた。するとすぐ眠り込んだ。

ヒューマン・タッチ

そんな戦争末期を思い出すのは、九十代の私が近ごろ時々「苦しい」と呻くからである。これは幼時に母親に甘えた名残《なごり》で、それで「足がだるい、揉んでくれ」というのである。留学する孫が挨拶に来たから、左足をほぐしてもらう。別れの握手の代りに握足《あくそく》し、帰国したら今度は右足を頼むと約束した。親しい人に手を握られて死ぬのが人間らしい尊厳死というが、私は足をさすられて永眠したい。しかしいつどんな死に方をするかわからない。

病院での孤独死より在宅死を望む

そんな私は小堀鷗一郎博士の『死を生きた人びと――訪問診療医と三五五人の患者』(みすず書房)をフランス語訳で読んで、改めて感じいった。病院での孤独死は御免蒙りたい、在宅死がいい。小堀氏の訪問診療の様をテレビや映画で見た人は、たいていそう思っている。フランス人も本書を読んでそう思うらしい。

人の死に方は過去百年に様変わりした。私の父は一九六〇年、自宅で死んだ。三月の晴れた日曜、庭に咲いたクロッカスを意識の混濁した父に手渡すと、父は黄色い花を器用に左手で受取って、暫くじっと見つめていたが、やがてがっくりと息絶えた。母は「病院で」と本人が言っていた通り、一九七五年に三週間入院して亡くなった。長期外国出張から帰国した私が病室に急行し、新刊の自著を渡すと、母は相部屋の老婦人に「うちの息子は二人ともT大の助教授で」と話した。その自慢に姉は顰蹙《ひんしゅく》した。

家内の父は「死ぬ前の支度」という一文を新聞に寄せ、半月後、病院へ定期健診にハイヤーで赴き、先に降りた家内の母が、車椅子を探して戻ると、車中で息絶えていた。小野寺十内の死生観に感心した父だから、自ら処するところがあったのか、と思ったほどである。

病院死の時代

『美しい死』*La Belle Mort* という題で仏訳された小堀氏の著書にフランスで医療行政担当の国務相を長年つとめたザビエル・エマニュエリ博士が前書を寄せた。一九五〇年代はフランスでも東京でも、家で死ぬのが当り前で、病院死はまだ十数パーセントだったという。当時、留学中の私の印象に残ったのはクローデルが「穏やかに死なせてください」と言って、一九五五年二月二十三日、亡くなったことで、発音の教室で元女優の先生が Laissez-moi mourir tranquillement の言葉を伝えてくれた。余計な世話をきっぱり断った、詩人の最期の言葉が耳に残った。

そのフランスも一九七五年頃から病院で死を迎えるのが常態化し、死の商品化に似た現象も生じた。日本では延命のための延命が一般化した。拙宅の二階で最晩年を過した家内の母が、熱を出した。家内も私も九州行きの予定である。母は「長い間お世話になりました。これから病院へ参ります」と古風な挨拶をした．だが帰京して家内は驚いた。病院では意識も無い老人たちにチューブで栄養を取らせている。その胃瘻《いろう》の様を見て「これはいけない」と家内はすぐわが家に連れ戻した。

義母は亡くなる二日前も家内が押す車椅子で散歩に出、近所の人ににこやかに挨拶した。

最後の日々をどう終えるか

小堀鷗一郎博士の著書が人に訴えるのは、日本が世界にさきがけて超高齢化社会になりつつあり、その実態が、もはや他人事ではないからだ。人間、最後の日々をどう生き、どう終えるか、美しい死に方とは何か。その希望はどうすれば叶うか。

患者に寄り添い、人間的な最期のあり方を模索《もさく》する著者のきっぱりした記述は、文章は明快、人間として見事である。歯に衣《きぬ》着せぬ率直さ、「この人は本当の事をおっしゃる」という印象は訳文を通しても伝わる。エマニュエリ博士は『死を生きた人びと』は世界各国の人々がこれから行くであろう道筋を示している、と述べたが、時代を先導し、世論を覚醒する名著といえよう。

（二〇二一・九・二十三）

宗教少数派と信仰自由について

死後はわからない。わからないが死後が気になる。宗教に対する関心もそこから生じるらしい。『西洋人の神道観』をパリで出し、後で日本語でも出版した。宗教的解決を求めずにはいられぬ若者がいるのは知っていた。大学で学生委員をつとめ、その応対もしたからである。

一九四九年、新制となった東大は総長の南原繁、教養学部長の矢内原忠雄が内村鑑三門下のせいか、キリスト教無教会派が強かった。

だが、一九六八年、大学紛争が起きると、その派の助教授名義の学生課職員が、ゲバ棒を振りまわす過激派学生を支持し、マスコミでしきりと弁じた。苦々しく思い、大学構内でN氏に話しかけたが、けんもほろろで突き放された。「Nほど嫌な人はいない」と温厚なF教授も呟いた。紛争後、無教会派は割れて影響は薄れた。

しかし、信仰に救いを求める若者は毎年入学してくる。米国の試験やテストには、正解のない問題も混ぜてあるが、日本では必ず正解が一つある。そこで若者は正解は必ずあると信じ、探す。その癖が身についているものだから、信仰についても正解を求めて次々と教団の扉を叩《たた》き「宗教ハシゴ」をする。

以前なら無教会派の網に掬《すく》われたかもしれぬ新入生が、紛争後はさまざまな新興宗教に引っ掛かった。駅のホームから見える看板の宗教にひかれた学生が教師の私も誘った。後にはまじめな東大生がオウム真理教に入信した。「南原、矢内原、麻原か」とがっかりした。昔なら両先生のもとへ行ったであろう秀才が、麻原彰晃師のもとへ行ったからである。

宗教とカルトの不明瞭な境界線

信者として彼らはさほど違わない。無教会派のカップルが世間知らずのまま教授となり、虚言癖の吉田清治の証言を信じて、慰安婦問題で義憤を発し、日本の過去を非難した。そんな教授の知的水準の低さに憮然《ぶぜん》とした。カルト集団に引っ掛かる人はインテリジェンスにかける、という思いを禁じ得ない。

だが、東大でも何人もの学生が「原理」の名で知られた統一教会に洗脳された。集団で学生委員長室に押し掛けてくる。対応する私は冷や冷やしたこともある。機関紙『世界日報』への執筆を頼むから「承知しました。では原理の批判を書くが、いいですね」と言うと、怒って帰った。

カナダでも原理は問題視され、大学当局が「宗教とカルトとは違う」という説明文を配布した。しかし、religion と cult の明確な線は引きようがない。原理の信者には世界的に共通点があり、

「原理面《げんりづら》」と学生委員の間で呼んだ表情をミュンヘンでも見かけた。「そうだろう」と思ったら、はたして渡されたドイツ語のビラは原理勧誘だった。

十九世紀、西洋人はキリスト教以外は邪教とみなす人が多かった。江戸時代の日本でキリシタンが信じるキリスト教を邪教とみなしたのと対《つい》だ。邪教ときめつけるのは容易だが、判断は難しい。

岩倉使節団が米欧回覧に出る頃から、西洋と交際するにはキリスト教は解禁せねばならぬと考え、明治二十二年の大日本帝国憲法は「日本臣民ハ安寧秩序ヲ妨ゲズ及臣民タルノ義務ニ背カザル限ニ於テ信教ノ自由ヲ有ス」と定めた。

実際の運用はどうか。オーガスト・ライシャワー牧師は昭和二（一九二七）年十二月、東アジアの宣教師向けの教務雑誌 *The Chinese Recorder* に「現在の日本には絶対の信教の自由は存在しないが、これはいずれの近代国家に於いてもそうである。しかし日本国民は信教の自由をおおむね享受しているといえよう」と穏当な見方を述べた。

国家神道を邪教と言い立てる

だが戦争になると、宣教師の何人かは、神道を天皇崇拝の邪教と言い立て、明治神宮は空爆の標的となり本殿などが焼け落ちた。

連合軍総司令部（ＧＨＱ）は、昭和二十年十二月「神道指令」を発した。死を恐れぬ日本兵の天皇信仰、米国当局の言う「国家神道」を根こそぎにする狙いだった。

かつて天皇機関説をむしろ肯定し、右翼の天皇神格化に迷惑した昭和天皇は、二十一年元日「人間宣言」を出し、天皇は米国人が考えるような創造神《そうぞうしん》ではない旨を述べた。

誤解を解いた我が国は幸い邪教退治を免れたが、神道指令に過度に同調する人もいて、丸山真男は同年六月の『世界』に「天皇の神性が否定されるまで日本には信仰の自由は成立の基盤がなかった」と大袈裟に言った。丸山は頭のいい秀才で、日本の負けに乗じて名を成した。

宗教の自由はどこまで認めるべきか。旧統一教会の宗教二世には、二世故に被害感の強い人も、それと逆の人もいるだろう。前者が解散を望む気持はわかる。

だが、宗教二世は創価学会にもいる。共産主義を信ずる集団にも民青二世がいて、党幹部に出世している。

邪教だからと言って、リンチで人殺しした刑法犯罪の前歴のあるカルト集団ならともかく、政治的な宗教法人の解散は面倒だ。

（二〇二二・十一・二十九）

首相の暗殺と国家の綱紀

戦前日本の「暗殺による統治」

首相の暗殺と国家の運命について考えたい。戦前の日本は「暗殺による政治」と外国から批評され揶揄《やゆ》された。私は子供心に「日本で政治家になる人は殺されても怖くない。そんな偉い人たちだ」と思っていた。

昭和十一年二月二十六日の雪の降る暗い朝、岡田首相殺害のニュースが流れ、兄を学校へ行かせるべきかどうか、親が相談していた。父がその直後に買った二・二六事件関係の本が家には転がっていた。殺された重臣を惜しんで父は『高橋是清自伝』を読んだのだろう。だが戦争末期、中学生の私は、満井佐吉など革新派将校を讃える側の本をもっぱら読んだ。五・一五事件で蹶起《けっき》した青年将校の調子の良さに惹かれたのである。彼等はこう主張した。

日本国民に檄《げき》す

日本国民よ！

刻下の祖国日本を直視せよ
政治、外交、経済、教育、思想、軍事……何処《いづこ》に皇国日本の姿ありや
政権党利に盲《めし》ひたる政党と之《これ》に結託して民衆の膏血《こうけつ》を搾る財閥と更に之を擁護して圧制日に長ずる官憲と軟弱外交と堕落せる教育と腐敗せる軍部と悪化せる思想と塗炭に苦しむ農民労働者階級と而《しか》して群拠する口舌の徒と……
日本は今や斯《か》くの如き錯綜せる堕落の淵に既に死なんとしてゐる
革新の時機！　今にして立たずんば日本は滅亡せんのみ

子供の私はアジられた。では日本の運命はいつから狂ったか。敗戦後、親子で議論した。兄は「大欲は無欲に似たり。日本は満洲で軍を止めておけばよかった」と言った。父は「五・一五や二・二六事件を起した軍部が悪かった。明治の先輩が国造りをしてくれた日本を、自分の世代が潰してしまって」と声をつまらせた。

岡田枢密顧問官の涙

昭和七年五月十五日、犬養毅首相が暗殺された。亡国への転機は、後から思うと、その犯人に軍法会議で死刑判決を下せなかったことにある。青年将校たちを「昭和維新の志士」とマスコミは持上げた。夥しい数の助命嘆願書が法廷へ運び込まれた。弁護人として出廷した清水鉄男海軍中尉は熱弁をふるって国際協調路線を非難した。

「一九二二年、アメリカの策略は、平和の美名に名を借りて、ついにかのワシントン条約をつくりあげたのでありました。私達の眼前に映った国内の有様は……時弊《じへい》に凝《こ》って、ついに恐るべき議会中心主義となってあらわれ、不戦条約となってその正体を暴露し、ついに亡国的ロンドン条約は締結されたのでありました」。

第一高等学校でドイツ語を教えていた竹山道雄は当時三十歳、伯父の岡田良平枢密顧問とこう話したと『昭和の精神史』に書いている。軍法会議が進んだとき、竹山は岡田老人にいった。

「青年将校たちは死刑になるべきでしょう」

「わしらも情としては忍びない気もしないではないが、あれはどうしても死刑にしなくてはならぬ」

「しかし、もしそうと決まったら、仲間が機関銃をもちだして救《たす》けにくるから、死刑にはできないだろうといいますが」

「そうかもしれぬ」と老人はうなずいて、しばらく黙った。そして、顔をあげて身をのりだし目に口悔しそうな光をうかべて語気あらくいった。「もしそんなことになったら、日本は亡《ほろ》びる」

そのとき「亡びるというのは大袈裟《おおげさ》だなあ」と竹山は思った。しかし、後になって空襲のころにはよくこれを思い出した——「やっぱりあれは大袈裟ではなかった」

極刑に処し再発防止図れ

終戦時首相の鈴木貫太郎は『自伝』で五・一五と四年後の二・二六との関係についてこう述べる。「如何なる理由があるにしても、あの暴徒を愛国者と認め、しかも一国の宰相を暗殺した者に対して、減刑の処分をして、一人も死刑に処せらるる者がなかったという事は、如何にも国家の綱紀《こうき》から見て許すべからざる失態であったと思う。その為に政治の大綱が断ち切られたような気持ちがした。もしあの場合に真実に政治に明るい者があったなら、もっと厳格に処分しなければならなかっただろう。それが緩やかであった為についに二・二六事件を惹起《ひきおこ》した」

暗殺犯は死刑に処すべきか。安倍元首相の『回顧録』にはオウム真理教の十三人の死刑執行について、専権を持つ歴代の法相の人品《じんぴん》が記されていて興味深い。

その安倍氏は将来、台湾有事が日本有事となる際は、存命ならば、三度首相として国難に立ち向かうことを国民の多くが望むであろう人だった。

一部マスコミは暗殺犯に対し、世間の同情心を煽《あお》るだろうが、日本は法治国家である。政治に明るい人はこの種の犯罪者は極刑に処することで事件の再発を防ぐ一助にすべきであろう。

（二〇二三・九・二十一）

日本人にとり富士山とは何か

人格形成

人格主義とか教養主義とかが、大正デモクラシー以後の日本の高等教育界には深く浸透した。若者に自己による自己形成が説かれたのである。その教えが根づいていたから、戦後、旧制高校に入学、その伝統に接し、新鮮な感じで実に嬉しかった。自我の確立を説く河合栄治郎を私は愛読した。安倍能成、天野貞祐など戦中・戦後の一高校長の訓辞は、皇国主義教育とはまるで違う。「人格のピラミッドを形成せよ」と言われた時は、同感しつつも、「ピラミッドよりも富士山のような人格がいいな」とつぶやいた。

敗戦直後、夕刻に学校から帰る道すがら、一面の焼跡の彼方に富士山が見えた。日本は負けても滅びず続いていく。そう感じた。ただ中学生で敗戦を体験した私は、旧来の皇国至上主義では駄目だ。自分は二本足の一本は日本に据えるが、他の一本は外国に据えたい、と思った。日本人であるだけでは不十分だ、「日本より広い」ものに成りたい。

そしてその際、教養とは西洋に学ぶこと、とごく自然に考えた。それで私は新制東大の教養学部に入り、後期は教養学科でインテンシヴな語学教育も受け、第一回の教養学士となった。そして教養学部の教員の一人として半生を過ごし、いつしか九十歳を越えた、結果はどうか——。

富士山が人の力で築けるはずもなく、そんな人格形成は無理だった。老人の私は今や背も三センチ縮まり、物を書いている。ではそんな平川は何で出来ているのか。私の中にある、富士山に代表される日本人のナショナリティーなどについて自己分析してみる。

富士山とお国自慢

富士山は昔から日本人のアイデンティティーとみなされた。漱石は小説『三四郎』で日本人の在り方を話題とし、上京する三四郎に向かって、廣田先生が東海道線の車中で言った。

「今に（富士山が）見えるから御覧なさい。あれが日本一の名物だ。あれより外に自慢するものは何もない。所がその富士山は天然自然に昔からあったものなんだから仕方がない。我々が拵《こしら》えたものじゃない」

日本人の富士自慢などつまらぬものだ、と廣田先生も冷淡だが、私もそうだった。それが、五十歳を過ぎて、富士愛国主義とでもいうべき感情に襲われ我ながら驚いた。

一九八二（昭和五十七）年、シカゴで米国アジア学会が開かれ、パネルの主題の一つが「富士山」で、覗《のぞ》くと「富士山は日本帝国主義支配のシンボルです」と発表者は日本人の幼稚な富士自慢の例を次々と並べ立てた。「朝鮮からも仰ぎ見られると主張した日本人もおりました」。皆が笑う。するとー人が起立し「朝鮮からは見えなかったが、戦争末期、雲に聳《そび》ゆる富士山は、アメリカ爆撃機の東京大空襲を導く最高の道しるべとなりました」と補足した。満堂がさらに笑う、私の体内に反発が生じた。

確かにそうだ。昭和十九年秋、敵機は相模湾を北上、富士山付近で方向を北東に転じ、大編隊を組んだまま東京上空に侵入してきた。高度一万メートル、そのB29大編隊を中学生の私は目撃した。

B29の東京大空襲

敵爆撃機が富士山を道標としたのは事実だが、それを揶揄する発言に「どの国にも聖なる山はある。いますこし敬意を払って頂きたい」と言いたかった。しかし反論を口中にまとめきれぬうちに会議はお開きになった。

後で思うと、下手な英語で発言しなくて良かった。『三四郎』の三年後、明治四十四年の講演『現代日本の開化』で、漱石は日本人の浅薄なナショナリズムをあらためて戒め、

「外国人に対して乃公《おれ》の国には富士山があるというような馬鹿は今日はあまり云わないようだが、(日露)戦争以後一等国になったんだという高慢な声は随所に聞くようである」

と述べた。振返ると、昭和五十七年は「ジャパン・アズ・ナンバー・ワン」と高慢な声が聞こえ

出した頃だ。外国での私の発言がふえたのは、英語に慣れたせいと思っていたが、経済大国日本の通貨が急に強くなり私も気が強くなったからだろう。

クローデルの目に映る富士

だが霊峰富士は大切ななにかである。日本的な美しさの象徴だ。新幹線の窓から見える日は私の心は和む。自慢する同胞や画家をただ皮肉ればいいものでもない。

原爆投下の報を聞き、クローデル元駐日フランス大使は日本国民を慈《いつく》しみ『フィガロ』紙に書いた、「日本の現在の没落の責任は軍部にある。昔の日本の政治家たちがもっていた知恵をこの国は欠いてしまった。私もあの軍部の背信、野蛮を非難する。しかしだからといって、冬の夕闇の中からくっきりと浮かび上がる富士山の姿がこの世の人の目に差し示されたもっとも崇高な光景の一つであることに変わりはない」

この言葉に涙がわいた。日本壊滅の報を聞いた時のクローデルの気持と、少年の私が焼跡の彼方に富士山を眺めた時の気持が重なる。それが尊く有難く思われたのである。

（二〇二四・三・二十）

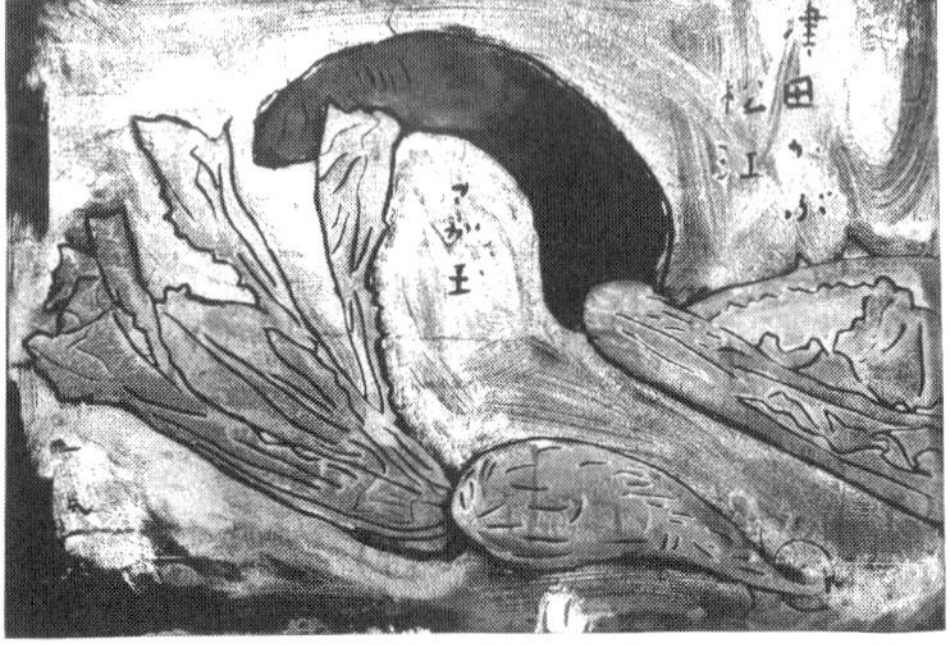
津田かぶ
松江

第二部

米中日、中韓日の三角関係

中国風トップの決め方

いま読みかえすと、夢物語の観があるが、二〇一四年、香港では数十万人が、香港行政長官を自由選挙で選ぶことを求めてデモした。他方、中国当局は親中派が香港のトップとなるよう、行政長官の指名制にこだわった。反北京のリーダーを候補者から締め出すためだ。選挙か指名か、東洋における民主制導入について思い出を語りたい。

「自主ノ権ナキ」中国の若者

前世紀の末、大陸で私は中国の大学院生に中村正直や福沢諭吉を教えた。中村は幕末の昌平黌のお儒者だが、勝海舟から英漢辞書を借りて洋学も学び、一八六六年、第一回徳川幕府留学生渡英の際、取締り名義で随行、ロンドンで学んだ。二年の間に幕府は瓦解し、明治になって帰国した中村だが、ミルの『自由之理』やスマイルズ『西国立志編、原名自助論』を訳すや大評判となった。日本一の漢学者が渡欧して洋学者となって帰国し、西洋の民主政治や産業革命の秘訣を伝えたからである。セルフ・ヘルプとは西洋資本主義の自主自立の精神だ。「天ハ自ラ助クルモノヲ助ク」は今は日本でも格言と化している。

明治を通して空前のベストセラーとなった『西国立志編』はミルの言葉「一国ノ貴《とう》トマルルトコロノ位価ハ、ソノ人民ノ貴トマルルモノノ、合併シタル位価ナリ」で始まる。「一国の価値は、一国を構成する個々人の価値の総体である」。ところが東アジアには、国家の価値を重視するが、それを構成する個人の価値を重んじない国家指導者や主席が昔もいたし今もいる。しかしミルの『自由論』の眼目は「自由トハ、カカル政治支配者ノ暴虐カラノ心身ノ安全保護ヲ意味スル」。私がBy liberty, is meant protection against tyranny of the political ruler. を訳した時、教室が緊張した。中村はミルの思想を解説して「国ニ自主ノ権有ル所以《ゆえん》ノモノハ、人民ニ自主ノ権有ルニ由《よ》ル。人民ニ自主ノ権有ル所以ノモノハ、其ノ自主ノ志行有ルニ由ル」。こうした言葉は天安門事件直後の中国の「自主ノ権ナキ」若者には切実に響いたろう。

「民ハ由ラシムベシ」の中国

そう教えた日の夕方、私の宿舎に学生が一人現われた。「『自由之理』を貸して頂けませんか」。そして「孔子の昔から中国は〈民ハ由ラシムベシ、知ラシムベカラズ〉です。共産党は党の命令に無条件で従え、という。人民には行動指針に従わせればいいので、理由は教えなくていい、という昔と同じ発想です」。私が質問した、「では西洋起源の民主主義とは何ですか」「〈民ハ知ラシムベシ、由ラシムベカラズ〉です。人民には広く知らせて自分でやらせろ。お上《かみ》を頼りにするな、です」。いい答えだと思った。だがあれから二十年、志を得ずに彼はくすぶっているに相違ない。

もっとも「投票による選挙制度は中国になじまない」という学生もいた。共産党に代わる統治能力のある組織がないとも言った。漢民族にデモクラシーは不向きかなと私も一旦は考えた。しかし台湾で総選挙によって平和裡に政権が交代する様を目撃してからは私は、その考えは撤回した。一九九〇年代の大陸中国でも農村で村長を選挙で選ぶとか民主化の萌芽はあった。全国の学生食堂で投票が行なわれ、北京外大の鶏の空揚げが第一位に選ばれたが、こんなコンクールも選挙の一種といえないことはない。

選挙か指名か

すると選挙か指名かの問題が何と私の身近で起った。その年も北京に出向いたが「外大で教えるかたわら中国語をお習いになりませんか」と私は飛行場でタラップを降りるや出迎えの人に勧誘された。不況で韓国留学生が一斉に帰国してしまい大弱りだという。承知して授業料を払うと、クラス分けのテストがある。中国語会話は家内の方が達者だ。別々の試験は面倒だから一緒に面接を受けた。家内が先に答える。私は「対《トエ》、対《トエ》」と合槌を打つ。そこまでは誤魔化せたが筆記試験で実力が露見し、私は家内より四級下の組に振り当てられた。家内は遠慮深くて一つ下げ、私は厚かましくて一つ上げて隣のクラスになった。

学期末、優秀学生を学生の投票で選ぶという。なんと隣の組では年の功だろう、家内が選ばれた。すると先生方が慌てて相談した。察するにこう考えたのだろう。平川老師は中国語クラスでは留学生だが、実は本学の外人教授である。夫人だけが優秀学生に選出され、教授が選出されねば、不名誉で面子《メンツ》を失うだろう。それで「このクラスでは担任が指名します。優秀学生は平川祐弘です」。突然の宣告であった。週二日は教授として教えていた関係で、私は語学クラスをかなり欠席した。当然実力にも欠ける。しかし試験に優秀学生の成績が悪いと判定会議で問題になるかもしれない。それを懸念したのだろうか、最終テストの最中に先生が正解をそっと教えてくれた。

選挙か指名か、そんな思い出がなつかしい。卒業式の日に講堂で壇上に家内と並んで呼び出され、賞品として戴いた『現代漢語規範字典』は、二冊とも大事にガラス棚に入れてある。

（二〇一四・七・二十四）

「慰安婦像」を拝礼させたい面々

戦後体制の仕切り直しがなぜ必要か。現下の問題点と結びつけて考えたい。

古来、わが国は海に護られてきた。だが技術の発達で地球は小さくなった。バルチック艦隊は来日に五カ月余を要したが、中国艦隊は五時間余、空軍は五分余で日本領海に来る。もはや不可侵的地理的地位の日本ではない。周辺に軍事力を誇示する大国が現出しつつある今、一国の力で自衛は難しい。そんなわが国は集団的自衛権を有することを確認した。すると米国はもとより、東南アジア諸国やインド、オーストラリアも日本の姿勢を歓迎した。いずれも中国の軍事的膨張に懸念をつのらせているからである。

朝日が報じたから激昂した

そんな安倍首相に中国が不快感を示すのはわかるが、韓国も不満顔である。しかし韓国は北の脅威に米軍とその後方の日本の支援で対処するはずだ。それなのに朴槿恵大統領から賛意が聞こえないのは、昨今の韓国に荒れ狂う日本叩きが去るのを待っているからか。ソウルの世論調査では「韓国への軍事脅威」として中国より日本をあげる韓国人の方が多い。そんな大仰《おおぎょう》な日本悪者論を聞かされるのは心外で、私たちは不快を覚える。

いつまで日本を非難すれば気がすむのか。片や反日、片や嫌韓の両国民の応酬はよくない。この悪循環をどう断ち切るか、韓国の旧知に問うと「日本が悪いからでしょう」とにべもない。「だって日本の大新聞が日本は右傾化したと戦争前夜のような書き方をする。韓国知識人は不安ですよ。昔から日本の新聞を丹念に読みますから」。

答え方に皮肉を感じて「では日本が悪いのでなく新聞が悪いからですか」と問い直すと氏は「私は女の狩り出しを命じた」と『朝日新聞』がありもしないことを大々的に報じたから韓国民は激昂したのだとし「慰安婦問題も日本が悪いからでしょう」と言った。とすれば「性奴隷二十万と事実無根の中傷を言い立てる韓国はけしからん」と隣国に対してヘイト・スピーチする日本人は攻撃目標を取り違えたことになる。

真の日韓友好を両国とも考えよ

だが、本当に責任は日本の新聞だけにあるのか。困ったことだが、日本の一部ジャーナリズムの知的水準は知れている。各国左翼紙と連帯する大新聞もある。まともな業績のない日本の大学教授が、米国でも不満の多い反ベトナム戦争世代と国際連帯するようなものだ。韓国は引火性の高いお国柄だ。記者が、正義感からにせよ、あおり報道をすると、それにゴマをする反体制御用の学者も加わる。

そんな報道の火遊びをしていいことか。仮に善意から始めた慰安婦救済であろうと、何たる始末だ。彼らの努力で近隣諸国との関係は良くなったか。諺にいう「地獄に至る道は善意で敷きつめられている」とはこのことか。

そんな大新聞に追随して過激な論説を繰返す新聞は日本各地にある。しかし隣国の記者諸賢に申したい。ソウルの新聞はよもや植民地ではあるまい。日本大新聞の猛烈な安倍政権批判を拡大再生産するだけが能《のう》ではなかろう。もっと独立心をもって真の日韓友好を築くにはどうすればよいか、考えてもらいたい。政治家もそんな新聞や内外世論におもねって談話は出さないでもらいたい。なお、河野洋平氏のように自分のした事は正しいと言い張る人には、門前に慰安婦像と吉田清治像をその証拠として据えて、末永く毎朝それに拝礼するようすすめたい。

戦後レジーム脱却とは何か

安倍晋三氏が唱えた「戦後レジームからの脱却」とは一体何か。外国特派員の中には疑心暗鬼《ぎしんあんき》で批判する者もいる。戦後体制の仕切り直しを支持する層は日本に広い。日本側も一九四六年に公布されたマッカーサー憲法をどう改正するか。具体的に説明すべきだ。「勝者の裁判」である東京裁判の判決を受け付けない私だが、だからといって日本軍部が正しかったと言うつもりはない。首相も、戦前への回帰などあり得ないと明言すべきでないか。その説明は大新聞に曲解されないよう、あらかじめ日英両文で用意するがいい。

交通通信網の発達で地球一元化は不可逆的に進行する。日本は経済的にも知的にももはや鎖国できない。安倍支持者の中には「英語はきらい」という素朴な日本主義者もいれば「駅の案内からハングルを消せ」という心の狭い人もいる。独断的な農業鎖国主義者もいれば、惰性的に反中・反韓論を繰返す小愛国者もいる。だが尊皇攘夷に類した偏狭な一国ナショナリズムを鼓吹《こすい》する者は不可である。

そんな低い知的水準では日本の教育再生はできない。内閣は時代の挑戦に対応しグローバル人材育成の教育の新幹線の青写真を示すべきだ。単に英語が出来る「脳内白人」化した無国籍人はいらない。

『五箇条の御誓文』は日本の大憲章《マグナ・カルタ》だ。それに則《のっと》って、日本の伝統を受け継ぎ、世界に飛び立つ英才を切磋琢磨《せっさたくま》させる、一石二鳥の効率的な教育法の開発普及が肝要だ。「智識ヲ世界ニ求メ大ニ皇基ヲ振起スベシ」という明治の初心に戻って私たちもまた声高らかに叫びたい。

（二〇一四・八・二十八）

河合栄治郎と尹潽善の短い交流

西洋帝国の植民地支配からアジアを解放すると唱えて日本は大東亜戦争に突入したが、その日本は植民地帝国として朝鮮を支配していた。その矛盾を見据えた人に河合栄治郎（一八九一－一九四四）がいる。

日本人の大アジア主義を批判

河合は昭和八年十一月号の『文藝春秋』で犬養首相を暗殺した少壮軍人の大アジア主義思想を批判し、もし「何等の領土的野心を持たないで、ただアジアに於て日本が外国と平等の通商貿易をなすことを目的とするならば、直截に通商の自由を標榜した方が実行の可能性も多い」と言い、日本がアジア解放をリードするについては「内部に於て同胞に対してさえ」すなわち自国の植民地の人々に対してさえ、十分の自由を与えていない以上、その日本からアジアの人はどれだけの期待を持ち得るだろうか、おそらく「日本の力を借りることに賛成はしまい」と日本人の高過ぎる自己評価を戒めた。

では河合はいつからそのような意見を抱くに至ったのか。

生き生きした河合の言葉

三中・一高・東大と進んだ河合は新渡戸稲造に学び、言葉の才に恵まれた。日本語であれ英語であれ、文章も講義も生き生きしている。第一次大戦の終わる一九一八年、農商務省から派遣されニューヨークのオペラハウスで、ウィルソン大統領の歴史的大演説を聞いた。一九二二年、今度は若き東大教授として渡英するや名士を歴訪して臆する風がない。外国女性にももてた。

その河合は英国のウッドブルック・コレッジに寄宿中、日本及び極東について二回講演した。そこには若い韓国人留学生尹潽善《ユン・ボソン》（一八九七－一九九〇）がいた。日ごろ日本に対する反感を同学の人に洩らしている。河合は明治維新から説き起こし日清日露の戦争を経て、いかに日本が帝国主義的になってきたか、因果を語り、日本の外交の難ずべきを難じ、東亜の小国日本をこの方面に赴かせた欧米の政策責任にもふれた。

尹潽善の日本批判

すると尹が立って「先ほど日清戦争は朝鮮をシナより救うが為に起こったと説かれたが、果して朝鮮は救われたかどうか。シナより救われた朝鮮は日本の支配の下に落ちた」と述べ、三・一独立運動の際の日本側の弾圧を非難した。

河合の『朝鮮のこと』（昭和二年）にその模様が詳しいが、日本の圧制を訴える尹青年の顔は青ざめ、声は激した。クェーカーの学校だけに聴衆の顔にも弱国朝鮮への同情と強国日本への反感が明らかに読まれた。

河合は弁明した。自分は日本の朝鮮における政治に詳しくない。尹氏の話の内容を否定も肯定もできない。「ただ敢えて尹氏に聴いて戴かねばならないことは、自力を以て自国を防ぎえない国を隣に持つことは、日本にとって大きな不幸であった。此の不幸が日本をしてあなたの云われるような誘惑に陥れたのである」。

すると聴衆は今度は拍手で河合の見方を受入れた。河合の英語原稿断片には「一国民が他国民を支配するのは最大の難事で普通の人間にできることではない。相手の心の琴線に触れるような大人物でなければこんな大事業に成功できるはずはない」とある。だが論戦を交わした二人は英国で短い友情で結ばれ、学期末「二人は温かき握手を交わして別れた」。

尹との論戦が深く印象されたことは河合の随筆からもわかるが、五・一五事件の直後、河合が大アジア主義の虚妄《きよもう》をつき、日本は植民地同胞に対して充分な自由を与えていないのに、アジアの植民地解放という正義の御旗を掲げる資格はあるのか、と冷静な疑義《ぎぎ》を呈したことからも窺われる。

河合は尹に突き付けられた問題の深刻さを感じたからこそ『朝鮮のこと』で、「朝鮮の人達がどれほど（統一国家独立維持の）力を持っているかも私の知る所ではない。然し少なくとも朝鮮は朝鮮人のものであり、日本は朝鮮人の為の朝鮮を考えて往くべきことだけは明らかであろう」と結んだのである。

「日本人への黙秘権」

早世しなければ河合栄治郎は戦後日本の首相に選ばれた人である。他方、尹潽善は李承晩が亡命したあと韓国大統領に選ばれた人である。河合と尹が日韓首脳として握手する図は現実にはありえなかったが、しかし独立後の韓国では、そんな「温かき握手」を想像することすらよくないらしい。それというのは、過去において日本人と親しく交際した人は、相手がどのような日本人であれ、非難の材料となり得るからである。現に尹大統領の回想では、河合は論戦で懲《こ》らしめられ恥をかかされたことになっている。しかも尹はその後の五年間の英国滞在中、日本人とは一言も口をきかなかったことを誇りにし、一周忌の席でも周囲は尹の生一本《きいっぽん》な両班《ヤンバン》気質《かたぎ》を褒めそやした由である。

東大の教室で韓国の留学生が「日本人への黙秘権」と称する尹の主張も調べて発表した。すると「そんなの駄目！」とたまりかねたように米国の一留学生が叫んだ。「互いに口を利かなければ進歩はない。若きわれわれは未来に義務付けられている！」その自由な声に私はほっとした。これこそが民主主義の国から来た人の声だと感じたからである。

（二〇一四・十二・二十五）

中国革命の黄金期？

「中国革命迎来黄金期？」こんな漢語が並び、各地に「革命領導小組織」が成立したと新聞は報じた。だが中国に文化大革命の再来と驚くことはない。これは「厠所革命」で公衆便所の劣悪な衛生状況を改善すべく中国政府が強い後押しでトイレ革命をやる。それで「中国革命は黄金時代を迎えるか？」という大見出しが新聞紙上に躍ったのだ。大便を黄金の山にたとえた幼い日の思い出があるだけに「便所革命の黄金期」の字面に私は笑いがこみあげた。戦前の日本では道端で用を足す田舎者がいた。それを見て「コメタ二十一パツ、ズドン」と兄弟で笑った。糞という字の書き順をそんな風に覚えたのである。

だが『中文導報』が次週に日本製「馬桶」(便器) がよく売れる、と報じたのではっと気づいた。これは中国人観光客が多数来日したことと関係がある。大陸では表向きは日本を悪く描いてきたが、実際の日本は教科書や新聞でいわれるほど悪くない。その事は薄々知れている。「日本はいいぞ。一度行って見ろ」という口コミが広まっておればこそ、富裕階級は来日して買物をするのだ。その際、日本のトイレの清潔さが観光客に印象され、それも刺戟となって中国でも便所革命の黄金期を迎えようとしつつあるのだろう。トイレ革命こそ市民による市民のための文化革命だ。その大革命成就の暁には私ももう一度中国を訪ねたい。

水洗便所

しかし便所の不備を過度に卑下することはない。水洗便所がグラスゴーで発明されたのは古くない。ゲーテが生れた一七四九年だ。シラーの博物館には詩人が室内で使用した便器が展示されていたが、魯迅の生家でもおまるが陳列されていた。ベルサイユ宮殿にはトイレが見当たらず、聞いたらガイドは笑って窓外を指さした。

日中国交回復当時、北京に出向いた外交官家族は日帰りの郊外観光に晴天でも傘を持参した。野原で用を足すためで、六十年前、スペインをグループで旅行中、オリーブ林の街道で運転手がバスを止め「女は右、男は左」と叫んだ昔を思い出した。中国では女子学生であろうと、便所の戸は閉めない。北京で大学生の長女が閉めたら皆にはやされた。

それに比べると台北の地下鉄や新幹線のトイレは文明的でほっとする。後藤新平は台湾統治に際し西洋式植民地統治のように宗教を広めて死後の命を救おうとする代りに衛生を広めて現世の人の命を救った。台湾が清潔なのは日本の植民地遺産といえないこともない。日本女性が大陸より台湾への観光を好むのもこのトイレ事情と無関係でない。もっとも台北でも前世紀の八十年代までは大学はもとより百貨店にもトイレット・ペーパーはなかった。それは日本でも戦中・戦後は同じことで、戦時下の旧制高校の寄宿寮の便所には落し紙用に切られた新聞紙が置いてあった。戸はあったからその狭い空間には言論の自由があり、壁には墨痕淋漓《ぼくこんりんり》と青春の悲憤慷慨《ひふんこうがい》が書かれていた。硯や筆を大便所に持ち込む先輩がいたのだ。

戦後も長いあいだ汲み取り便所が日本では普通で「こんな水洗でない家に外人さんを招待するわけにはいかない」などと留学帰りの私は思ったものだ。いや、つい二十年ほど前まで西洋人教師に「日本で国立と私立の大学の最大の相違は後者にはトイレに便座があり、清潔で、臭気のないことだ」といやみを言われたりした。

だが生活習慣はたちまち変わる。今の日本の若者には外国行きを拒む者がいて、本気か嘘気か「行く先にウォッシュレットがないから」という。何を、とこの老書生は思う。敗戦の年も次の年も、国鉄の車中で用は足せなかった。超満員で便所も乗客に占領されていたのである。空爆下の昭和二十年五月二十六日午後、特別科学組の金沢疎開の途中、乗換えで降ろされた直江津の駅で大便してほっとしたことを私は今も憶えている。

いまの日本は列車の洗面所が清潔で嬉しい。ウォッシュレットがついている新幹線車両もある。台湾には日本風を良しとする人が多く、家庭でもウォッシュレットの普及率も高い。やがて文明世界に広まるだろう。わが国では乗客の高齢化が進む。外人観光客もふえる。ＪＲに負けず小田急など長距離私鉄もトイレのある車輌をぜひ連結してもらいたい。

渡航制限は危機のシグナル

尾籠《びろう》な話だとこの「正論」を没にしないでもらいたい。これからの日中関係の友好度はどれだけ観光客が往き来するかで測られる。万一、習近平政権が中国人観光客の海外渡航を制限するようになれば、それは超国家主義化の危機のシグナルと見てよいだろう。

かつてヒトラーは「ドイツ民族は非凡な創造力に富む民族であり、偉大なゲルマン文化を建設してきた、ドイツの夢は民族の夢である」と演説し、反仏民族主義を煽り、ドイツ人がフランスへ行くことすらも制限した。

スターリンも毛沢東も自国民の海外渡航を厳禁し、人民の無知につけこんで祖国の偉大を信じ込ませることに成功した。独裁政権が裏で汚い手を使って報道を取り締まったからこそ「蠅もいない清潔な人民中国」という真赤な嘘も日本で通用したのだ。しかもその宣伝の片棒を担いだのはわが国の新聞だ。そんな情けない事をメディアも読者も忘れてはならない。

（二〇一六・六・三）

日本史の二つのターニング・ポイント

昭和の日本で最高額紙幣に選ばれた人は聖徳太子で、百円、千円、五千円、一万円札に登場した。品位ある太子の像が表で、裏は法隆寺の夢殿である。年配の日本人で知らぬ人はいない。それに代わり福沢諭吉が一万円札に登場したのは一九八四年だが、この二人に対する内外評価の推移の意味を考えてみたい。

平和共存を優先した聖徳太子

聖徳太子は西暦の五七四年に「仏法を信じ神道を尊んだ」用明天皇の子として生まれ、六二二年に亡くなった。厩《うまや》生まれの伝説があり、厩戸皇子《うまやどのみこ》ともいう。キリスト誕生説話が日本にも伝わった余響かと想像を働かせた人もいた。イスラム教の開祖マホメットと同時代人である。推古天皇の摂政として憲法十七条を制定した。漢訳仏典を学び多くの寺院を建てた。今でいえば学校開設だろう。太子は、仏教を奨励したが、党派的抗争を戒め、憲法第一条に「和ヲ以テ貴シトナス」と諭した。太子は、信仰や政治の原理を説くよりも、複数価値の容認と平和共存を優先した。大陸文化導入を機に力を延ばそうとした蘇我氏と、それに敵対した物部氏の抗争を目撃したから、仏教を尊びつつも、一党の専制支配の危険を懸念したのだろう。

支配原理でなく「寛容」をまず説く、このような国家基本法の第一条は珍しい。今度、日本が自前の憲法を制定する際は、前文に「和ヲ以テ貴シトナス」と宣《の》べるが良くはないか。わが国最初の成文法の最初の言葉が「以和為貴」だが、和とは平和の和、格差の少ない和諧社会の和、諸国民の和合の和、英語の harmony とも解釈し得る。日本発の世界に誇り得る憲法理念ではあるまいか。

独立自尊を主張した福沢諭吉

ところで聖徳太子と福沢諭吉は、日本史上二つの大きなターニング・ポイントに関係する。第一回は日本が目を中国に向けたとき、聖徳太子がその主導者として朝鮮半島から大陸文化をとりいれ、古代日本の文化政策を推進した。第二回は英語でいう Japan's turn to the West、日本が目を西洋に転じた時で、福沢はその主導者として西洋化路線を推進した。

明治維新を境に日本は第一外国語を漢文から英語に切り替えた。十九世紀の世界で影響力のある大国は英国で、文明社会に通用する言葉は英語と認識したからだが、日本の英学の父福沢は、本人は漢籍に通じていたくせに、漢学者を「其功能は飯を喰ふ字引に異ならず。国のためには無用の長物、経済を妨る食客と云ふて可なり」（学問のすゝめ）と笑い物にした。

このように大切な紙幣に日本文化史の二つの転換点を象徴する人物が選ばれた。二人は外国文化を学ぶ重要性を説きつつも日本人として自己本位の立場を貫いた。聖徳太子はチャイナ・スクールとはならず、福沢も独立自尊を主張した。太子の自主独立は大和朝廷が派遣した遣隋使が「日出づる処の天子、書を日没する処の天子に致す、恙《つつが》なきや」と述べたことからもわかる。日本人はこれを当然の主張と思うが、隋の煬帝《ようだい》は「之《これ》を覧《み》て悦《よろこ》ばず、〈蛮夷《ばんい》の書、無礼なるもの有り、復《ま》た以て聞《ぶん》する勿《なか》れ〉と」いった（隋書倭国伝）。

中華の人は華夷秩序の上位に自分たちがおり、日本は下だと昔も今も思いたがる。だから対等な国際関係を結ぼうとする倭人《わじん》は無礼なのである。新井白石はそんな隣国の自己中心主義を斥けようと、イタリア語のCina チイナの使用を考えた。支那 Zhīnà は侮蔑語でなくチイナの音訳だが中国人には気に食わない。東夷の日本が、かつては聖人の国として中国を崇《あが》めたくせに、脱亜入欧し、逆に強国となり侵略した。許せない。それだから戦後は日本人に支那とは呼ばせず中国と呼ばせた。

「不都合」な史実の抹消を狙う勢力

昭和天皇は中国大使に会ったが、毛沢東は日本大使に会わなかった。アヘン戦争以来、帝国主義列強によって半植民地化されたことが、中華の人にとり国恥《こくち》なのはわかるが、華夷秩序の消滅をも屈辱と感じるのは問題だ。

その中国はいまや経済的・軍事的に日本を抜き、米国に次ぐ覇権国家である。中華ナショナリズムは高揚し、得意げな華人も見かけるが、習近平の「中国の夢」とは何か。華夷秩序復興か。だが中国が超大国になろうと、日本の中国への回帰Japan's return to Chinaはあり得ない。法治なき政治や貧富の格差、汚染した生活や道徳に魅力はない。そんな一党独裁の大国が日本の若者の尊敬や憧れの対象となるはずはないからだ。

しかし相手は巧妙である。不都合な史実は抹消して憚らない。日本にもいるプロ・チャイナの学者と手をつなぎ「脱亜」を唱えた福沢を貶《おとし》めようとした。だがいかに福沢を難じても、日本人が言語的に脱漢入英した現実を覆《くつがえ》すことはできない。福沢は慶応義塾を開設し、英書を学ばせ、アジア的停滞から日本を脱け出させることに成功した。だがそんな福沢を悪者に仕立てるのが戦後日本左翼の流行だったのだ。

これから先、日本文科省にも入りこんだその種の人たちは、不都合な史実の何を消すつもりか。平成二年二月の学習指導要領改訂案では歴史教科書から聖徳太子の名前をやめ「厩戸王」とする方針を示した由である。

（二〇一七・三・十五）

擬似正義は社会に歪みをもたらす

アンソニー・リーマンは一九三二年チェコ生れ、ドイツ占領下と共産党支配下で育った。日本文学専攻である。ソ連の侵入後、母国を脱出し日本の法政大へ留学したら、するとなんたることか日本人教授が共産圏を天国のように話す。落胆してカナダへ亡命、苦学してトロント大教授となり『万葉集』のチェコ語訳を完成、奈良で表彰され「生まれ変わったら日本人になりたい」と言った。今度出た英文自伝 *Eternal Pillow of Grass* は面白い。もはや遠慮せずに語っている。題の『永遠の草枕』は、

父母も花にもがもや草枕旅は行くとも捧《ささ》ごて行かむ

に由る。「父母も花であって欲しい。その花を捧げて草枕の旅を続けたい」と万葉の歌に託して亡命者の心情を述べた。

『風と共に去りぬ』はタブーか

リーマンが来日したころ欧州から帰国した私も、新聞や知識人が共産圏に色目を使う日本で孤独を感じた。だが後に北米でも別種の政治的禁忌《タブー》があるのが鬱陶《うっとう》しかった。リーマンもそんな「ポリティカル・コレクトネス」に反撥する。

例えば『風と共に去りぬ』を認めぬ米国の文学教授たちにリーマンは立腹する。E・ウィルソンは南北戦争を扱った評論『愛国の血潮』でマーガレット・ミッチェルの大作を無視した。黒人の女中マミーは献身的にオハラ家に仕え、戦後の黒奴《こくど》解放にかえって戸惑う。それはありうる心理と思うが、ウィルソンはそれを南部の神話と一蹴《いっしゅう》した。奴隷制は悪で、その解放が善である以上「政治的公正」にそむく文学は認めないと言うのが現在の風潮である。

『風と共に去りぬ』を私が夢中で読んだのは敗戦の秋で、東京は焼野原、南部のアトランタも焼野原。戦争未亡人も出、夜の女も出た。焼夷弾を免れた平川家には姉が戦前に買った三冊本の訳があり、従兄もまわし読みした。日本語訳にGone with the windと印刷されていたが、何故過去分詞のGoneが最初に来るのかわからなかった。その従兄と満員電車の座席に総立ちで私も薩摩芋の買い出しに行った。そんな戦後、闇商人のレット・バトラーは男前で（映画ではクラーク・ゲーブル）、ヴァイタリティーに魅力があった。スカーレット・オハラは突然入って来た北軍将校を銃で打殺す。彼女の野生の力に圧倒された。平川家にも米軍将校が靴もぬがずにはいって来た。父は秋田に嫁いだお腹の大きい姉を呼び戻し「妊婦がいるから」と家屋接収先延ばしに成功した。

「政治的公正」を言い張る勢力

米国には「これが正しい」と言い張る勢力があり、現在の価値基準で歴史も文学も裁断《さいだん》する。だがそんな「政治的公正（ポリティカル・コレクトネス）」を私は疑う。米国を敗戦後の一日本少年に印象づけた一冊の本は『風と共に去りぬ』だと正直に言ってきた。米国到着当初は英語に馴れようと、毎晩声に出して *Gone with the Wind* を読んだ。ヴァージニア州シャーロッツヴィルへ行った帰りに、南軍の総司令官リー将軍の広壮な館を見て、印象深かった。小説に出てくるドッグウッドの花が夕闇に白く咲いていた。

勝者が敗者を犯罪者扱いにしてよいのか

戦後の日本には口にしてはならぬ話題がいくつもあり、例えば神道はタブーだった。だが故郷の中欧の霊的伝承を聞いて育ったリーマンは、日本のこの土着信仰に愛着を覚え、神道の重要性を指摘する。その辺が宣教師系統の英米の日本学者の神道無理解と違う点で、思うに英語圏で戦後、小泉八雲ことハーンが無視されたのも、ハーンが出雲の神道風俗を描き、霊の世界を怪談で再話し、神道を日本解釈の基礎に置いたからだろう。

「政治的公正」の禁忌を破ると反撃が怖い。だが戦死者の慰霊を考える際、無宗教の千鳥ヶ淵で死者の魂が鎮《しず》まるのか。そうあやぶんで私は神道的見地から弁明し「米国の国立墓地には奴隷制廃止のために戦った兵士も奴隷制維持のために戦った将軍もともに埋葬されている。戦死も法務死もともに祀る靖国神社は日本のアーリントンだ」と *Japan Forward* で発信した。すると一米国人が

「アーリントンには戦犯や人殺しはいない」と靖国を批判した。だが勝者が敗れた死者を勝手に犯罪人呼ばわりして良いことか。

一八六九年、南北戦争で敗れた南部の人は半世紀後、リー将軍の像をシャーロッツヴィルに建てた。西南戦争で敗れた西郷さんの銅像を上野に建てたと同じ和解の気持もあってのことだろう。近年の日本でも官軍のみか賊軍も靖国神社に祀れ、という主張がある。

だが二〇一七年の夏、米国では「政治的公正」を叫ぶ一派が、よせばいいのに、リー将軍の像を撤去させたから、シャーロッツヴィルは大騒動と化した。一世紀半後の価値観でリー将軍は再び悪者とされた。こうなると西郷さんも合祀《ごうし》どころか「征韓論を唱えた男の銅像を取り壊せ」と隣国が言うかもしれぬ。だがそれで騒ぎ出したら和解はないだろう。

仁川《インチョン》には一九五〇年九月、南下した北朝鮮軍の背後に米軍を上陸させ韓国を救ったマッカーサー元帥の銅像がある。だがそれを取り払え、と一部韓国人は叫ぶ。マッカーサーの父親は、米国が日本の朝鮮統治を認める代りに米国のフィリピン統治を日本に認めさせた。そんな軍人総督の息子の像は倒せ、と「正義派」は主張する。

歪んだ主張を許す社会には歪んだ未来しかない。擬似《ぎじ》正義の主張を鬱陶しく感じるこの頃だ。

（二〇一七・十・十六）

『インフェルノ』チネーゼ

「人生の道の半ばで」私はダンテを訳した。若い時に古典を訳すと、一生つきあうことになる。目下刊行中の平川著作集にも『ダンテ『神曲』講義』が入る。地獄・煉獄・天国から成る『神曲』だが、教室で私はもっぱらインフェルノを論じた。天国篇で私は退屈するのだが、ミッション系の女子大生とても全く同じで、道ならぬ愛ゆえにインフェルノに落ちたパオロやフランチェスカの話は謹聴するが、誰も悪事を働かぬパラディーゾでは居眠る者も出る。Infernoとはイタリア語で地獄篇をさすが、ではこの世界文学の大古典『神曲』との関連で次世代の人に私は何を望むか。

劉少奇の屈辱を彷彿させる

フィレンツェの政治家ダンテは、一三〇二年、公金費消の件で、二年間の国外追放と罰金刑に処せられた。しかしダンテはその処分を不当とし出頭命令に応じない。そのため永久追放、もしフィレンツェの司直の手に落ちた場合は死刑とされた。こうして党内の権力闘争に敗れたダンテは、国外で流浪《るろう》の暮らしを余儀なくされ、祖国についに戻らず、ラヴェンナで一三二一年、客死する。

その間、貧《ひん》に窮《きゅう》したが、『神曲』創作に精魂を傾けた。それは政治的敗者ダンテの文筆による代償行為で、憤怒《ふんぬ》に燃えた詩人は、怨みをはらすべく、政敵法王ボニファチオ八世を地獄の第八の谷の第三の濠に落とし火に焼かせた。

この状況をわかりやすく言えば、中華人民共和国の国家主席劉少奇は、共産党内の権力闘争に敗れ、中南海で吊し上げられ、党籍永久剥奪の上、河南省開封へ追われた。屈辱の念に燃えたが、劉には執筆の機会すらなく獄死した。

主席は地獄落ちか

『神曲』は、いわばそんな立場の人が国外へ逃れ、流竄《るざん》の境涯で書いた怨恨《えんこん》の文学であり、復讐《ふくしゅう》の詩である。しかもダンテは、驚くべきことに、彼自身が神になり代わり正邪《せいじゃ》の判決を下す。敵を地獄に落とし、味方を天国に置いた。

中にはジェーノヴァの人で本人の「肉体はなお現世で生き身のままで歩いているが」「その魂はや地獄の底で氷につか」っているブランカ・ドーリアなどもいる。

そんな風に書かれてはたまらない。当然、ダンテ対し世間は猛烈に反撥した。だが痛快と思った人もまた数多くいた。『神曲』はまわし読みされ、大評判となった。

それは「主席は地獄落ち」と聞かされたなら、「何を不敬な」と今の大陸の人は表では反撥するだろうが、中国のインテリにはそのタブー破りを腹の中で面白く思う人がいるようなものだろう。歴代の法王や主席が地獄に落とされる判決理由は蓄財で、現世で財布に金をつめこんだから、因果《いんが》応報《おうほう》で、地獄では財布状の穴に頭から詰め込まれて焼かれている。足の裏には左右ともに火がつき、外へ突き出した両脚をばたばたさせる。その有様をダンテは「脚でもって泣く」と評した。

禁書の復権

十四世紀の西欧で一番開けた自由都市フィレンツェでは、ダンテの死後半世紀、議会は多数決でボッカッチョを講師に招き『神曲』講義を開催した。ダンテは作中で歴代の法王を次々と地獄に落とした、不逞《ふてい》きわまる詩人である。

そんな反逆者に対しローマ法王庁は怒り、禁書とした。だがフィレンツェ市を皮切りに近代になり『神曲』が世界文学の最高峰と広く認められるに及んで、カトリックの学者も今ではダンテを「キリスト教の最高峰の詩人」il sommo poeta cristiano と呼び、『神曲』は禁書どころか聖書の次の扱いである。

では、法王庁とダンテの関係は過去七百年、一体いつどう変化したのか。その経緯を調べれば、西洋における言論自由の発達史としても、『神曲』評価の推移の歴史としても、興味尽きないに相違ない。それは私がついに調べずじまいに終った研究主題だが、それと並んで、歴代の天皇や帝王や主席が詩人たちによってどのように描かれたかも対比的に調べれば、これまた興味深い東洋における言論自由の発達史（未発達史？）となるに相違ない。

インフェルノ・チネーゼ

さらに第三の問題点。「人生の道の半ばで」「就在我們人生旅程的中途」の句で始まる『神曲』の中国訳はすでにある（『共産党宣言』イタリア語版序でエンゲルスがダンテにお墨付きを与えたお蔭である）。誰か『神曲』中国篇を書く人はいないか。天賦の才に恵まれた人の作なら、インフェルノ・チネーゼはインフェルノ・ジャポネーゼよりはるかに凄惨《せいさん》、また劇的、それだけ波瀾《はらん》に富む『神曲』中国篇となるだろう。『史記』をも凌ぐ『史記』を詩にしたような、民族の魂をゆすぶる古典となるだろう。中国民族は才能に富む。必ずや名作となるにちがいない。おめおめと帰国するを潔しとせぬ流竄《るざん》の人の手で、そんな真実の中国文学がいつか書かれ、非業の死を遂げた二千六百万余（建国以来歴次政治運動史実報告）の霊が声をあげて語り出し、自由と正義が行なわれる日の来ることを蔭ながら祈る次第だ。

物騒なことを言うと世間は危ぶむかもしれない。だがこの微妙な点にこそ『神曲』が含む問題性は存する。それというのは『神曲』は次々とタブーを破ることによって成立した世界文学の一大傑作だからである。

（二〇一七・十一・二十）

「中国の夢」は帝政への回帰か

明治維新に奮い立ったアジアの指導者

「明治維新は中国革命の第一歩」と孫文は言った。日本が西洋を範として近代国家建設にいそしむや、アジアの若い指導者はそれに刺戟された。中国の康有為《こうゆうい》、朝鮮の金玉均《きんぎょくきん》、フィリピンのアギナルド、ベトナムのファンボイチャウ、インドのネルーらは、列強の絆《きづな》を脱すべく奮い立った。どうか自国も日本並みの独立国にしたい。

そんな十九世紀末、湖広総督張之洞《ちょうしどう》（一八三七－一九〇九）は『勧学篇』で説いた。

「出洋の一年は西書を読むの五年に勝る。これ百聞一見に如かずという説なり。外国の学堂に入れるの一年は、中国の学堂の三年に勝る。日本は小国のみ、何ぞ興《おこ》るの暴《すみや》かなるや。伊藤、山縣、榎本、陸奥の諸人は、みな二十年前出洋の学生なり。その国、西洋の為めに脅かさるるを憤り、分れて独、仏、英の諸国に詣り、或は政治工商を学び、或は水陸兵法を学び、学成りて帰り、もって将相となり、政事一変し、東方に雄視す」。

こうした呼びかけに応じて中国やベトナムからも日本へ青年が海を渡って来た。私たちは「明治期留学生」と聞けば森鷗外らが思い浮ぶ。だが日露戦争後に来日したアジアの「明治期留学生」の方が日本人渡欧留学生より桁違いに多い。一九一一年、彼らは武漢での滅満興漢の蜂起によって清朝皇帝を退位させ、孫文が中華民国の臨時大総統に選ばれた。中国維新は成就《じょうじゅ》するやに見えた。

だが北京で軍の実力者、袁世凱《えんせいがい》が立ちはだかる。中国の伝統に深く根ざしていない孫文は非力で、大総統職を袁に譲らざるを得ない。すると袁は中国には西洋的政治体制は合わないとして、自分を中華帝国大皇帝に推挙させた。晩年の毛沢東が秦の始皇帝のごとく振舞ったことを思うと、帝政が大陸的統治の特色らしい。

かくも異なる日中の近代化

人民民主主義といいつつも北朝鮮では金王朝は三代目だ。シンガポールでは国父リー・クアンユーは、当初は北京訪問の際も英語を用い、近代国家を強調したが、結局は李光燿の地肌が出て、政権の世襲を図った。

だとすると毛主席を見習う習主席が、清帝国の版図《はんと》に君臨し、華夷《かい》秩序の復活を民族の夢とするのは当然だろう。ただし現体制のままでは、政権維持のために密告奨励の監視社会にならざるを得ない。その管理は在外華人に及ぶだろう。だが自由を求めて改革を求めないほど留学体験エリートがすべて保身的だとは思えない。

それにしても日中の近代化はなぜかくも異なるのか。大陸周辺に位置する日本は聖徳太子の昔から、政治的独立は主張しつつも、漢文明を取り入れた。それは、東洋道徳を唱えつつも、西洋技術習得の急務を説いた幕末の佐久間象山らと、文明摂取の態度において共通する。千年前の「和魂漢才」が「和魂洋才」に変り、福沢諭吉は漢籍より洋書を読めと主張した。

私たちの第一外国語は漢文から英語に変り、日本人は「脱漢入英」した。張之洞も「中体西用」を主張し、中国人の自己を保ちつつ西洋の実学を学ぶ必要を説いた。ただ日本人が外国書である漢籍を捨てて英書を読み出したように、中国人は自分のアイデンティティーである漢籍を捨てて英書一辺倒になることはまず無理だった。

人民服姿の習主席を想起する

人間、自己喪失はしたくない。それだけに西洋にさらされた中国人の祖国への回帰は振子が激越に揺れる。最初の洋行帰りの保守主義者は辜鴻銘《ここうめい》（一八五七－一九二八）で、華僑の子として南のペナン島で生れ、十歳で西の英国へ渡り、欧州各地の大学で学び、東の日本女性吉田貞子を娶り、他ならぬ張之洞に通訳として二十年仕えた。北京大学の初代英文科教授に抜擢され「東西南北」と号した。

芥川龍之介がシナ服を着て訪問するや「洋服を着ないのは感心だ。只憾《うら》むらくは辮髪《べんぱつ》がない」と言い、西洋の democracy は democrazy だとして、皇帝制を支持した。そんな守旧派は新青年に嫌われた。しかし大正末年に来日、「君に忠に親に孝に」の儒教道徳が行なわれている日本にこそ、共和主義の新中国と違い、孔子の精神が生きている、と言って日本の保守派から喝采を浴びた。

西洋にさらされた日本人が日本的価値を英語で主張したと同じ心理だが、辜鴻銘も英文で中国固有文化の尊厳を説き *Spirit of the Chinese People* (1915) では人治の法治に優る所以を主張した。大陸では『中国人的精神』の題で近年中国語に訳され、私が北京で教えた学生の一人は「辜鴻銘はいい事を言っている」と感想を洩らした。

そんな本が注目される最近の北京では「中華民族の悠久の文明」を説くお偉いさんが米国大統領に向け「中国五千余年の歴史」を語った。「紀元は二千六百年」と肩を張って大合唱した戦前の日本が思い出されるが、昭和十五年当時、世界の大海軍国として日本は尊大になり、国体の尊厳を説き、覇を唱えた。

近時、中国は自信を回復し、「中国式社会主義」の名の下に中華文明に回帰、中国の夢を習主席が鼓吹して、毛主席の時代に復帰しようとしている。なんだか人民服姿をした皇帝が紫禁城に登場したかのようである。江青をつぐ主席夫人の地位は彭麗媛とすでに決ったらしいが。では一体、誰が習皇帝の皇太子になるのか。

（二〇一九・九・十九）

香港デモで考える植民地化の功罪

文明開化の事業か

英国のサッチャー首相は一九八八年九月、ブリュッセルで全欧の政治家に向けて演説し、西洋人の歴史体験にふれた。「ヨーロッパ人がいかにこの世界の多くの土地を探検し、植民地化し——私はなんら釈明することなく申し上げます——文明開化したかは、まことにすばらしい勇気と才覚の物語でありました」。

植民地主義を謝罪する必要はない、との発言に私は驚いた。これは詩人キプリング同様、自分たち西洋人は「白人の責務」を担って野蛮な民の世話を焼くために文明の事業をした、と言ったも同然だ。なるほどコロンブス以来のアメリカ植民地化は人類史上の大事業だし、ロシアのシベリア開拓も文明開化だろう。そんなコロニアリズムにプラス面はあろうが、英首相のあまりに露骨な自己肯定に、私は鼻白んだ。

東亜侵略の野望か

私が子供の頃の日本では次のような英米批判が盛んだった。
「欧米近代社会ノ支柱ガ、実ハアジアノ隷属ニアリ。如何ニ欧米ニ於テ人道、人権、自由、平等、法ノ支配等ガ唱エラルルトモ、コレラハ有色人種ニハ、無縁ノ標語ニシテ、民族主義ノ世紀トイワレタル十九世紀ハ、正シク欧米ニヨルアジア隷属化ノ世紀ニ他ナラズ。欧米ガ、ソノ資本主義文明ナイシ世界自由経済ニヨリテ如何ニ文明ト繁栄ヲ享受シタルニセヨ、ソノ蔭ニハ原料産地及ビ製品市場トシテ単一耕奴植民地ナイシ半植民地タル地位ヲ強イラレ、愚民政策ニ依リ民族意識ヲ抑圧セラレタルアジア・アフリカ十数億ノ有色人種ノ隷属アリシコトヲ忘ルベカラズ」

日本人の多数は今でもこの意見に賛成なのではないか。一九四一年、日本軍の攻撃で英領香港が陥落したとき「東亜侵略百年の野望をここに打ち砕く」と私たちは喜んだ。だがそれから八十年、人民中国に呑み込まれることを嫌って香港人がデモをする。だとすると、なるほどこれは、漢民族の専制支配よりは、英国の植民地統治の方がまだしもましということか。だとするとサッチャーの言い分の方が日本の元首相の獄中手記より正しいか。そんな疑念も生じかねない。そこで外国文化の影響と植民地化の功罪についてあらためて巨視的に再考しよう。

デモ参加の若者は、香港が中国に返還された一九九七年後に生まれた者も、中国語と英語を話す。大陸の中国人はそんな香港人を毛嫌いしているだろう。だが香港が金融・貿易センターとして国際的に高い地位を維持するのはバイリンガルな法治の土地なればこそだ。英語がワーキング・ランゲージとして機能しない深圳では代われない。

文化混淆は是か非か

日本は香港ほどではないが東西の文化が混ざりあって、外に向かって自由に開かれている。日本列島は大陸の周辺にやや離れて位置し、物は入ったが、人が支配者として入ることはなく、他国の植民地にならなかった。奈良・平安の昔から千数百年、大陸から学んできた。漢字を習ったが仮名を発明、漢字仮名混じりはすばらしい。

日本の過去について「漢文明によって汚染された」と非難する気は私にない。同様に「西洋文明を排除せよ」と主張する気もない。紫式部は「大和魂をいかに活かせて使うかは漢学の根底があってできることと存じます」と『源氏物語』で和魂漢才について述べた。それが幕末維新以後は和魂洋才となった。私は過去に純粋の日本を想定して復古を唱える気はない。平川家には仏壇も神棚もある。現在の雑種文化としての日本の歴史的実態をありのままに肯定して、そこに良いものを求めている。

衣食住について、わが家は祖父の代は家屋は和風、父の代は和洋折衷、私の代で和室は一間きり。父は帰宅すると和服に着換えたが、私が帯を締めるのは温泉に泊まる時だけ。和食に限るなどと贅沢は言わない。洋食も中華も可。ワインも飲む。精神面でも外国の影響を受けた。戦争中は『家なき子』や『十五少年』、戦後は『風と共に去りぬ』など翻訳物に夢中だった。蔵書は和書と洋書と半々だ。

コロナイゼーションとは好むと好まざるとにかかわらず外来文化を強制されることである。文化的影響は広い意味での植民地化だが、軍事支配によって植民地化が強制されると、不満は残る。日本は外来文明をおおむね平和的に取り入れてきた。しかし主体的に選択できず、外来の文化を力づくで押し付けられると問題だ。

中国社会ノ支柱ハ人民ノ隷属ニアリ

「欧米近代社会ノ支柱ガ、実ハアジアノ隷属ニアリ」という西洋帝国主義批判の言葉は、七十数年前は、大東亜の人の共感を呼び得た。

しかし二〇一九年の今は、香港は中国共産党政権の力で押し伏せられようとしている。「中国社会ノ支柱ガ、実ハ人民ノ隷属ニアリ」という言葉の方が、より実感がある。香港市民の六月十二日以来の逃亡犯条例反対のデモや主体保衛運動は、西洋文明と等置できる自由、人権、法治という価値観とそれらの実践において、習近平政権の人民中国やその傀儡《かいらい》の香港政府が、はるかに劣ることをはっきりさせた。

いつか、習近平の中国の特色ある大国外交が「戦狼外交」の歴史的失敗として中国指導部により決議される日の来ることを私は願っている。

（二〇一九・九・十九）

高まる中国全体主義への懸念

「民主主義と全体主義とどちらが良いか」と質問すれば、「民主主義」の答えが返ってくる。そんな令和の日本に生を享《う》けて、まあよかった、と私はめでたく思う。

だが中国では「全体主義が良い」と露骨に言わぬにしても、共産党の一党支配が良い、とお上《かみ》は言明する。かつてデモクラシーの体験のない隣国の下々《しもじも》がそれに同調するのはわかるが、在外の華人の多くもそうだとすると、問題だ。だが国家が人民を管理する北京の現体制を、何億もの人が素直に受け入れているとは本当か。

一党専制独裁支配の功罪

香港と違って大陸で習政権批判のデモが起きないのは、公安の取締りが厳しいからだが、それだけではない。空前の経済発展のお蔭で、中国人は現状肯定の気分だ。毛沢東支配下では鎖国していたが、鄧小平以後は開放され、富裕層は海外旅行もできる。外国事情を自分の眼で見る自由度はかつてなく高い。留学志望者も多い。だがこうして観光が出来るのも政府主導の市場経済で、中国が世界第二の経済大国になったからだ。そう思うと一党専制の方が西洋民主制より良い、と言い出す。大陸沿岸部の方が豊かだから、台湾の民主主義モデルよりも中国の全体主義モデルの方が上だ、と居丈高になるのは当然だろう。

身に覚えがある

実は私にも似た覚えがある。戦前の日本では、ヒトラーのドイツ、ムッソリーニのイタリア、スターリンのソ連など、一党専制の独裁体制が、議会制民主主義の英米仏より上で、効率的だと論壇で讃えられた。特にヒトラーの人気はわが国では絶大で、全体主義を良しとする風潮が日本を支配した。

昭和十年代の新聞は「腐敗せる政党政治」や「官僚・財閥」を非難した。（そのくせ軍部批判は手控えた）。なにしろ日本では毎年、首相が代わる。当然、一人の専制支配者はいない。当時の日本に声高なファシストはいたが、国家はファシスト国家ではなく、昭和天皇は立憲君主の分を弁《わきま》えて親政は行なわず、独裁体制はなかった。戦争中の国定修身教科書小学校五年生用に「国民の務《つとめ》」として選挙が出ており、「他人に強いられて適任者と思わない人に投票してはなりません」と出ていた。斎藤隆夫代議士は、昭和十五年二月、衆議院で戦争政策を批判し、その演説のために除名され、議席を奪われた。これが専制国家であるならば命も奪われたであろうが、斎藤は昭和十七年四月の次の選挙で最高得票で再選された。

全体主義は命取りに

今の日本の子供は民主主義とは多数決で決めることと習い、デモクラシーとは国民が議員を投票で選び、議会の多数党が政権を握ることなどは、大人が総選挙に投票に行くのでわかっている。しかし全体主義とは何か、それは警戒すべきだ、という感覚は乏しい。

毛沢東について人民中国の評価は、前半は祖国解放の指導者として高く、後半は大躍進や文化大革命の発動者として低い。二十世紀の三大独裁者の中で、毛沢東が殺した人数はスターリン、ヒトラーを上まわるようだが、人民中国は毛は功が六で罪が四とどんぶり勘定で独裁の罪を帳消しにした。

だがそれと同様にヒトラーを評定すると、ドイツをヴェルサイユ条約の桎梏《しっこく》から解放し、国中に高速道路網《アウトバーン》を建設、国民車《フォルクスワーゲン》を普及させ、ベルリン・オリンピックで国威を高めた。毛主席式に評価すると、ヒトラー総統の前半の大功は後半の大罪とあい半ばする、という屁理屈もつきかねない。

日本人の警戒感強まる

ヒトラーの大罪は、同一言語の同一民族だからとしてオーストリアの威嚇併呑《いかくへいどん》に始まり、ついで機械化部隊でポーランド、ノルウェー、オランダ、ベルギー、フランスを制圧した。すると「バスに乗り遅れるな」と昭和十五（一九四〇）年、日本はドイツと手を握ったが、それがわが国の命取りとなった。ナチス・ドイツと同盟したことで日本は米英と決定的に敵対し、日米開戦は不可避となったからである。

林鄭月娥行政長官に反対し、民主化を求める香港デモは、次第に反習近平デモの様相を呈し、学生のみか市民も香港が中国化することへの不満を世界に示した。法律を改正し主席任期を撤廃させた皇帝もどきの習近平氏だが、権威はこれで傾いた。すると彼は毛沢東回帰を唱え、軍事力を誇示し、人民の愛国心を煽《あお》る。だが斜陽の人気を軍事闘争で回復されては物騒だ。香港武力制圧の次は台湾併呑《へいどん》の挙に出るつもりか。日本でも近年、監視社会化が進む隣国に対する警戒感がようやく強まった。

いまや覇権大国を目指し「中国夢」を説く。そんな中国と米国の関係は悪化する。遠交近攻の中国は、かつて大戦中は、米英ソと結んで日本と敵対したが、今度は日本に近づくべく、パンダを連れて習主席が来日するかもしれない。だがこんな皇帝もどきと手を握れば、わが国の命取りとなりかねない。

「速《すみ》ヤカニ立チ帰リ給ヘ」とでも言いたいところだが、相手は来るとなればなにしろ国賓である。となれば、なにとぞ日出る国の天子は、日没する国の元首に対し、和して同ぜず、「恙《つつが》ナキヤ」とでもご挨拶を賜りたい。

（二〇一九・十一・十三）

米中日の宗教文明史的三角関係

米中日の三角関係の中で、これからの日本はどのような路を進むべきであろうか。アメリカのグローバル化路線にそのまま寄り添うのか。大国化する中国の国家資本主義路線に迎合するのか。第三の自主独立路線を呼号するのか。それとも国全体がひきこもりになるのか。

巨視的に国際文化関係を大観すると、日本はかつては中国文化の影響下にいたが、ここ百五十年ほどは西洋文化の影響下に生きてきた。有史以来千五百年ほどは漢字文化の感化を浴びたが、明治維新以後の百五十年ほどは西洋志向で生きてきた。ここで中国文化といわず漢字文化というのは、宗教的にはインド起源の仏教の感化も漢訳仏典を通して受けたからである。かつての日本人にとって最初の第一外国語は漢文であった。

土着の宗教についての自覚

外来宗教が伝わったことで、日本人は初めて土着の宗教について自覚し、それを神道と呼ぶようになった。神道は広い意味では仏教が伝教する以前の日本の信仰をさしている。その影響力は根深い。神社神道は敗戦後も盛んで元日には三百万の人が明治神宮に参拝する。ただし「脳内白人」と呼ばれる西洋かぶれの日本人の中には先祖を祀る祭祀を無視する者もいる。罰当りといわねばならない。

仏教の影響が指摘される『源氏物語』や『謡曲』でも、一番印象的なのは「ものの怪《け》」、すなわちghostである。この霊は仏教以前から存在する土俗的な信仰のおばけで、私はそれをShinto ghostと呼んで外人に説明している。そのような霊がいる日本をラフカディオ・ハーンはghostly Japan「霊の日本」と呼んだ。

西洋ではゴッドが人間を創ったが、日本では人が死んで神棚に祀られて神となる。そんな祖先の霊を崇めるのは、私に言わせれば、良い習慣である。八百万《やおよろず》の神がすむ日本はまた亡霊の住む国である。「亡霊」も「霊」も英語にすれば同じで、怪談にあらわれるghostである。ただ日本の知識人はそんなお化けは低級と思いこんで、怪談は国文学史でもきちんと扱われない。しかし漫画の世界や宮崎駿のアニメ映画では、そんな神や神隠しやがもてはやされ、国際的にも評判が高い。

ファッションとしての外来宗教

我国に大文明は古代から海を渡って伝わった。舶来品は物も思想も高級感があり日本人は大好きで、すぐ飛びついた。『源氏物語』でも仏教は信仰としてよりもファッションとして尊重された。

今日も日本の若者は、信者でもないくせにブライダル・チャペルで結婚式をあげる。今日の新婚さんがクリスチャンでないと同様、安土桃山時代の「キリスト教の世紀」として喧伝された宗教的熱狂も本当にキリスト教がわかった上での現象ではなかったに相違ない。南蛮時代にキリシタンが尊重されたのは貿易上の実利もあってのことで、大名が改宗すると領民全員が信者になったと数えられた。日本はキリスト教国になりつつあるとローマへ報告されたが、それは宣教師の誇大報告を真に受けたローマの大本営発表だった。戦後の日本では信仰も自由、宣教も自由だが、キリスト教徒は国民の一パーセントを越えることはなかった。

漢字文化で日本にもたらされた倫理は儒教道徳である。それは武士階級や士族階級を支えたが、戦後の日本では色あせた。大正時代からは社会主義思想がおおはやりして官僚や軍部にも革新思想が流行した。しかし、社会主義の実験はソ連でも東ドイツでも成功しなかった。毛沢東思想の価値は今でも低い。習近平が持上げても『毛沢東語録』の古本の値は低いままである。考えてみると一部日本人の毛崇拝も流行のようなものであったろう。

米国は親中か親日か

日本人は日米関係は安泰と思い日本を中国の脅威から守ってくれると思っているが、かつての日本帝国は米国の敵であつた。戦前戦中の米国は圧倒的に親中派だった、ということを忘れてはならない。

ワシントンで今なお記憶に残る東洋人の英語演説は、蒋介石夫人でクリスチャンの宋美齢が一九四三年二月に行なったスピーチ《米国の敵、日本をまず叩け》であった。米国の親中感情を盛り上げた彼女は中国のジャンヌ・ダルクともてはやされた。国際連合ができるや中国は拒否権を持つ常任理事国となる。

その中国の代表権が台湾から大陸へ移ったのは、反ソで、ワシントンと北京が手を結んだからだ。ニクソン政権のキッシンジャー大統領補佐官は訪中し、毛沢東・周恩来に日米安保条約は日本の軍事大国化を防止する側面もある、と述べた（一九七一－七二年）。

日米同盟は長さこそ米国史の四分の一に及んだが、日米安保条約の双務性が強調されたのは近年だ。安倍晋三が二〇一五年四月二十九日、わが国の首相として初めて米国上下両院合同会議の席で演説し、過去の大戦の歴史を見据えた上で、将来の安保法制の充実にふれた。日本も大切だと米国の参列者も感じたからだろう。満場起立の拍手だった。

日本人も宋美齢に負けず言論で競わねばならない。私たちは良き外国の友人を持ち、その人の為に汗もかき、血も流す人でありたい。そして私たちは、外国の土地の言葉で日本のために語れる人材を養成せねばならないのである。

（二〇二〇・十一・三十）

独裁者の神格化許さぬ立憲君主

易姓革命の中国

紀元前に書かれた『史記』に「王ハ姓ヲ易ヘ命ヲ受ク」とある。中国の支配者は、天命を受け天下を治めるが、不徳にしてその家（姓）に失政があれば、別の者が新王朝を開く、という政治思想で、唐・宋・明・清など王朝が滅びるたびに中国の人は「易姓革命」を口にした。共産党の強権体制は、実態は前近代的皇帝支配と同じだから、終身主席が失脚する際は、やはり易姓革命が囁かれるだろう。

日本でも、北条・足利・徳川家（姓）が易《かわ》って天下を取り将軍家となった。そこまでは似ている中日両国だが、先が違う。中国では王朝を一姓の業としたから、そのたびに国名も変わったが、日本はそのままだ。幕府と別に、男系の天子が続いたからである。

その違いをどう認識したか。人間は一生懸命学ぶと、研究対象国に憧れ、とかくその国に惚《ほ》れこむ。漢学者は中国を理想化した。その漢意《からごころ》と呼ばれる心理は今でいうチャイナ・スクールの中国一辺倒の心理で、自己を卑下し「東夷」と称する者も出た。そのようにして実に多くを中国から学んだ日本人だが、易姓革命の思想は受けつけず、中には我が国は違う、と肩肘を張って、日本の国体を誇る者も現われた。

日本の国柄

皇帝（主席）と天皇と何が違うか。中国では皇帝が一身に権力と権威を握るが、一たび倒れれば易姓革命となる。日本では鎌倉時代以後、政治権力は征夷大将軍が握り、敗戦後の数年は占領軍総司令官が握ったが、権威は神代から続く皇室にあった。

日本国民は天皇を戴くその国柄を大事にした。昭和二十年八月、ポツダム宣言受諾に際し、政府は天皇の地位の保全を条件とした。

終戦が確定した八月十四日の夜遅く、鈴木貫太郎総理の部屋に阿南惟幾《あなみこれちか》陸相が永別の挨拶に来た。閣議で強硬な意見を申したことを詫び「真意は国体維持にありました」と述べた。鈴木首相は二十歳近く若い阿南陸相の肩に手をかけて言った、「皇室は御安泰です。陛下は春と秋との御先祖のお祭を必ず御自身でなさっておられるのですから」。阿南陸相も頷《うなず》いた。

天皇のおつとめはまつりごと

なぜ皇祖皇宗を祭る儀式が大切か。

私たち個人は死ぬが、民族は続く。一系の天子は日本国民の永生の象徴で、祖神が天照大神の天皇であればこそ、おのずと権威が備わる。国民の皇室崇敬の念は、神道的な先祖崇拝の念に重なる。天皇のおつとめは祭事《まつりごと》が先で、政事《まつりごと》は次とされた。杉浦重剛も御進講で言った、「神事を先にす」。日本の場合、明治維新で尊皇派が幕府を倒し、天下を取った。勤王派には「神武復古」「天皇親政」を叫ぶ志士もいたが、明治天皇は絶対君主とはならない。日本は立憲君主制となった。明治二十二年の帝国憲法で天皇の権威は尊重されたが、「大臣ハ天皇ヲ輔弼《ほひつ》シ其ノ責ニ任ズ」。権力の行使は「此ノ憲法ノ条規ニ依リ」「議会ノ協賛ヲ以テ」と定められた。「憲法ノ精神ハ第一ニ君権ヲ制限シ」とは伊藤博文の言葉である。

権力と権威の分離

私は昭和二十年代のフランス留学組で、仲間の多くは、革命で王制を倒した共和制フランスを理想化し、天皇制のせいで日本には市民社会が成熟しない、などと主張した。米国留学組にも大統領制支持者がいた。穏健なのは英国研究者で、英国は「国王ハ君臨スレドモ統治セズ」だから、日本と似ていた。

民主国にとっても権威 authority と権力 power の分離は結構な事と私が実感したのは、両者を一身に集めた米国大統領がまずい事になった時である。プレジデントは米国の象徴だ。不徳のニクソンが弾劾《だんがい》され、クリントンが性的スキャンダルに塗《まみ》れると、合衆国民が動揺し、不安になる。大統領の品位が落ちれば、米国の品位も落ちる。

二〇二〇年の自己の落選を認めぬトランプ大統領の悪あがきは、醜態《しゅうたい》だ。トランプはデモクラシーの威信そのものを傷つけた。中国はこれを奇貨《きか》とし、一党支配の正当性を喧伝《けんでん》する。香港の若者の民主への希求を蹂躙《じゅうりん》し、自由台湾やわが尖閣をも核心的利益と称して憚らぬ習主席の中華帝国主義は剣呑《けんのん》だ。それなのに民主主義連合の指導者だった米国は世界の警察とならず、国際指導力は低迷したままである。日本も自力を強めねばならない。

第一次大戦後、皇帝を廃した国に残虐な独裁者が次々に現われた。ドイツではヒトラーが登場、ナチス・ドイツを第三帝国と称し、ユダヤ人六百万を殺した。ロシアでは革命でニコライ二世を処刑し、共産党が天下を取るや一党支配の下、スターリンは「人民の敵」を次々と粛清した。正確な数は不明だが、ドイツの場合より多く、毛沢東の中国よりは少ないと言う。こうした歴史を比較すると、独裁者の神格化を許さない立憲君主の存続は尊く有難い。権力を持たぬ日本の天皇は、続くことと祈ることに深い意味がある。

昭和二十年の敗戦に際し国体を護持した方々に私はお礼を申したい。

（二〇二一・一・二十八）

専制国家中国が抱く「夢」の正体

米中が、米国アラスカの外交トップ会談で、激突した。ブリンケン米国国務長官が、香港の民主派弾圧、台湾に対する軍事的威嚇《いかく》、ウイグル族弾圧に懸念《けねん》を表明した。すると楊潔篪《ようけつち》中国代表が猛反発、「唇槍舌剣《しんそうぜつけん》」の言論の火花が散った。

楊は西洋の東亜侵略に言及したが、それを聞いた私は子供の頃、大東亜戦争前夜、わが国の外交官がアヘン戦争以来の西洋の植民地支配の非をついた放送を思い出した。確かに西洋帝国主義に非はあった。だが二〇二一年の香港の若者は、英国支配は悪いが、共産党支配はさらに悪いと反撥している。これこそが歴史の真実だろう。

民主国家と独裁国家の衝突

台湾の若者も大陸への併呑《へいどん》は真平《まつぴら》御免、と蔡英文総統を支持している。漢民族が投票による総統選挙を行なう能力があることを台湾は示した。人民民主主義という一党専制の人治でなく、民主主義という多数決による法治こそ、大陸も模範とすべき政治制度であることは自明ではないか。しかし、投票では自分たちが権力の座を追われるかもしれない。その特権喪失を惧《おそ》れ、共産党支配にこだわるうちに、中国の実態は皇帝支配の専制的警察国家に先祖返りした。

北京が上から目線で周辺地域にもの言う資格はない。滅満興漢《めつまんこうかん》を唱えた辛亥《しんがい》革命の後、中国では満州族を弾圧、いまや満州語を話す人はいなくなった。そして今度はウイグル、チベットで同化政策を強行中である。

昭和の日本は国際聯盟を脱退し、世界を敵にまわした。愚の極《きわ》みだが、脱退演説をぶった松岡洋右全権は国内で英雄視された。ジュネーヴで松岡が随員に退席を命じるシーンを何度も映画館で見た。楊代表もいまや中国でヒーローだ。米国代表に向かい「お前らの立場はもう強くない。その手はもう食わない」と啖呵《たんか》を切った。すると、この「不吃這一套的」と刷ったTシャツが大陸で売り出された。中国人は胸が晴れたろう。勤勉な努力が報われ、国が豊かになれば自信過剰にもなる。経済力・軍事力を背景に「昇る東洋」「降る西洋」と調子がいい。国内で勝手な法律を制定し、「核心的利益」と国外へ主張する。かつてわが軍部が「満蒙は日本の生命線」と大東亜建設の勝手な夢を主張し、軍を大陸へ進めたことが思い出される。

韓中の常識は世界の非常識

現行の国際法は西洋本位で中国が弱い時に押しつけられた。だから無効だという。韓国が、左翼政権に乗っ取られるや、日韓基本条約は韓国が弱い時に押しつけられた。だから無効だと主張するさまに似て、韓・中の常識は世界の非常識だ。すでに中国海軍の力は日本の海上自衛隊を上まわった由だ。だが、日本人は平和ボケで、危機の自覚は薄い。令和の日本は近隣諸国の脅威に曝《さら》されている。

日清戦争前夜、戦艦がない日本は、清国北洋艦隊と太刀打ちできない。定遠・鎮遠の二大戦艦が長崎に寄港するや、中国水兵が勝手に上陸、乱暴狼藉《ろうぜき》を働き、死者も出たが、日本警察はなすすべもなかった。無法は許してはならない。台湾有事の際、尖閣のみならず薩南の島々に人民解放軍が「平和進駐」するだろう。日本も有効な抑止力を整えるべきではないのか。

中国のメディアはアラスカ会談の写真と並べて一九〇一年の義和団事件議定書会議の写真を載せた。「百二十年前とは違うぞ。西側の立場はもう強くないぞ」と国民の愛国心に訴えた。だが、ドイツや日本の外交官を殺し、中国人キリスト教徒を惨殺し、漢名利瑪竇《りまとう》こと宣教師リッチの墓を壊した義和団を義挙と言いつのる気か。

外人専家平川の授業

天安門事件直後、北京の日本学研究センターで、私は義和団について中国学生と議論した。改革開放で、中国の若者が大挙して外国語を習い出した時のことで、私はレポートに「明治日本が中国文化圏に背を向けて西洋文明圏に入ろうとした方向転換の功罪を論ぜよ」という題を課した。するとと私が義和団を拳匪《けんぴ》と呼んだのに自尊心を傷つけられた一学生が、「義和団は民衆に大尊敬され支持された」と答案にあった。私が、「皆さんが学校で習った公式的な歴史ははたして正しいか。義和団が列国の公使館を包囲攻撃したことを肯定したら、紅衛兵が英国大使館に放火したことも義挙として認めなければならなくなりはしないか」と答えると、一学生が「最近は洋務運動は高く評価され、義和団の評価は下がりました」と言った。私はその発言を聴いて、いや、その時その時のお上の歴史評価に従って、自分たちも評価を変え、歴史上の人物に黒白のレッテルを貼るのが、はたして文化史の授業か、と問うた。

言論の不自由こそ中国の国恥

中国人の自己認識の第一は、魯迅によると「中国は開化は最も早く、道徳は天下第一」と称する完全な自負型で、今でも「歴史清白、道徳高尚」と肯定し、中国は世界大国中唯一の他国を侵略した原罪のない「没有原罪的国家」だと自負する。

だが党に対する批判を許さない言論不自由こそ、中国の国恥《こくち》だ。専制から民主へと政治の現代化にも踏み切るべきだ。国内改革こそ米国に対処する上での中国のもっとも佳き選択、「重啓改革是應対美国的最佳選択」とは、中国の心ある人が考えていることではなかろうか。

（二〇二一・四・七）

はばかられる男女性区別の論点

任期一期だけで一九八〇年の選挙でレーガンに敗れたカーターが米大統領の頃、女性解放が声高に唱えられた。

男と同じく女も兵役につけるはずだ、と平等論者が主張、ついに妊婦の士官が登場、ロープにぶら下がる訓練に励む写真が新聞に出た。「自分の体は私が一番よくわかっている」と本人は答えていたが、「本当にいいのか」と私は思った。

声なき多数の米国人の本音

女性兵士反対の将軍は米国にもいる。連合国軍総司令部（GHQ）の第二代最高司令官を勤めたリッジウェイ大将も反対意見を開陳した。しかし、女性戦士は今や日本でも定着、防衛大学校卒業式に成績優秀な女性が行進の先頭に立つ。大和撫子《なでしこ》が幹部自衛官として颯爽《さっそう》と指揮をとる。

だが、平等主張も度を過ぎると問題だ。米国大統領府の一女史が「女性用トイレが遠くて不便だ。

弦書房

出版案内

2025年初夏

『水俣物語』より
写真・小柴一良（第44回土門拳賞受賞）

弦書房

〒810-0041　福岡市中央区大名2-2-43-301
電話　092(726)9885　FAX　092(726)9886
URL　http://genshobo.com/　E-mail　books@genshobo.com

◆表示価格はすべて税別です
◆送料無料（ただし、1000円未満の場合は送料250円を申し受けます）
◆図書目録請求呈

◆渡辺京二史学への入門書

渡辺京二論 隠れた小径を行く

三浦小太郎　渡辺京二が一貫して手放さなかったものとは何か。「小さきものの死」から絶筆『小さきものの近代』まで、全著作を読み解き、広大な思想の軌跡をたどる。

2200円

渡辺京二の近代素描4作品（時代順）

＊「近代」をとらえ直すための壮大な思想と構想の軌跡

日本近世の起源 戦国乱世から徳川の平和へ【新装版】

1900円

室町後期・戦国期の社会的活力をとらえ直し、徳川期の平和がどういう経緯で形成されたのかを解き明かす。

黒船前夜 ロシア・アイヌ・日本の三国志【新装版】

2200円

◆甦る18世紀のロシアと日本　ペリー来航以前、ロシアはどのようにして日本の北辺を騒がせるようになったのか。

江戸という幻景【新装版】

1800円

江戸は近代とちがうからこそおもしろい。『逝きし世の面影』の姉妹版。

小さきものの近代 1・2（全2巻）

各3000円

明治維新以後、国民的自覚を強制された時代を生きた日本人ひとりひとりの「維新」を鮮やかに描く。第二十章「激

潜伏キリシタン関連本

【新装版】かくれキリシタンの起源 信仰と信者の実相

2800円

中園成生　「禁教で変容した信仰」という従来のイメージをくつがえす。なぜ二五〇年にわたる禁教時代に耐えられたのか。

FUKUOKA Uブックレット⑨

かくれキリシタンとは何か オラショを巡る旅

680円

中園成生　四〇〇年間変わらなかった信仰——現在も続くかくれキリシタン信仰の歴史とその真の姿に迫るフィールドワーク。

日本二十六聖人 三木パウロ 殉教への道

2200円

玉木譲　二十六人大殉教の衝撃がもたらしたものとは。その代表的存在、三木パウロの実像をたどる。

天草島原一揆後を治めた代官 鈴木重成

2200円

田口孝雄　一揆後の疲弊しきった天草と島原で、戦後処理と治国安民を12年にわたって成し遂げた徳川家の側近の人物像。

天草キリシタン紀行 﨑津・大江・キリシタンゆかりの地

小林健浩［編］﨑津・大江・本渡教会主任司祭［監修］　隠れ部屋や家庭祭壇、ミサの光景など﨑津集落を中心に貴重な写真二〇〇点と四五〇年の天草キリスト教史をたどる資料

◆水俣病公式確認69年◆

◆第44回 土門拳賞受賞

水俣物語 MINAMATA STORY 1971〜2024

小柴一良 生活者の視点から撮影された写真二五一点が、静かな怒りと鎮魂の思いと共に胸を打つ。 3000円

【新装版】死民と日常 私の水俣病闘争

渡辺京二 著者初の水俣病闘争論集。市民運動とは一線を画した〈闘争〉の本質を語る注目の一冊。 1900円

8のテーマで読む水俣病

高峰武 これから知りたい人のための入門書。学びの手がかりを「8のテーマ」で語り、最新情報も収録した一冊。 2000円

非観光的な場所への旅

満腹の惑星 誰が飯にありつけるのか

木村聡 問題を抱えた、世界各地で生きる人々の御馳走風景を訪ねたフードドキュメンタリー。 2100円

不謹慎な旅 1・2 負の記憶を巡る「ダークツーリズム」

木村聡 哀しみの記憶を宿す、負の遺産をめぐる場所へご案内。40+35の旅のかたちを写真とともにルポ。 各2000円

戦後八〇年

占領と引揚げの肖像 BEPPU 1945-1956

下川正晴 占領軍と引揚げ者でひしめく街、別府がBEPPUであった頃の戦後史。地域戦後史を東アジアの視野から再検証。 2200円

十五年戦争と軍都・佐伯 ある地方都市の軍国化と戦後復興

軸丸浩 満州事変勃発から太平洋戦争終結まで、連合艦隊・海軍航空隊と共存した地方都市＝軍都の戦中戦後。 2000円

戦場の漂流者 千二百分の一の二等兵

語り・半田正夫／文・稲垣尚友 戦場を日常のごとく生き抜いた最下層兵の驚異的漂流記。 1800円

占領下のトカラ 北緯三十度以南で生きる

語り・半田正夫／文・稲垣尚友 米軍の軍政下にあった当時、島民の世話役として生きた帰還兵の真実の声。 1800円

占領下の新聞 別府からみた戦後ニッポン

白土康代 別府で昭和21年3月から24年10月までにGHQの検閲を受け発行された52種類の新聞がプランゲ文庫から甦る。 2100円

日本統治下の朝鮮シネマ群像 《戦争と近代の同時代史》

下川正晴 一九三〇〜四〇年代、日本統治下の国策映画と日朝映画人の個人史をもとに、当時の実相に迫る。 2200円

ホワイトハウス内の差別は許されない」と言い出した。そんな主張にけおされて、便所の男女区分を廃止する役所も出た。

しかし、女性のサイレント・マジョリティーは、学校やホテルで男性とトイレを共有するのはいやだ。

とはいえ共有に反対して、自分が時代遅れと見られるのもいやだ。が、米国人の本音《ほんね》は声なき多数にあったらしい。

『タイム』誌によると、カーター大統領は事ごとに夫人と相談した。ロザリン夫人は大統領を囲む側近の会議にも出席、盛んに発言した。しかし、それこそがカーター落選の理由だという。当時マスコミは女性の政治進出を支持しただけに、大統領夫人の政治への容喙《ようかい》が米国民にそれほど嫌われたか、と事の意外に私は驚いた。

法律的平等と生物的平等

極論は嫌われる。男女の法律的平等と生物的平等を世間はとかく同一視する。男に婦女暴行罪があるなら女にも男子暴行罪があるべきだ、と言うから、「女が男を強姦できるのですか」と教室で笑いかけたが、周囲は笑わない。

浮いてしまった私に一女史が説明した、「女教師が高校生を自室に呼んで事に及んだら、たとえ同意がなくとも青年は負ける。男は心ならずも体を許した。だから女性による男子暴行の罪は成立するべきだ」。

外国産の新説を唱えると論壇では格好がいい。あちら産の主張に追随する人が日本に多い証拠に、カタカナや横文字のイニシャルが紙面でやたら目につく。

最近はＬＧＢＴ法案が話題だ。多数の日本人には意味不明なローマ字だが、Lesbian, Gay, Bisexual, Transgender の頭文字で、同性愛者や性的少数者をさす。

彼らは曾て聖書で地獄落ちと非難されたから、公然と表に出た今は必死に自己主張をするだろう。しかし、日本での具体的問題は、山谷えり子参議院議員が語ったように、「男性の身体で、心が女性だからといって女性の競技に参加してメダルを取ったり、そういう不条理なこともある」ことだろう。

ある中堅議員は、トイレや更衣室の利用で混乱が生じると懸念を示した。男性の身体で、心が女性だからといって女性便所に現れたら、周囲は顰蹙《ひんしゅく》するだろう。

日本語で便所をはばかりと言うのは憚《はばか》られる場所だからだ。英語でトイレットというのはフランス語の toilette トワレットを英語読みにした。フランス語でヴァテールというのは英語のＷ・Ｃ（ウォーター・クロゼット）の最初の water をフランス語読みにした。世間は露骨に言うのをためらい外国語を使う。

ディスクリミネーションの感覚

敗戦後、日本には便所に男女の区別がないと私たちは進駐軍に叱られた。東京・駒込の東洋文庫はそれで洋式便所は女性専用となり、男は大便のために庭の隅の木造のはばかりへ行かねばならなかった。仮の造りで、水洗ではなく、東洋風で、東洋の臭いがただよっていた。そこへ通った私だけに、米国で一部フェミニストが男女便所区別反対を言い出したときは苦笑した。

人間は sense of discrimination を持つことが大切だ。この場合ディスクリミネーションとは「差別」でなく、「区別」「分別」の意味である。便所の使用について日本でも裁判沙汰となった。こんな折衷策もあるので、前世紀の話だが参考に再録させていただく。

「ロンドンの宿はＹＷＣＡに予約した」と伝言があった。ＹＷＣＡとは Young Women's Christian Association（キリスト教女子青年会）の略称なので、ＹＭＣＡの間違いかと思い電話すると先方は留守で、先方の代りに出た女性が「時勢が変わりましたから、ＹＷＣＡも殿方をお泊めするかもしれませんね」という。

その通りで、以前は男子禁制のＹＷＣＡのプールで泳ぐこともできた。トイレも男女共用だが、それでも各階に男性専用、女性専用が一つずつ用意されていた。日本も大きな施設はそうするがいい。

（二〇二一・六・二十二）

学者コミュニティー改革開放を

『歴史学研究』が正確に紹介

比較史を主張している私は、歴史は好きだが、特定の史観を強要する、戦後強くなった一部の学会や学者は敬遠した。とくに生硬な翻訳調のマルクス主義の論文には閉口した。そんな私は昨今話題の学術会議と接点はない。それだけに歴史学研究会の重鎮、板垣雄三教授が平川祐弘著『戦後の精神史』（河出書房新社、二〇一七年）を、竹山道雄著『昭和の精神史』（新潮社、一九五六年）と並べ、二千五百字を用いて正確に紹介した時は驚いた。

『歴史学研究』二〇二一年七月号完結の《日本学術会議問題2020がわれわれに投げかける課題》がそれで「学術会議問題」とは昨二〇二〇年秋、菅義偉首相が会員内定者六名を除外した件である。任命洩れの加藤陽子氏は通称「歴研」に属する。

歴研は、学術会議にも、歴史教科書にも、戦後日本人の歴史観の形成にも、隠然たる影響力を及ぼしてきた。だが共産党傘下のかつての民主主義科学者協会のように、歴研も特定傾向で固めてはまずい。そんな判断か、板垣は竹山道雄とその「バトンパスを受けたリレー作品とも見られる」と婿の私の書物も話題とした。

『昭和史』『昭和の精神史』『戦後の精神史』

歴研会員、遠山茂樹、今井清一、藤原彰著のベストセラー『昭和史』(岩波書店、昭和三十年)は、モスクワ製の歴史理論に基づき、上からの演繹《えんえき》で軍国日本を説明したが、それに対して竹山は自己の見聞と実感と読書知識に照らし、『昭和の精神史』(新潮社、昭和三十一年)を説明した。

多くの読者は竹山の見方に納得したが、社会主義を信奉する人は黙殺した。だが竹山のロングセラーは無視できないらしい。

学界政治にうとい私は、学術会議問題について現役教授に電話すると、戦後、東大駒場に新設された比較文学比較文化課程出身の学者を同会議が会員に推挙した例はない、と不満げだ。そんな学術組織なら、国の予算で維持する必要はなかろうと廃止論に私も賛成した。

だが除外された理由は別でないか。東大駒場の比較大学院第一回出身の私が歴史書を書いても、歴史科卒でないから『歴史学研究』に無視されたままでだろう。拙著『戦後の精神史』が「深く読み返すべき」必読書とされたのは初めてで、こそばゆい。

仏魂伊才から和魂洋才へ

比較研究は、学問区分の枠に納まらず、排斥されやすい。旧帝大では、学問も学会もナショナルな一国一言語単位で分類された。仏語仏文学の枠からはみ出た私は、仏語教師の就職にも苦労した。

そこで私は学問的機動力を発揮し、二つの言語文化に跨る人物を扱った。

比較研究は複数の言語・文化を横断する。紀貫之は漢詩を学んだが、やまと心は母国語の和歌で歌わねばならぬ。『古今集』序に示された詩論は、優越した大文明に直面した周辺国民の自己主張の心理、「和魂漢才」と関係する。

十六世紀の西洋では優越した文化の中心はルネサンス期イタリアで、フランス人はラブレーもロンサールもイタリアに憧れた。しかし学芸はイタリアに学ぶが、心のたけは母語で述べたい。そう自覚した詩人デュ・ベレーは、自己表現は母語にかぎるとフランス語擁護《ようご》論を書いた。文芸復興期のフランス人が劣等感に苦しんだことに気づいた私は、修士論文『ルネサンスの詩』で「仏魂伊才」を扱い、博士論文で優越した西洋文化に直面した明治人の心理を『和魂洋才の系譜』で扱った。

学際的研究ができたのは、大学紛争後の駒場東大に学者コミュニティーがあったおかげだ。紀要に次々と発表する平川を認めて、人類文化史の一冊の執筆を推挙する人文社会の先輩がおり、一般教育演習の成果を『西欧の衝撃と日本』（講談社、一九七四年）にまとめると、今度はプリンストン大のマリウス・ジャンセン教授から *Cambridge History of Japan* に書かないか、君の視野は新鮮だ、と誘われた。

『昭和の精神史』について、竹山道雄は控えめに「歴史家の作業としたら不十分なものであることはわきまえている」と述べた。息子の竹山護夫は国史科出身で、父や私と議論したが、山梨大在職中、四十四歳の若さで急逝した。没後二十年の二〇〇七年、『戦時内閣と軍部』など『竹山護夫著作集』全五巻（名著刊行会、加藤陽子解説）が出た。護夫は父に楯突きもしたが、父の作業を補完した。

学際・職際・国際的な歴史家を

私も『竹山道雄と昭和の時代』（藤原書店）と『竹山道雄セレクション』全四巻（同）を、そして私自身の『平川祐弘著作集』全十八巻（勉誠出版）も出した。その際、歴史科卒の義弟護夫は歴史家で、竹山道雄や平川祐弘は歴史家とは違う、というのは奇妙な分類と感じた。

私は『戦後の精神史』や『昭和の大戦とあの東京裁判』（河出書房、二〇二二年）を、複数言語と文化に跨る比較文化史家として書いた。「彼を知り己を知る」が往年の駒場の比較の大学院の学風だったのである。

「歴研には困ったものだ」と生前繰り返したのは私の同僚、芳賀徹だ。遺著『文明の庫《くら》』（中央公論新社、二〇二一年）で、徳川日本を研究する驚きと喜びを伝え、羽仁五郎とハーバート・ノーマン系統の徳川暗黒史観を否定した。学界の改革開放には、立場の違う学者の書物も俎上《そじょう》にのせ論評することが大切だ。私は板垣雄三教授が『歴史学研究』誌上で拙著を取上げてくれたことを嬉しく思っている。

（二〇二一・九・三十）

「習皇帝」の夢は華夷秩序の復活か

文学研究が同時に外交研究として通用するなら、秀逸な証左だが、西原大輔東京外大国際日本学研究院教授の『室町時代の日明外交と能狂言』（笠間書院、二〇二一年）は見事な国際文化関係論だ。著者は爽快な学究で、遠慮せず、先輩の誤りを指摘し、問題の所在を明示する。

戦後イデオロギーからの解放

西原が戦後イデオロギーに拘束されず、のびのび発言する例をあげると、能楽評論の大家、増田正造が「世阿弥は平和や繁栄という根元的なものは賛美したけれども、室町幕府や足利義満を称える能をひとつも書かなかった」と『能の表現』（中央公論新書）で書いた。だがこれは「政府や権力者を賛美するのは悪だとする戦後イデオロギー」の色眼鏡から自由でないからこそ、増田はこんな誤りを平気で書く、と西原ははっきり言う。事実、世阿弥ら「御用役者が制作した脇能の多くが、国家や将軍をめぐる慶事などを背景にして制作された」（天野文雄『世阿弥がいた場所』ペリカン社）。

足利三代将軍義満は、今でいうチャイナ・スクールで、明の使いを北山第に迎え、臣下の礼をとることで「日本国王」の冊封《さくほう》を受けた。だが四代将軍の足利義持は「我が国は古より外邦に向て臣を称さず」と明と断交に踏み切った。

日本側の独り相撲

そんな時勢を背景に、世阿弥は、謡曲『白楽天』を書いた。能作者は、白楽天を来日させ、楽天が漢詩を詠むと、日本側は和歌で応じ、筑紫の沖で詩歌の競技が行なわれる。

白楽天の狙いは日本の文化的征服だが、浦の漁師が三十一《みそひと》文字で応戦する。前ジテの漁師は後ジテで和歌の神、住吉の明神《みようじん》の正体をあらわす。試合は日本の勝ちとなり、「神風に吹き戻されて唐船は、ここより漢土に帰りけり」。そして「げにありがたや神と君、げにありがたや神と君が代の、動かぬ国ぞ久しき」と結ばれる。

しかし、遣隋使の昔から日本人は大陸の漢文化に憧れ、漢訳仏典はじめ漢籍を輸入した。白楽天は中国文化の代表で、彼の詩は日本で愛誦された。「白楽天先生に日本に来ていただきたい」と願ったが、大唐の詩人は見向きもしない。そんな史実を無視して能舞台では勝手に白楽天を来日させ、漢詩と和歌で勝負させ、日本側が「勝った、勝った」と喜ぶ独り相撲は滑稽だ。

日本人は十世紀の昔から、漢詩に代表される漢字文化に対し、和歌に代表される日本の平仮名の文化で対抗しようとした。紀貫之が「やまとうたは、ひとのこゝろをたねとして」と述べたのは「からうた」すなわち「漢詩」に対し、和歌に日本人のアイデンティティーを求めたからである。

「和魂漢才」と「和魂洋才」

中心的な大文明の周辺には文化の混淆《こんこう》が起る。日本は漢文化の影響を受けつつも自己を維持した。「和魂漢才」と呼ばれた時期である。その千年後には、西洋文化の影響を受けつつも自己を維持した。「和魂洋才」と呼ばれた時期である。グローバル化の際、クレオール化といわれる文化の混淆は起るが、肯定的に受け止めたい。排他的ナショナリズムが過剰な南北朝鮮は、独立後、漢字を廃した。偏狭《へんきょう》な政策だ。

漢字文化によって汚染されたとか、横文字によって日本が侵食されたとか、私は大仰《おおぎょう》に騒ぎたくない。和食も中華料理も洋食もキムチも好きな日本人は、暮らしも読書も和洋折衷である。

親中ムードのまやかし

しかし一党専制の支配だけは御免蒙りたい。顧《かえりみ》ると、田中角栄の日中国交回復後、『産経』は別だが、大新聞の親中の旗振りは異常だった。米国の東アジア専門家は日本の態度に不安になった。そんな時、白楽天のわが国における受容を例に、日本人の中国コンプレクスについて私は米国で何度か講演した。

“The Son of Heaven in the land where the sun rises addresses a letter to the Son of Heaven in the land where the sun sets. We hope you are in good health."

この言葉で日中外交が始まったと聞いて、ウィルソン・センターのビリントン所長は、「いいな」と言った。聖徳太子の独立心が気持いいからだ。その席に、戦後、初代中国大使を務めた小川平四郎氏もフェローとしていたが、四年間の北京在任中、毛主席には一度も会えなかった。

「中国の大使は天皇にお会いするのに、日本は最初からそんな位負けしていいのですか」と私は言ったが、日本外務省のチャイナ・スクールには「日出づる処の天子、書を日没する処の天子に致す、恙《つつが》無きや」という肩を張った平等感覚はないらしい。

習近平が唱える「中国の夢」の正体は、華夷秩序の復活だ。ヒトラー、スターリンと並ぶ二十世紀の三大独裁者の一人、毛沢東を偉大な師と仰ぎ、その大きな額《がく》を天安門広場に飾る国に碌《ろく》なことはない。財界人も政治家もそんな一党独裁体制に媚《こ》びるまねだけはしないでもらいたい。

（二〇二二・十二・二十八）

李王世子と方子女王

大正八年の方子女王日記

一月一日（水）

「希望多く任務重き大正八年は終《つい》に來たりぬ。処女として最後の新年なり。何とはなく嬉しき心地もし、又名残り惜しき心持もせり。早朝起床、心清く身じまいして、七時半みやしろを遠くより拝し御母君様と御一緒に御雑煮を頂く。明年よりは早やこの席も無くなりてさびしうなるならむなと考えつゝ、雑煮を終る。」

大正八（一九一九）年は、梨本宮方子《まさこ》女王が韓国の李王世子とのご結婚が予定された年である（実際は一年遅れた）。

李氏朝鮮王朝の継嗣《けいし》として生まれ、大韓帝国の皇太子となった李垠《イ・ウン》（一八九七－一九七〇）が、日本皇族の才媛と結婚するについては、これこそ日韓併合が、平等の併合の例証と強調する人もいた。

「西洋の植民地統治で本国の王女がアジアやアフリカの君主と結婚したためしがありますか」

大正天皇の皇太子裕仁殿下のお妃候補にもあげられた梨本宮守正の長女が、李王世子と結ばれようとしている。方子はそれで「希望多く任務重き大正八年はついに來た」と書いたのだ。

しかしこれこそ帝国主義支配の陰謀と見做《みな》す人もいた。一九一〇年、日韓併合により、李垠は大日本帝国の「準皇族」たる「朝鮮王族」となり、り・ぎんと呼ばれた。かつて伊藤博文の下で英語・日本語を学んだ李垠は、学習院中等学科を経て陸軍幼年学校、士官学校を卒業した。

この政略結婚で日本は李垠を人質にとった。と見る人もいた。当事者の意思を度外視し、方子は婚姻させられた、政治的利用だ、と思った人は多い。それだけに、大正八年十月十九日の一節を読んで私は目を瞠《みは》った。

「玉突場で、蓄音機の時、ねぢをまはしたりする時、「してあげませう」と仰せになって遊ばした時、ちょいちょいお手にふれる事が出来て、何だかうれしかった。失礼なのですが、ふれて見たく、殿下に一寸とも御近づきすると、丁度電流が両方に通じるやうな気がする。ドミソの時も、椅子にこしかけて成るらしゃる御足が、ふとひざにさはった。それを再び離さうとはしなかった。否、離したくなかったのです。かすか、ながらさはって居るひざ、そこにも電流が通じて居ました。」

ふと膝に触った

なんという生き生きとした、素直な、恋する女性の喜びだろう。その感覚的な記述は、純粋で、詩的ですらある。当時の女子学習院卒業生のモダーンな感覚。若い男女が、そっと膝で相手の膝にふれる。それをフランス語で faire du genou というが、「テーブルの下などを利用して膝でそっと人の脚にさわる」という意味だ。念の為に雙葉学園で育った人に「この言いまわし知っていますか」と尋ねると、「言葉は知らなかったが、膝でさわったことはある」と悪戯っぽく笑った。

結婚前の方子《まさこ》女王が李王世子とのおつきあいで、こんな風に親しくされた様まで書かれたとは知らなかった。いや、李建志《りけんじ》著『李氏朝鮮最後の王、李垠』（作品社）の第三巻が本年出るまで誰も知らなかった。著者の手で梨本宮方子の日記は部分ながら初めて世に出た。

政略結婚の印象が強かったが、そして通俗作家もそう描いてきた「李王家の縁談」だったが、二人には恋愛感情があり、その「純愛」を生涯つらぬいた。そうと知って、私はほっとした。

李建志関西学院大教授の力量には驚かされる。四巻予定の大労作は、李垠とその時代の両国を幅広く綿密に語るが、今後、韓日関係を論ずる人は、政治的立場の如何を問わず、本書に引かれた資料の客観性を無視できまい。

史料のテクスト読解に著者の見識は示される。李教授はずばずば本当の事を言う。普通、法律は過去へは遡及《そきゅう》しない。だが韓国左派政権は「日帝強占下反民族行為真相糾明に関する特別法」を作って騒ぎたてた。

「韓国で反日感情というものがあるとすれば、その矛先は日本にだけ向かうのではない。親日派と呼ばれる韓国人たちにも鋭くぶつけられてきた。はなはだしくは、すでに死んでしまっている人間にいたるまで、その「親日」ぶりが暴きだされ、その子孫に対してまでも攻撃する向きまである」

この種の非文明性――それこそ積弊そのものだ――をこうあからさまに述べれば、罵声も飛んでこよう。そんな国民性を承知の上での大作だ。全四巻の完成が待たれる。

李承晩大統領は帝政復活を恐れ、日本皇族を離脱した李垠の韓国帰国を許さなかった。後に大統領となる朴正熙氏との面談により李垠と方子は韓国籍を取得、二人はソウルに帰国する。李垠が一九七〇年に死去した後も、李方子《イ・バンジャ》は社会奉仕に尽力、韓国障害児の母として敬愛され、一九八九年死去の際は、韓国皇太子妃の準国葬として葬られた。昔の高貴な女性には、歴史を背負って、立派な生き方をされた方もおられた。

（二〇二二・八・二十二）

加害・被害者史観からの脱却を

金素雲が日本語に訳した朝鮮の蛍の童謡にこんなのがある。

ほーたるこいこい、ほーたる来い、
提灯とぼして　飛んで来い、
そっちへ行けば　暑《あーつ》いよ。
こっちへ来れば　涼しいよ。
ほーたるさん　ほーたるさん、
おいらと　遊んで行かないか、
そっちの河は　深いぞ、
深い河に　溺れたら、
きれいなお羽が　濡れように。

日朝蛍研究でノーベル賞候補

日本や朝鮮の蛍を研究することで、一九三八（昭和十三）年ノーベル賞候補にあげられた人に挟間《はざま》文一《ぶんいち》がいた。明治三十一年大分県佐賀市村生《さがのいちむら》、長崎医大卒（第一回生）、昭和五年母校助教授、研究室で英国輸入の弦線電流計を用い、臓器の動作電流曲線を描写、三十余篇の成果はドイツの科学専門誌に掲載された。

挟間は昭和十年、「強請的」に京城（現在のソウル）に転任させられたが、新環境にすぐ適応、研究を続けた。『朝鮮の自然と生活』（昭和十九年）に新天地へ移った当時を回想する。

「今度は偶々《たまたま》朝鮮には秋に出る蛍のいる事が分かって、研究はこの方面に脱線し、その発光現象に関し二、三の専門の論文をも発表した。蛍の発光に興味を唆《そそ》られた私は、仁川の潟《かた》の中にも毛翼《もうよく》虫《ちゆう》という、不思議な発光動物が棲んでいる事を知って、その発光器の構造を研究し、新事実を見つけだした。」

こうして挟間京城医学専門学校教授は全朝鮮の隅々まで訪ね、土地の宿に泊まり、朝鮮食を食い、伝説や民謡を聞き、方言も覚えた。文章は寺田寅彦なみの科学随筆の名手だ。しかし、挟間文一（一八九八－一九四六）の本は簡単に読めない。出版が終戦前で、長崎の母校の資料は原爆で焼失、病院船で引揚げた本人は、昭和二十一年亡くなったからである。

韓国系日本人学者の歴史評価

しかし最大の難題は、日本人がかつて朝鮮から与えられたこと、また与えたことを意図的に無視する風潮が、戦後、両国で続いたことだ。幸い挟間博士の存在は、韓国系日本人の都立大名誉教授の著者の手でこのたび初めて世に知られた。

鄭大均《ていたいきん》著『隣国の発見——日韓併合期に日本人は何を見たか』（筑摩書房）には戦前、朝鮮の山河や文化を語った谷崎潤一郎、柳宗悦、今和次郎らが紹介され、安倍能成、浅川巧は特筆大書され、最後に挟間文一が登場する。

鄭教授は序で、日韓併合期（一九一〇－一九四五）について「韓国がこの時代を抑圧、収奪、抵抗の物語として語り続けることに筆者は不安と不満を覚える」とし、日本統治期に朝鮮全土に初めて鉄道などインフラが整備され、学校・病院が建ち、農業に化学肥料が用いられた、などと指摘する。

私事にわたるが私の父は大正七年京大応用化学卒、戦前、朝鮮に硫安の工場を建設。「大学や工場を植民地に建設した国がほかにあるか」と日本の文明開化の事業の正当性を確信していた。そうした父を持つ私だけに、鄭氏の指摘はうれしい。ただ私は戦後の大学卒だから、植民地は一等市民（本国人）と二等市民（現地人）を差別するから問題だ、と父に言った。

本書（『隣国の発見』）に登場する日本人の朝鮮体験には精妙な観察もあれば勝手な言い分もある。箏曲家宮城道雄が耳で聞いた隣国の人の心も貴重だ。ソウルの桜の名所で、目の不自由な宮城は花を見るわけにゆかず、朝鮮ののどかな歌に聞きほれて、その歌のする方へ行って朝鮮語で一言二言話しかけると、仲間に入れてくれ、朝鮮酒を飲まされ、音楽を楽しんだ。

その宮城の好随筆は岩波文庫に入っているが、挟間の文章も入れたい。秋の夜に飛ぶ螢に気づき夫に教えたのは妻の秀子だが、秋窓螢《あきまどほたる》について挟間のドイツ語論文に対し、あの時代に米国の発光生物学者から賞讃の手紙が寄せられた話には驚き、感心した。

朝鮮を見たつもりの人が朝鮮という鏡に照らされ、正体を露見する場合もある。新渡戸は「彼等は実に有史以前に属するものなり」と断じたが、今日のポストモダンのソウル市を見たら、なんというだろう。

差別糾弾者をたしなめる

バランスを重んじる鄭教授は、差別糾弾者として鳴らした（そして韓国では「良心的日本人」として聖人化された）梶村秀樹の過激な植民地日本人非難について、「あけすけな偏見の持ち主」とは梶村自身ではないか、とたしなめる。

右翼左翼を問わず正論の主義者には怪しい人もいる。今や、加害・被害者史観を脱却すべき時に私たちは来ている。かつて韓国は、日本時代の韓国人による日本語の文筆活動を「親日文学」として排斥した。詩人金素雲もそれで黙殺されたが、それは自らを狭《せば》めるものだろう。

なお次の民謡は挟間が田舎で拾った朝鮮民謡を挟間が日本語に訳したものである。

螢来い。螢来い
花婿の部屋に燈《ひ》をともせ
花嫁の部屋に燈をともせ
市《いち》に出掛けた父さんの
帰る夜道に燈をともせ

（二〇二三・七・十八）

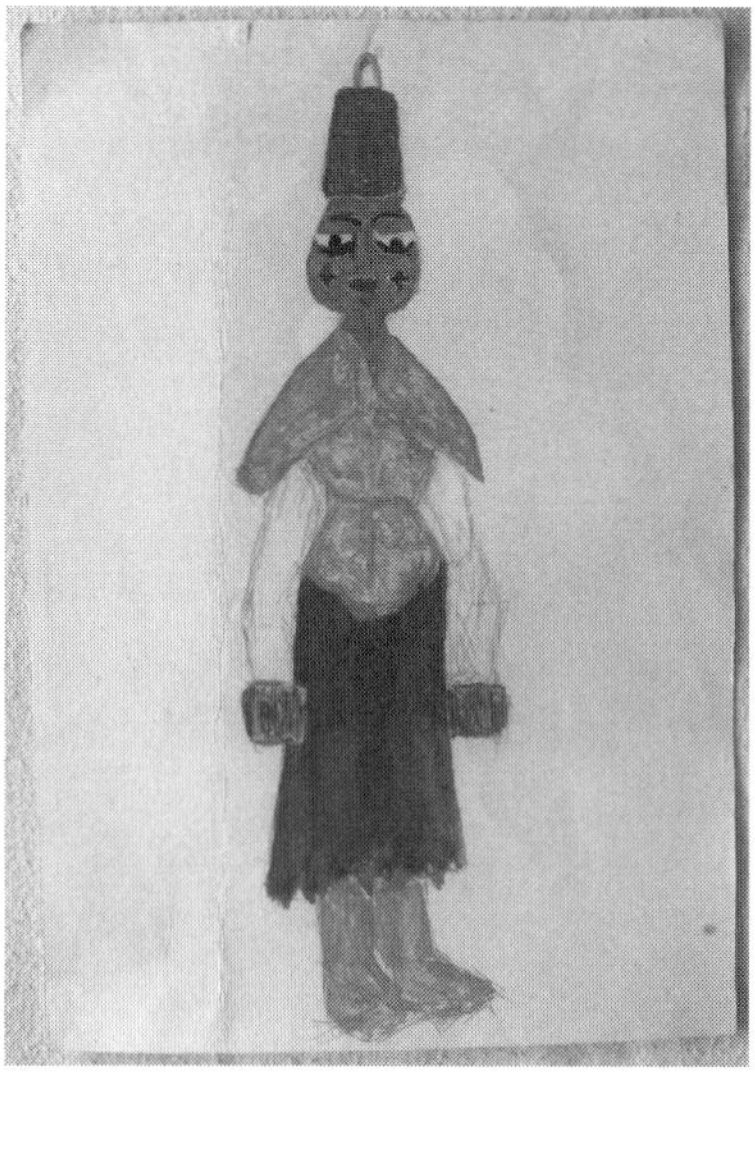

第三部

太平洋戦争と大東亜戦争

左右両翼と闘う河合栄治郎

三島由紀夫が初対面の私をぎろりと睨んで、

「教養主義者は嫌いだ！」

といった。一九六八年、雑誌『批評』関係者の席でのことだ。その日は日沼倫太郎が三島の連載『太陽と鉄』を論じ「三島さん、あなたは死ぬべきだ」と思いつめたように叫ぶ。江藤淳が主宰する『季刊芸術』の方が売行きがいい。そんな話も出ると三島は「江藤は才子だ」と言い放った。「それなら次号の『批評』は三島さんの責任編集で」と商売上手が提案すると三島が承知し、散会した。

小さくなっていた私は自分が東大教養学部教養学科出身の教養学士だから、それで罵られたかと錯覚した。だがそんな私の履歴など三島が気にするはずがない。さては『批評』誌上で河合栄治郎（一八九一－一九四四）を讃えたのが三島の癇《かん》にさわったのかと後になって気がついた。河合は「教養主義者」だからである。

だが戦前、自由主義のために戦った河合の「五・一五事件の批判」「二・二六事件の批判」は堂々たる論で、河合は東大教授の職を賭し、生命の危険をもかえりみず軍部を批判した。しかし自決二年前の三島は『憂国』や『英霊の声』で二・二六事件で蹶起《けっき》した青年将校を描き、その心情に乗り移ろうとしていた。そんな三島は「教養主義者は嫌いだ」ったのだろう。

大アジア主義にも冷静な自由主義者

だが私は河合を尊敬する。白人の圧迫からアジア民族を解放しようという青年将校の間に強かった大アジア主義にふれて、『批評』にこんな河合の冷静な言葉を私は引いた。

「アジア諸国は独立を回復することを熱望することは確かである。然し日本の力を借りることには賛成しまい。何故なれば英米の宣伝により日本を誤解している点もあろうが、日本の過去の外交史が彼等に疑惑を抱かしめるからである。英米を排して日本を代わりに引き込むならば、彼等は寧ろ英米の方を選ぶだろう。何故なれば日本の内部に於て同胞に対してさえ充分の自由を与えていないのに、その日本から外国は充分なる自由を与えられることを期待しえないからであり、又英米にはたとえ不徹底なりとも自由主義的思想が浸潤している。異民族を統御するに就いて彼等は日本人よりも妙諦を解しているからである。アジアの諸国に於ける日本の信用をば、吾々は決して過超評価してはならない」

河合は昭和初年、プロレタリア独裁を肯定する左翼共産主義が盛んとなるやそれを批判した。が満州事変以後、青年将校が暴発し右翼国家主義が台頭するや今度は軍部専横を批判した。真の自由主義者は、今でもそうだが、左右両面の敵と戦わねばならない。河合研究会で武田清子が丸山真男が河合の衣鉢を継ぐ学者だと言うから私は真っ向から反論した。右翼には手厳しいが左翼には甘い男が河合の思想的系譜に連なるはずはない。

河合は首相暗殺をはじめとする軍人の直接行動を敢然と否定した。なぜならそれは「国民と外国との軍に対する信用を傷つけ……軍人が政治を左右する結果は、国民の中には、戦争が果して必至の運命によるか、或は一部軍人の何らかの為にする結果かと云う疑惑を生ずるであろう」。しかし当時のマスコミは犬養首相を殺害した「純粋な」青年将校を「昭和維新の志士」と称揚した。暗殺者は死刑にもならず、日本は滅びた。

戦時下日本の自由主義の伝統

大学を追われた河合は自己の思想信条を賭けて裁判に臨んだ。弁明は学術論文のごとく見事である。一旦は無罪となるが結局は敗訴する。だが日本は一党専制のナチス・ドイツや共産国とは違う。河合は罰金刑で、戦争中も河合の学生叢書は広く読まれた。私の姉は『学生と生活』を昭和十四年に、兄は『学生と教養』を昭和十九年に古本で求めている。その年に河合は満五十三で早世したが、生きていれば敗戦後は首相に推されただろう。私は戦後『学生に与う』を読み、その溌剌とした精気と明るさに驚いた。とても苦境に立たされた人の文章とは思えない。私は河合が説く「友情」や「自我」の言葉に酔いしれた。

編集者粕谷一希

一九六〇年、マスコミは一斉に「安保反対」を叫び、国会包囲のデモ参加者を「純粋な」学生と称揚した。そんな時、まだ三十代の粕谷一希（一九三〇－二〇一四）は事態を冷静に見ていた。粕谷は『中央公論』の編集長に抜擢されるや周囲の突き上げにもかかわらず思想の自由を守り続ける。その勇気に私は感心した。後年、粕谷が評伝『河合栄治郎』（一九八三）を書くに及んで合点した。粕谷も若くて河合を読み、闘う自由主義者の系譜に連なったのである。平成二十六年の夏死去したが後世に編集者として名を留めるだろう。

では目下話題の朝日の慰安婦検証記事の関係者はどうか。「朝日撤稿」は中国紙でも先日大きく報ぜられた。それなのに若宮啓文は「朝日の報道によって国際世論に火が付いたという批判はおかしい」（『文藝春秋』十月号）とまだ言い張っている。こんな朝日の元主筆も後世に名を留めるだろう。ただしその悪名によって。

（二〇一四・十・二）

戦勝国の歴史解釈に異議はないか

大学入試に次の問題が出たとする。

一、第二次世界大戦に際して日本のA級戦犯を含む極めて少数の人間が自己の個人的意志を人類に押しつけようとした。

二、日本のA級戦犯は文明に対し宣戦を布告した。

三、彼等は民主主義とその本質的基礎、すなわち人格の自由と尊重を破壊せんと決意した。

四、彼等は人民による人民のための人民の政治は根絶さるべきで彼らのいわゆる「新秩序」を確立さるべきだと決意した。

五、彼等はヒトラー一派と手を握った。

受験生にも大臣にも議員にも答えてもらいたい。確実に○がつく正解は日本が「ヒトラー一派と手を握った」という歴史的事実だけではあるまいか。

キーナン首席検察官の日本理解

だが連合国側は日本の東條英機以下少数者は「自己の個人的意志を人類に押しつけんとした」として非難した。米国側の主張を正確に伝えるために冒頭部分は英文も引用する。

A very few ...decided to force their individual will upon mankind. They declared war upon civilization. They were determined to destroy democracy and its essential basis—freedom and respect of human personality.

実はこれが一九四六年六月四日、東京裁判の冒頭でキーナン首席検察官が日本の指導者を論難した陳述である。

侵略戦争非難だが、もしこの通りなら日本は悪玉だ。断罪されて当然だ。だが昭和二十一年、中学生の私は「難癖をつけられた」と感じた。平成二十七年の今も東條内閣がこんな誇大妄想狂だったとは思わない。私ばかりか米国でもまともな日本研究者は思わない。

「キーナンの主張はおかしい」と言ったら「ギャング退治で名をはせた検事だが日本の事は何も知らなかった」と日本研究者であるジャンセンは釈明した。

だが戦争中、米国では敵愾《てきがい》心を煽ろうと反日宣伝を執拗《しつよう》に繰返した。それは当時の人の脳裡《のうり》に刷り込まれ再生産され、今も米国人の根本の日本認識となっている。

正々堂々と歴史の修正を

だから第二次世界大戦はデモクラシー対ファシズムの正義の戦争だった。内外の左翼の歴史学者もそう言っている。するとそれを口実に北方四島が露領は当然だ、第二次大戦の結果だとロシアはうそぶく。しかし米国と組んで日本と戦ったソ連や中国が人格の自由を尊重するデモクラシーといえるかどうか。

米国がソ連や中国と組んだのは敵の敵は味方だったからだろう。その露中が今年（二〇一五年）は共同で戦勝七十年を祝おうとし、両国は「歴史の修正は許さない」と言っている。

問題は修正主義にもいろいろあることだ。この点に在日米国大使館も特派員も注意してもらいたい。ナチス・ドイツが正しかったという修正主義は狂気の沙汰だ。私はまた軍国日本がすべて正しかったと主張する修正主義も認めない。昭和十年代、解決の目途《めど》も立たぬまま大陸で戦線を拡大した軍部主導の日本は愚かだった。

ただしだからといって勝者の裁判で示された一方的歴史解釈に私たちが従う必要はあるのか。ハル・ノートをつきつけられて開戦に踏み切った日本を「狂気の侵略戦争」といえるか。それは疑問である。

ここでまた入試に次の問題が出たとする。
一、一九四一年十一月二十六日、ルーズベルトとハル国務長官は日本に中国とインドシナから軍隊の全面撤退を求めた。
二、重慶の国民政府以外の政権、いいかえると満洲国や王兆銘政権の否認を求めた。
三、日独伊三国同盟の否認を求めた。
四、これは世界外交史上稀《まれ》に見る挑発的な要求であった。
五、イタリアのチアノ外相はこの事態を説明して「アメリカ国民を直接この世界大戦に引込むことのできなかったルーズベルトは、間接的な操作で、すなわち日本が米国を攻撃せざるを得ない事態に追いこむことによって、大戦参加に成功した」と日記に書いた。

答えはすべて○である。

受験生の無知も困るが、多くの内外の新聞人も在日大使館員も日本の政治家も知らないのでは困る。次代民主党を担う面々は修正主義の名の下にあらゆる歴史の再解釈に拒否反応を呈している。だがそれでは日本国民の支持は得られまい。軍国日本の失策を認めた上で、なおかつ戦勝国側の歴史解釈に異議あることをきちんと説得してこそ、政治家や学者の責務だと私は思う。外国語でも納得させることが大切だ。過去の歴史は正々堂々と修正せねばならない。

なお一言書き添えると、黄色人種の日本に先に手を出させることで米国民を怒らせて米国を参戦させ、連合国を勝利に導いたルーズベルトは悪辣《あくらつ》だが偉大な大統領であった、というのが私の歴史認識だ。ユダヤ人の絶滅を企んだナチス・ドイツを破るためには米国の参戦は不可欠だったからである。

（二〇一五・四・六）

先の戦争にどんな評価を下すか

ダンテの『神曲』が専門の私だが、個人と国家の体験を織り交ぜて『日本人に生まれて、まあよかった』（新潮新書、二〇一四年）を出したら意外に読まれた。戦前戦中戦後を知る私が、本音《ほんね》を語ったのがよかったらしい。米国の旧知が「Born in Japan, it's nice! あれは本当だ。今の日本くらいい い国がほかにあるものか。謝罪などせず、きちんと自己評価しろ」という。それでやや先だが西暦二〇四五年、日本人が百年前の戦争に対しどんな歴史評価を下すべきか、今から巨視的に考えておきたい。

戦中戦後の平川家

まず微視的に私のことを述べると、中国でも何回も教えて親しい人もいる私だが、今の大陸の体制は御免蒙る。私は自由を尊ぶ親米派だ。戦争中も熱心に英語を勉強した。父は洋行から帰るや昭和十五年、小学三年の私に米国婦人に英語を習わせた。その父が米国ロング・ビーチの油田を写し

た写真の裏に
「全ク林ノ如クヤグラヲ立チ居リ壮観ヲ極ム。吾等石炭ヨリ液化セント努力スルモ此ヤグラ一基カ二基ノ能力ヨリナシ。此石油産出状況ヲ見テ米ト戦ハン等、疾《は》ル人ノ夢タルノミ、在外武官ハ何ヲ視察シ調査、研究、報告シタルヤ」
と書いてあった。「石炭から液化できなくはないがコストが高過ぎる」といった。わが家は理系の合理主義で精神主義に批判的だったのである。八月十五日、玉音放送に引続き「万斛《ばんこく》ノ涙ヲ呑ミ」と内閣告諭が読み上げられるや理科少年の私は「百八十万リットルも飲めるものか」と悪態《あくたい》をついた。
そんな家庭での歴史評価はどうか。「五・一五や二・二六で重臣を殺した軍部が悪い」と父。「大欲ハ無欲ニ似タリ。満洲国で止めておけばよかった」と兄。「大きな声で言えないけれど、こうして空襲が無くて夜眠れるのは有難いね」と母。それが敗戦一週間後の会話だった。黙っていた中学二年の私も母の言葉に同感した。

誰が地獄で焼かれるか

戦災を免れたわが家は米軍が接収すると決まった。すると父はお腹の大きな姉を嫁ぎ先から呼び戻し「妊婦がいる」と占領軍の接収を延期させた。しかし甥が生れ、姉が秋田へ戻ると、一家は親戚の家へ立退かざるを得ない。和風の家にペンキを塗る足場が組まれる。しかし「相手が米国だからお産がすむまで待ってくれたのだ。これがソ連ならそうはいかん」と父はいった。

私の歴史評価は当時も今も同じだ。軍部が政府に従わず、解決の目途《めど》も立たぬまま中国で戦線を拡大した責任は大きい、また軍部に追随した新聞も悪い。私はいまの日米同盟の支持者だから左翼に悪用されても困ると大声では言わなかったが、先の大戦で軍国日本が悪玉だったとしても、一九四五年八月六日にその立場は逆転した、――そう判定している。降伏交渉中の日本に原爆を投下した米国は極悪非道《ごくあくひどう》の悪玉で、米国の原罪は末永く記録されるだろう――ダンテがいま『神曲』を書くならトルーマン大統領は、死ぬ前に原爆投下を命じた前非を悔いていないかぎり、地獄で焼かれているはずだ。その罪を帳消しにするために「慰安婦二十万」とか日本側の大虐殺とか誇大に主張する輩《やから》もいるらしいが、よし見ていろ、そうした良心面した連中の赤い舌は必ずや『神曲』未来篇で抜いてやる、と考えている。そこでヒトラーは地獄のガス室に詰め込まれ、スターリンはさらに下層で氷漬けなのは、それだけ殺した人数が多いからだ。だが更に下に一人黄色い顔をした大物が「こちらの方がもっと多いぞ」と威丈高《いたけだか》である。それが誰か皆わかるが、恐ろしくて名前を口にすることもできない。

大失策だったドイツとの同盟

ここで日本国家の行動を反省したい。連合国は軍国日本について知るところが少なかった。日本が極東のドイツに擬《ぎ》せられたのは、日本がナチス・ドイツと同盟したからで、それで東條（あるいは昭和天皇）は日本のヒトラーに逆算して擬《ぎ》せられた。先の大戦でわが国の大失策は、ユダヤ人全滅を図った国と同盟を結んだことだ。

しかし日本はドイツがそんな是非を弁えぬ人種政策を実行するとは近衛も松岡も知らなかった。ドイツで日夜精勤していた父もわからなかった。それはいま大陸に勤務する日本人技術者や商社マンがチベット族やウイグル族の弾圧の詳細を知らないのと同じだろう。――そんな平川家は親独派で、一族は父も兄も義兄も私も旧制高等学校は理科でドイツ語を学んだ。和独辞典を擦り切れるほど使ったのは父だ。戦争末期にドイツから潜水艦で運ばれたというロケットの設計図の青写真が父のもとへ届けられた。敗戦後、屋根裏に隠したが後で焼却した。

朝鮮についてはどうか。「本国にもない大工場を植民地に建設した国が日本の他にあるか。あるなら言うてみい」と父は怒って言った。鄭大均編『日韓併合期ベストエッセイ集』(ちくま文庫)はいい本で、そこに父も建設に参画したらしい硫安の工場の話が出ている。

(二〇一五・八・十三)

日本は蘇える

安倍談話は必読に値する

安倍晋三首相の『戦後七十年談話』は日本人の過半の賛成を得たが、反対もいる。「『戦後七十年談話』は日本人がこれから先、何度も丁寧に読むに値する文献だ」と私が言ったら、「どの程度重要か」と問い返すから「明治以来の公的文献で『五箇条ノ御誓文』には及ばぬが『終戦ノ詔勅』と並べて読むがよい。これから日本の高校・大学の試験に必ず日英両文とも出題されるだろう」と答えた。「『教育勅語』と比べてどうか」と尋ねるから「文体の質が違うが、これからの必読文献は『戦後七十年談話』の方だ」と答えた。すると早速講義するようある大学に招かれた。そこでこう話した。安倍談話は歴史への言及で始まる。

明治以来の日本の歴史的位置

「……百年以上前の世界には、西洋諸国を中心とした国々の広大な植民地が、広がっていました。

圧倒的な技術優位を背景に、植民地支配の波は、十九世紀、アジアにも押し寄せました。その危機感が、日本にとって、近代化の原動力となったことは、間違いありません。アジアで最初に立憲政治を打ち立て、独立を守り抜きました。日露戦争は、植民地支配のもとにあった、多くのアジアやアフリカの人々を勇気づけました」

これからの若者にはこれが共通知識となるだろう。

もっともロシア側の見方は異なる。林達夫が調べたように、レーニンは日露戦争に際し日本の正義を支持したが、スターリンはそれとは逆の歴史観を述べた。

昭和二十年、戦争に負けるや日本は悪い国だと私たちは教育された。占領軍の手で新聞ラジオを通して宣伝というか洗脳が行なわれた。それで明治以来の日本の進路がすべて悪と化したのだ。

さすがに地方の村では大山巌陸軍総司令官が揮毫した忠魂碑を取壊すような真似はしなかったが、私が通った小学校の講堂からは東郷平八郎の書も乃木希典の書も撤去された。日本人の変わりざまは早かった。

日露戦争をどう見るか

昭和二十三年、東大教養学部の前身の駒場の一高で「大東亜戦争やシナ事変を戦った日本が悪かったからと言って日露戦争まで悪かったのでしょうか」と全寮晩餐会の席で発言した卒業生がいた。それは当時としては言ってはいけないタブーにふれた発言なものだから、拍手したのはごく少数で、数百人の一高生がしーんとしている。手を叩いてしまった私ははなはだ間が悪かった。彼は「私は酔っております」と断わりを入れて降壇した。

しかしその頃の私は夜な夜な「胸に義憤の浪湛へ　腰に自由の太刀佩きて　我等起たずば東洋の傾く悲運を如何にせむ　出でずば亡ぶ人道の　此世に絶ゆるを如何にせん」と寮歌を大声でうたった。日露戦争前夜の青年の気持を十六歳の私は追体験していたのである。

そんな気持は戦中派には底流していた。それだから日本人は千九百六十年代になるや島田謹二『ロシヤにおける廣瀬武夫』や司馬遼太郎『坂の上の雲』を愛読したのである。それは若き日の和辻哲郎や柳田国男が「黄禍」は「白禍」であると言ったアナトール・フランスに共感したと同じようなものだろう。私が日本フランス文学会で最初に発表したのも日露戦争に際してのアナトール・フランスの発言についてであった。

そんな私は定年で東大を去って今年（平成二十七年）で二十三年になる。その昔大学で教えた「教え子」もまた定年を迎えつつある。私はそんな老骨だが、年配の男女でも賛否両論、議論に花が咲く。外国人研究員は『朝日』は「日本の良心」で、慰安婦報道で『朝日』が謝罪したのは安倍政権が圧力をかけたからだという程度の日本理解である。元学生の女性も配偶者の職業やキャリヤーによって賛否が異なる。極端に安倍首相を嫌う人は、本人か配偶者に学校づとめや弁護士が多かった。

悪態をつく私への賛意

『朝日新聞』は「この談話は出す必要がなかった。いや、出すべきではなかった」と八月十五日の社説に書いた。そんな新聞を半世紀以上読んできた夫婦が安倍反対を口にするのは当然だ。しかし周辺の名誉教授連は「『朝日』があれだけけちをつけるのだから安倍談話はきっといいのだろう」とシニカルな口を利く。

ただ皆さんお利口さんで、私のようにはっきりと意見を活字にしない。根が正直な私は「ろくに歴史も知らないくせに、どこぞの論説主幹は偉そうな口を利く」と心中で感じたことをすぐ口にする。口にするばかりかこのように「正論」欄に書く。

すると意外やそんな私に賛同の意を表する元女子学生がいたりする。本人がたとえ教師でも配偶者が官僚や商社員とかで外国も長く社交も広いと、「日本人に生まれて、まあよかった」と思うらしい。そこは大新聞中毒となった人たちの井の中の大合唱と違って面白い。そんな悪態をつく私に元朝日の記者が大賛成の手紙をよこした。その永栄潔氏が『ブンヤ暮らし三十六年』（草思社）を書いて慰安婦報道で大きく躓いた朝日新聞の実態を回想して新潮ドキュメント賞をとった。日本の言論自由のために祝賀したい。

（二〇一五・十・十六）

歴史の誤報を反論できる日本

歴史教科書問題はデリケートだ。不愉快極まるのは誤報事件で、日本の文部省が検定で「華北への侵略」を「進出」に書き換えさせたと新聞が一斉に報じた。一九八二年のことである。中国・韓国が猛反撥した。しかし書き換えさせたことはなく、それは日本のメディアが日本を傷つけた例のフェイク・ニュースだった。

あたふたしただけの日本政府

あのとき文部省は誤報だと最初からわかっていたのだから、大声をあげて反論すればよかった。担当官が職を賭して憤り、辞表を叩きつけていればまだしも救いはあった。戦前の官吏なら割腹自決して抗議したかもしれない。しかし時の日本政府があたふたしたのがよくなかった。宮沢官房長官は及び腰で、その談話は「アジアの近隣諸国に配慮する」と明記した近隣諸国条項へと発展、中韓による「外圧検定」騒ぎとなった。

だが渡部昇一教授が『諸君！』十月号に「萬犬虚《ばんけんきょ》に吠えた教科書問題」を寄稿、日本の大新聞の報道は事実無根と真相を明かすや世間は唖然とした。さらによくなかったのは誤報の経過を述べ詫《わ》びたのが『産経新聞』（九月七、八日付）だけで、他の新聞は訂正報道をしなかったことだ。日本を傷つける分には虚報も許されるかのような風潮をひろめた。

国際関係を悪化させる誤報は放置してよいのか。一九二九年十二月、南京で出た『時事月報』に中国訳『田中義一上日皇之奏章』なるものが載った。そこには日本の内外蒙古への軍人スパイの派遣、鉱山の獲得、朝鮮人の移住、鉄道の建設、満蒙特産品の専売など全二十一条にわたる満蒙の征服・経営の方策が具体的に出ている。

一九二七年、田中首相から昭和天皇に上奏されたとされたが、実は偽書で、作者が王家禎（後の国民政府外交部次長）だと今はわかっている。しかし『タナカ・メモランダム』は日本の中国侵略計画書として世界に喧伝され、東京裁判の法廷にも提出された。中国の歴史教科書には『田中上奏文』が今も載っている。

排日思想を煽った中国の教科書

他国の教科書の誤りを正面から指摘すると、相手の反撥を招きかねない。戦前の日本は中国の教科書が排日思想を煽《あお》っているとして再三申入れを行なった。それで効果が出たかは疑問だ。並木頼壽・大里浩秋・砂山幸雄編『近代中国・教科書と日本』はその間の事情を中国側研究者とともに調べている。東大に提出の徐冰教授の博士論文『中国近代教科書中的日本和日本人形象』（商務印書館）はバランスのとれたアプローチで両面を見ている。この種の研究は早く日本語版も活字にしてもらいたい。

私は前にこんな文章を読んで驚いたことがある。「学校で使われている教科書を読むと、執筆者は憎悪の炎で国粋主義を燃え上がらせ、悲壮感を煽り立てているような印象を受ける。学校に始まり、社会の各層で行なわれている激しい外国排斥プロパガンダが、学生を政治運動に走らせ、時には官庁や閣僚、高級官僚への襲撃、政府転覆の企みへと駆り立てている」。

近年は外国と連動する一部日本左翼が、新しい歴史教科書が出るたびに非難を浴びせる。これは一体どの教科書への批判か。わが国の教科書はこれほど過激でない。現行のものには排外主義で若者を煽動する記述は見当たらない。実はこれは中華民国の教科書に関するリットン調査団の報告だ。私は英国人リットン卿が中国の肩を持つ報告をするから日本は国際連盟から脱退したと思っていただけに中国の教科書が傾向的であることに驚いた。

世界に向け事実に基づく発信を

近年の最大の教科書問題はアメリカだ。「慰安婦。日本軍は十四歳から二十歳にいたる二十万の女を強制的に徴用し、銃剣をつきつけて慰安所と呼ばれる軍隊用の女郎屋で無理矢理に働かせた。日本軍は女たちを天皇陛下の贈物として提供した。逃げようとした者、性病に罹った者は日本兵によって殺された。敗戦の際にこの件を隠すために日本兵は多数の慰安婦を虐殺した」

マグロウヒル歴史教科書のジーグラー執筆のこの記述は誇張と歪曲によって私たちをいたく驚かせた。だが日本側が訂正申込みをしても応ずるどころか、北米の歴史学会員が逆に、教科書擁護の声明を出した。韓国慰安婦にまつわる誤情報が『朝日新聞』によって流された経緯は日本でこそ知られているが、海外では知られていない。

その中で朗報は、秦郁彦の客観的な研究『慰安婦と戦場の性』の立派な英訳 *Comfort Women and Sex in the Battle Zone* がアメリカのハミルトン社からついに出たことだ。日本が不当に扱われると憤激する正論派は多いが、内弁慶では反撃の効果はない。国際的に通じる、きちんと註のついた学術書を世界に向けて発信する。それが日本の汚名をそそぐ捷径だ。

私たち日本の学者も外交官も相手の言い分を理解する語学力はあるが、相手の言葉で説得的に反論できる力が足りない。歴史問題では問題点を確め、相手の誤りを事実に即して上手に知らせるがよい。そのためにはこの種の英文書籍を活用することが大切だ。

（二〇一六・九・二十七）

大東亜戦争か、太平洋戦争か

十二月八日は子供心に印象深い。日本が米英と西太平洋で交戦状態にはいったその四日後から戦争は「大東亜戦争」と呼ばれ、敗戦後は「太平洋戦争」となった。アメリカ側で the Pacific War とか War in the Pacific と呼ぶからだが、「大東亜戦争」といわせておくと、日本が大東亜解放のために戦った、という義戦の面が表に出る。それでは連合国側に都合が悪い。

だがここで問いたい。第二次大戦で日本が戦ったのは「太平洋戦争」だけなのか。「大東亜戦争」の側面は皆無なのか。客観性を担保するためインドから一九四一年以降の戦争を振り返ってみる。

英国は東亜侵略の筆頭だった

昭和十年代の日本にとり世界第一の大国はイギリスで、大英帝国は七つの海を制し、インド、ビルマ、マレー、北ボルネオも、オーストラリア、ニュージーランド、カナダも、その領地だった。幼稚園で「日英米独仏伊西露中」の順で覚えた。日本は別格で外国では英国が先頭だ。我が海軍も大蔵省も最優秀者を選抜して英国に派遣した。福沢諭吉以来、日本人は漢籍よりも英書を一生懸命学んだ。産業革命以後の英国を近代化の模範に考えたからだが、その英国は「東亜侵略百年」の筆頭でもあった。

ドイツがポーランドに侵入した一九三九年九月、英仏はドイツに宣戦した。すると英国に戦時宰相チャーチルが登場する。この敵国の首相はわが国でも人気があり、綽名《あだな》をチャーチルと呼ばれた級友がいた。めいわくのはずだがチャー坊の綽名に笑いがあった。ヒトラーと違いチャーチルの人間性は戦時下の日本の少年たちにもつたわったらしい。

獨・伊・日の枢軸国と死闘を演じ、大英帝国の版図《はんと》をあくまで護持しようとしたチャーチルと、英国の支配からインドを独立させたガンディーを語るアーサー・ハーマンの『ガンディーとチャーチル』（白水社、守田道夫訳）が出た。この本は二人の伝記を縦軸に、その対抗関係を横軸に叙した英印に跨《またが》る大河史伝で、特色は比較史である。従来はガンディーはインド史で、チャーチルは英国史でもっぱら扱われたが、この著者は一国単位の歴史学のナショナルな枠をはずし、英印関係をダイナミックに把握し、西洋とアジアの歴史的取り組みを劇的に描いている。

ガンディーかチャーチルか

チャーチルは英米人にはヒトラーを倒したヒーローである。「救国の英雄」という西洋史上のチャーチル像は日本にもそのまま伝わり、英国の勝利は又正義の勝利とみなされた。

しかし第二次世界大戦に勝利し戦争目的を完遂したかに見えたチャーチルだが、戦後に現出した事態は大政治家の期待を裏切った。大英帝国は実質的に瓦解《がかい》し、植民地は次々と独立したからである。

英国の大偉人チャーチルも、インドとの関係では別様に見える。そもそも植民地支配は肯定すべきことか。大英帝国は「白人の責務」を担《にな》うと言ったが、それに対する有色人種の独立回復の主張は否定すべきものか。ガンディーとチャーチルの対抗関係を読むと、チャーチルが体現した大英帝国主義の暗黒面が明るみに出る。そればかりか連合国という勝者の側にも不正があったことがおのずと感得される。

そんな複眼の歴史観で振り返ると、過去の再解釈を迫られる。日本の政治家や知識人はあの戦争についてあくまで連合国側の立場に立って正邪の判断を下すべきなのか。ナチス・ドイツに勝利した連合国を正義とみなすかぎり、枢軸国の日本は不正義になる。英米人は、ドイツも日本も邪悪な敵として等し並みに扱ってきた。そして敵の敵は味方という論理に従い、ソ連や中国も正義の味方と分類した。習近平氏が主席となるや、世界各地を歴訪して改めて宣布しようとした歴史観がそれであった。

インドから見ると正義は逆

だが宗主国英国と植民地インドの関係でみると、正義・不正義の区分はそうはならず、むしろ逆である。日本はアジア解放を唱えた。「大東亜戦争」とは口実で日本のアジア支配を意図した侵略戦争と断ずべきなのか。

シンガポールで日本軍に降伏したイギリス軍のインド人兵士は

「ガンディーか」

と日本語で訊かれると、大半がうなずいて日本側のボースのインド国民軍に参加した。

戦後、英国は彼らを反逆罪で裁こうとしたが、インド民衆は彼らを英雄視して各地で蜂起し、裁判は成り立たず、その反英暴動はついにインド独立に連なった。

となると極東国際軍事裁判でキーナン検事が冒頭で述べたいわゆる東京裁判史観よりも、インドのパル判事の歴史観に軍配を挙げる人が次第に増えるのは間違いないだろう。

私見では日本は反帝国主義的帝国主義の国だったが、その戦争に正面の「太平洋戦争」とともに「大東亜戦争」の側面があったことは否定できない。日本が英国と戦ったマレー半島・シンガポール・ビルマやインド洋は地理的にも太平洋とは呼べないからである。

（二〇一八・十二・七）

各国の歴史と歴史観の栄枯盛衰

各国の歴史とともに歴史観の栄枯盛衰を考えたい。

私はシナ事変（日中戦争）が始まった頃、幼稚園で、「日英米独仏伊露中」の順で世界の国名を習ったことは前にも書いた。日本は別とし、世界一は大英帝国で、中学でもKing's Englishを習い、つづりは英国式だった。帝国大学も英文学は教えたが、米文学は教えない。そんなだけに、昭和十六年十二月八日、「米英ニ宣戦ヲ布告」と聞いて「英米」の順がひっくり返ったと奇妙に感じた。

中国は党員富裕層の独裁か

第二次大戦後、ソ連は世界第二の超大国として米国と張りあったが、社会主義体制の崩壊で転落、その経済的実力は今は韓国より下という。ソ連の衰退は、それが依拠した唯物史観の衰退となったが、同じく人民民主主義を奉ずる中国は、国家資本主義に転じ、世界第二にのしあがった。中国流プロレタリア独裁とは党員富裕層の独裁か。

日本の歴史観はどうだったか。若いとき米国で苦労した外交評論家、清沢洌《きよさわきよし》は『戦争日記』で昭和十八年五月、日本の歴史学について「左翼主義はそれでも研究をした。歴史研究にしても未踏の地に足を入れた。唯物的立場から。しかるに右翼に至っては全く何らの研究もない。彼らは世界文化に一物をも加えない」と酷評した。

清沢が思い浮かべたにちがいない歴史学者は、左は羽仁五郎、右は平泉澄だろうが、唯物史観の優位を説き、明治維新を論じ、日本資本主義発達史講座の刊行に尽力した羽仁の方が、軍の学校で連日、万邦無比の日本を讃える平泉東大教授よりもまし、と清沢は見たのだろう。

私は敗戦後に大学で学んだが、右翼の国粋主義的歴史観は読まなかった。だが「階級史観を奉ぜぬ者は学者に非ず」といわんばかりの高圧的な左翼の権威主義も嫌いだった。それだけに英国の日本史家ジョージ・サンソムを読んだとき、その文体にほっとした。

戦後世界を支配した日本悪者史観

戦後、歴史学会を支配した左翼教授も、拠《よ》って立つイデオロギー的基盤が一九八九年、ベルリンの壁と共に崩壊するや、意気消沈した。すると反左翼の威勢があがる。人民中国の偽善の皮が剝《は》げ、監視国家の正体がすけて見える。連合国製の歴史観が敗戦後の日本では喧伝《けんでん》されたが、そんな日本悪者史観をいまなお言い立てる国は、習近平の中国と文在寅の韓国左翼なものだから、そんな東京裁判史観こそ怪しいと日本人が次第に思い始めた。健康な発想だ。

近隣諸国には、日本の悪口を言う言論の自由はあるが、それ以外に言論の自由はない。公正な歴史観が期待できるはずもない。ちなみに中国で最も尊重され多く翻訳されている日本の近代史家は井上清で「井上先生も尖閣諸島は中国の物だと言っている」と北京の大学院生が私に言うものだから、「文化大革命の時に紅衛兵を支持した井上先生などをいつまでも有難がっていると、君のためにならないぞ」とひやかしたら彼は黙った。しかしその後日本に留学して「井上先生の尖閣諸島についての意見を述べた本が書店で見つからない。さては日本政府が取締ったに相違ない」と言った。

では蘇峰流歴史観は正しかったのか

だがここで注意したい。戦後左翼が日本人や近隣諸国に植え付けた歴史観がおかしいからといって、戦前戦中にもてはやされた、たとえば徳富蘇峰流の歴史観が正しかった、と言えるか。と言えば大いに問題がある。

英国の小説家で詩人、ラドヤード・キプリングは白人の植民地事業を肯定し、西洋人は「白人の重荷」を担《にな》う、と主張した。すると蘇峰は、それは余計なお世話だと反撥し、日本は東亜の盟主として「黄人の重荷」を担う、と主張した。だが中国人、朝鮮人の側からすれば、それもまた余計なお世話だったのではないか。

しかし日本人は、蘇峰流の白閥打破の主張に歓呼した。開戦一年、歌舞伎座で開かれた陸軍に感謝する会は超満員。その日、蘇峰こそ大東亜戦争を勃発させるに最も力のあった言論人だと清沢は書いたが、その筆は苦々しげだ。蘇峰が戦後も書き続けた『近世日本国民史』百巻には私も敬意を表するが、その戦争観には疑問をもつ。

賛否両論のある蘇峰だが、『徳富蘇峰終戦後日記』に対する諸家の反応は興味深い。昭和二十年八月十九日、蘇峰は四日前の鈴木貫太郎総理の終戦工作成就を「敗戦迎合」と罵倒した。これには小堀桂一郎東大名誉教授も同調しかねている（小堀著『和辻哲郎と昭和の悲劇』第一章）。

史観が国家興亡に追いつかず

私たち昭和一桁生れの世代はこの目で軍国日本の壊滅、経済大国の復活を見た。だがエコノミック・アニマルも高齢化した。国家の興亡がかくも激しいと、歴史を説明する史観の方が追いつけない。皇国史観もマルクス史観も破産した。羽仁の亜流のカナダの外交官、Ｅ・Ｈ・ノーマンもその また亜流もお蔵入りだ。

空騒ぎに類する皇紀二千六百年を寿《ことほ》いだ翌年、日本は勝ち目のない戦争に突入した。イラン建国四千年を祝賀したパーレビは翌一九七九年、国王の座を追われた。中華民族五千年の文明を鼓吹《こすい》して登場した習近平は、一身に権力を掌握《しょうあく》、陰で習皇帝と呼ばれる。次の江青が誰かはすでにはっきりした。次の四人組は誰誰か。

思い出されるのは、辛亥《しんがい》革命で中華民国初代総統となった袁世凱《えんせいがい》だ。袁は権力を握るや近代化革命の産物である民主法制を廃止、国民代表によって満票で皇帝に推戴《すいたい》された（一九一五年）。だが帝政は続かず、四面楚歌《しめんそか》のうちに病没した。その死ほど人々に歓迎された死はないと中国の新聞は報じている。歴史の次の転換点は、在外華人が声をあげて皇帝統治反対を唱え出す時だろう。

（二〇二〇・一・十三）

日本による植民地化の功罪を考える

植民地化と文明開化

サッチャー英国首相が一九八八年、ベルギーで西欧政治家向けに講演し、西洋は植民地開拓の事業をした。それは世界に文明をもたらした、勇気と才覚の物語で、謝る必要はない、と言ってのけたことは前に紹介した。キプリングの、白人は「白人の責務」を背負って野蛮な民の世話を焼いた、という主張をまだ言うか、とその時は驚いた。だが問題点は、西洋の植民地政策は功のみで日本の植民地政策は罪のみか、私はそう思った。

アヘン戦争で香港を英国に奪われたことを中国では「国恥」と教える。それだから中国人一般は香港奪還は当然と思う。そんな歴史教育だから、習政権が香港に対し高飛車に出れば出るほど、中国内では習の人気は上がる。世界の国で中国だけは悪い事をしたことがない、「歴史清白、道徳高尚」と中国では教える。だが香港の人は警察国家は嫌いだ。「香港は一国二制度の方がいい。大陸に同化されるくらいなら英国領の方がまし」と思う人もいるだろう。となるとサッチャー演説を正しいと思う人が出て来るのは当然だ。香港問題はしなくも植民地化の功罪をあらためて問わせることとなった。

民主制と漢民族

植民地化は植民者という一級市民と被植民者という二級市民を作るがゆえに悪である。だがそうと認めない国もある。中国は口先では反植民地主義を唱える植民地大国で、ウイグルやチベットを支配し、西部大躍進、王道楽土建設中と言い張る。この「逆走改革」が目指す先は、明・清並の帝国の復活で、鄭和の大遠征にならって版図の拡大をはかるコロニアリズムだ。社会帝国主義と呼ぶにふさわしい。

そんな中国共産党の支配は真平御免というのが、香港に限らず、台湾の人だ。大陸と手を結ぼうとした国民党の韓国瑜は台湾総統選で蔡英文に敗れた。

台湾では米・日の評判はいい。親日的だけでなく民主的だから私は台湾が好きだ。教育水準が高く、言論自由の空間があれば民主制は漢民族にもなじみ得ることを立証した。

タテマエとホンネ

だが、だからといって日本による植民地化を「勇気と才覚の物語でありました」と言おうものなら、学者は学者生命を失いかねない。しかし比較史家の私は、日本帝国が植民地化した地域で、今なお日本に対し発せられる表の非難や裏の評価が、国・時・人により違うことに、興味を抱く。

日本は植民地に帝国大学を建設した珍しい文明国だ。台湾で台北帝大の教授だった日本人の評判はいい。しかし韓国では京城帝大の教授だった日本人をよく言おうものなら親日派と睨まれるから、悪口の方が言いやすい。同じ頃に作られた京城と台北の帝大教授の人選に違いがあるはずはない。違いは客観的な教授の実体でなく、近隣諸国の主観的な日本人像の方だ。

相手国の国民性や、言論の自由・不自由の差で、日本人像も変化する。タテマエとホンネが違う。日本が衛星放送を開始すると韓国でも映った。文化侵略だと厳しい抗議が出た。NHKが慌てて映らないよう工夫した。すると「パラボラ・アンテナを折角とりつけたのに」と日本のテレビを見たくてたまらない韓国人からさらに厳しい抗議が出た。

李垠――李氏朝鮮最後の王

西洋では宗主国の皇族女子が植民地の王侯と結婚することはなかった。李氏朝鮮最後の王が、昭和天皇のお妃候補の一人梨本宮方子《まさこ》と結婚した。日本は植民地化といわず日韓併合といったが、そうかと合点する人も出た。いや、これぞ人質をとる戦国武将の婚姻政策の復活と見る人も出た。

李王殿下のことは、林眞理子「李王家の縁談」(『文藝春秋』連載)が読まれたが、李建志『李垠――李氏朝鮮最後の王』(作品社)はさらに眞實で面白い。徹底した史実調査と巧みに叙述する筆力で読ませる。日の光のあたらなかった日韓関係の深部を細部にわたり照らし出す。切り口の鋭さ、ずばり言い切る意志、資料を鮮やかに整理する表現力に舌を捲いた。

著者の自己紹介を引くと「私はいわゆる「在日朝鮮人」と他称される人間で国籍は韓国であり、大韓民国の人間として、日本在住の外国人として生まれ、育った。そのことに文句があるわけではない。しかし、このような存在をつくり、かつ放置してきた大韓民国、北朝鮮、そして日本に対して、どうしても許せないのだ。そして私は思う。最初の「在日朝鮮人」とは誰か。それが李垠と言う」。

その李王をとりあげた著者李建志は「リ・ケンジ」と読む。漢字の読み方は一定がよい。電話帳も索引も「リ」か「イ」か、わからなければ商売も研究も進まない。だがローマ字綴りが本の表紙に Lee kenji、日本研究特別賞を授与した田久保忠衛国家基本問題研究所副理事長の選考報告に Rhee Kenji とある。李王殿下の李垠は Lee Eun と表記され、李垠は最初「リコン」と日本語読みされたが、結婚に際して「リギン」にした。離婚に通じてはまずいから「リギン」の読み方を取ったらしい、とお堅い本に笑いもまじる。

東大比較大学院は多数の韓国留学生を迎え入れ、助手は名前を韓国音で覚えたが、助手をやめた今では漢字名は記憶するが片仮名で覚えた類似音は忘れた由。無理は続かない。

私たち教授がソウルで学会に出ている合間に助手だった加納孝代さんは方子さまに会いに行った。晩年をソウルで過した李王殿下の没後、方子さまはその地で障害児の福祉事業に携わり、人々に慕われた、小柄で上品な方だった由である。

（二〇二〇・七・二十八）

李登輝総統と民主主義の遺産

敗戦後、旧制高校は米国占領軍の手で一九五〇年には完全に廃止された。七十年経った今、出身者は九十代、絶滅危惧種《ぜつめつきぐしゅ》である。その一人、旧制台北高校出身の李登輝元総統が二〇二〇年七月三十日に亡くなった。

日本が、大陸とともに、台湾をも尊ぶべきことを知らしめた第一の人は司馬遼太郎で、「街道をゆく」の『台湾紀行』で一九九三年に李登輝氏を、「身長一八一センチ、容貌は下顎が大きく発達し、山から伐りだしたばかりの大木に粗っぽく目鼻を彫ったようで、笑顔になると、木の香りがにおい立つようである」と初対面でありながら旧知のごとく見事に日本読者に紹介した。李氏も「二十二歳まで受けた日本教育はのどもとまで――と右手を上にあげて――詰まっている」と言った。

旧制高校出身者李登輝

途端に北京系の報道が、李は「皇民だ」と咬みついた。だが李氏は悪びれない。インドのネルー首相が宗主国英国のケンブリッジ出身を誇りとしたように、李氏も台北高校や京都大学で学んだことを誇りとした。「日本的教育と私」に示された李青年の読書の数々には驚く。阿部次郎、倉田百三、西田幾多郎など私が内地の旧制高校の寮で読んだと同じ本だからだ。

国際政治学者の中嶋嶺雄は、文化大革命を毛沢東の奪権闘争といちはやく看破し、現地から真っ先に報道した。まだ東外大助手の時のことだから偉者だ。大陸におためごかしをしない中嶋は、その後、李登輝氏を『文藝春秋』に紹介、アジア・オープン・フォーラムを組織して、日台間で学術会議を次々と開催した。私も何度か発表した。その縁で、李氏の来日がついに実現した二〇〇七年、中嶋学長に指名され挨拶した。

「こんな席でお話する資格はない者ですが、李様は台北高校、私は一高で同じ島田謹二先生から英語を習ったのがご縁で」といった途端に「シマキン」と綽名が李博士の口から飛び出し、帝国ホテルの満場が爆笑した。その島田先生から李生徒はカーライル『衣裳哲学』を習った。難しかったが台北図書館にあった新渡戸稲造のカーライル講義を読んだらよくわかった、と博士は楽しげに語った。それがきっかけで李博士は新渡戸の『武士道』も読み、直接日本語で解説も書いた。

歓迎宴から帰宅すると「いまテレビに李登輝の日本旅行が出た。そしたら平川先生も映っていたよ」と台湾から電話がかかった。その声が弾んでいた。台湾親日派の間では李登輝はヒーローだ。その元総統が念願の日本旅行を果たせたので、彼の地の人も喜んだのだ。

大陸が範とすべき一大実験

しかし私が台湾を良しとするのは単に「親日的」だからではない、李総統がリードした台湾が「民主的」になったからだ。漢民族には不可能といわれた総統選挙に成功した李登輝は歴史に名を留める大人物である。台湾のデモクラシーこそ大陸が範とすべき政治上の一大実験である。このことを在日の中国外交官や留学生は銘記していただきたい。

だが中国は猛烈な悪口を云う。台湾でも過去半世紀支配してきた外省人から見れば、民主主義を導入することで国民党一党支配体制を崩した李登輝は反逆者だ。中国共産党の恫喝に従わぬ李登輝は、北京から見れば好ましからざる人物だ。そんな見方に迎合するチャイナ・スクールはわが国にも結構いた。だが元総統は悪びれない。粕谷一希は筋を通すジャーナリストとして藤原書店の第一回後藤新平賞を来日した李元総統に授けた。すると李博士は後藤の民政長官としての台湾における業績を評価する講演を行なった。

台湾に生まれた悲哀

忘れがたいのは李氏が台湾に生まれた悲哀を司馬遼太郎に語ったことだ。日系米国人にも似た悲哀はある。兄は米軍に属し、弟は日本軍に属し戦った二世の兄弟もいた。その際、アーリントンに葬られた人の為なら墓参し、靖国に祀られた人の為なら墓参しない、などの区別が出来ようはずはない。「兄は日本兵として戦死した。その靖国に参拝できてよかった」と語る李氏の口調は列席の人の胸を打った。

李総統時代の台湾は大陸に対し経済的に優位に立っていた。今その優位は薄れた。しかし国民党と民進党と政権交代を繰返すうちに台湾には民主制が定着、台湾人は自由な現体制を警察国家の大陸よりも良し、と考える人がふえた。日本でも監視社会の習近平体制を嫌う人はいよいよふえた。

北京は同一言語を話す地域は併呑《へいどん》してもよいかのごとく主張するが、そんな覇権主義的主張に正当性はない。ただし悪い先例はある。

ナチス・ドイツがオーストリアを一九三八年に力づくで併呑したのがそれで、その独墺併合（アンシュルス）Anschluss こそ第二次世界大戦への決定的なターニング・ポイントとなった。

「中国の夢」を唱える習近平に、ヒトラーの人気はないが、内政の失敗を糊塗《こと》するために膨張主義的冒険という下策に打って出る可能性はある。台湾は第二の香港となるのか。万一、米国軍が実力でその阻止に出動せねばならぬ時、わが国は米軍の活動を支持するだろうが、だがそれより先に、習政権が崩壊するだろうと、私は中国人の智慧を信じて、明るい未来を考えている。

（二〇二〇・八・二十一）

東京裁判再考――敗戦は罪なのか

最近の連載の傑作は、『産経新聞』パリ支局長三井美奈の『敗戦は罪なのか　オランダ判事レーリンクの東京裁判日記』（産経新聞出版）だ。レーリンクについては日本側に東大法学部国際法の大沼保昭、同文学部国史科出身の粟屋健太郎、オランダ側にプールヘーストなどがいるが、読みごたえは三井の方が上だ。

学界に籍を置く人は、戦後イデオロギーに拘束され、東京裁判の正当性を主張したがるから、その無理が祟《たた》った。それに対し、三井はレーリンクの手紙や日記を遺族と協力して日本語に訳し、すなおに引用した。東京裁判の表裏をはっきり示す一冊が世に出た。

レーリンクは正直だ。判事に任命され、映画の主役に抜擢《ばってき》された心地だ。敵国日本の指導者を裁こうと米軍機に乗り込む。「私は戦争で苦しんだ国オランダの代表だ。我が国は戦争で破壊され、海外領土を失った」。しかし、来日途中米国で、山下奉文大将が米軍の手で日本人大物戦犯の最初として死刑に処せられた詳報を読み、「山下は偉大な人物、犯罪者ではない、ただ敵だっただけだ」

（一九四六年二月二十四日日記）、と米軍主導の復讐《ふくしゅう》裁判に疑念を覚え、その夜は眠れなかったと妻に書いている。

始めに有罪ありきの主流派

市ヶ谷法廷に着任したが英米系の判事や検事とそりがあわない。主流派は裁判を日本に対する懲《ちょう》罰《ばつ》の場と考え、初めに有罪判決の結論ありきの人々である。レーリンクはそんな多数派に従わない。「平和に対する罪」は事後法で、そんな国際法の枠外の法で裁判が行われてよいのか。

危惧《きぐ》するレーリンクは一九四七年十二月六日、「判決を考えねばならぬ時が来た。死に物狂いで国際法に取組んでいる。その結果、まずいことに、私はどんどん悪い道に進んでいく。いや、良い道というべきか。世論や同僚が支持しない方向だ。こうなると、大変つらい。（中略）『それなら、判事を引受けるべきではなかった』という人もいる。だか、判事には定まった意見しかみとめないなんて私は受け容れられない」（一五八頁）と書いた。

そのレーリンクと意見が合うのはインド判事パルである。法は権力に勝る、法を装った権力は忌避する。レーリンクも自分と同様、多数派が書いた判決文に署名しないと知ったパルは喜んで涙ぐみ、手紙をよこした。

「あなたが短い独自意見を出すと決意したのを知り、心から喜んでいます。裁判とは、そうあるべきです。我々は、世の中の偏見に仕えるために集ったのではない。たとえ、世論を傷つけても、自分の信念を犠牲にすべきではないのです」

レーリンクは、政治的殺人に加担したくない。連合国と同調せよと判決文の内容を読みもせず言ってくるオランダ政府の主張に従わない以上、自分の将来のキャリアに不安は残る。だがレーリンクは廣田弘毅ほか四名を無罪とする独自の判決意見書を提出した。そして、これが意味深長な点だが、コピーを一部、竹山道雄に渡して帰国した。

レーリンク判事が、鎌倉の竹山家で、「いま法廷に坐《すわ》っている人々の中には、代罪羊がいると思います」と竹山に言われて、東郷茂徳外相らの無罪に思いをいたす経緯は、竹山の『昭和の精神史』に詳しい。

レーリンクとカッセーゼの対談『レーリンク判事の東京裁判』の邦訳が一九九六年に新曜社（後に『東京裁判とその後』中公文庫）から出た際、解説を書いた粟屋健太郎や大沼保昭はレーリンクと竹山との親交に言及しなかった。左翼の立場から、保守派の竹山を無視したのだ。私はそんな傾向的な「粟屋健太郎の解説は学者として落第だ」と『熊本日日新聞』一九九六年十一月十日号で名指しで批評したことがある。

「彼らには敬服する」

レーリンクは東條被告らについて「彼らには敬服する、死刑判決を受けても身じろぎひとつしなかった」（二一〇頁）と妻あてに書いている。一九四七年夏、竹山家で、レーリンクが、被告らについてoutstanding「傑出した人物」と感嘆の念を洩らすので竹山が驚いたことは『昭和の精神史』にも出ている。だが戦後のわが国では、A級戦犯についてポジティヴに言うことは、許されなかった。タブーは解けつつある。『文藝春秋』の令和四年一月号に「東條が立派なのは、東京裁判でも戦争指導者として振る舞ったことだった。日本の立場を弁明し、昭和天皇を擁護するため、進んでスケープゴートになることも厭わなかった」と辻田真佐憲氏は書いた。

死を覚悟した東條の言動に対し、被告席にいた重光葵も「東條は少しも責任を避けず部下、同僚を擁護し、天皇陛下の御仁徳を頌《しょう》し、法廷に対しては謙譲の態度を示し、検事に対しては堂々と主張を明《あきら》かにす」（『巣鴨日記』）と記した。

大陸に武力進出した日本の軍部は、国を誤った、負けるような太平洋戦争に踏み切った東條内閣の責任は重い。ただし、だからといって、東京裁判の多数派判決で認めた意味で日本が悪かったのではない。

（二〇二二・二・二十八）

英王室の神と日本皇室の神々

日本にとっての英国

明治以来第二次大戦まで日本人は英国が世界第一と思ってきたことは前にも述べた。大学の英文科は英文学を教え、米文学は眼中にない。金持の息子が渡米し、博士号を取得しても「アメ・ドク」と低く見られた。東大英文科が英米文学科に改名したのは一九六三年、戦後十八年目である。私が敗戦後学生のころも英国の威信は下りはしたが、それでも私はハリウッドより英国映画の方が好きだった。今でも刑事コロンボよりミス・マープルやルイス警部を好んで見る。

だが国家の盛衰は激しい。大英帝国は解体し、英国の影は薄れた。だがそれでも、エリザベス二世は死に際し余光を輝かせた。国葬を報じるＢＢＣの放送には品位がある。チャールズ三世は、母親女王の国家への献身に言及し、自分も新国王として職務を果たし、信仰の守護者として勤める、と誓った。英国の君主に政治権力はないが、権威がある。整然たる儀式は王室を深く印象づけた。民衆は次々と花束を手に国葬に集った。

権力と権威の分離

東西の島国が同じなのは左側通行だけでない。日英は共に立憲君主制である。その効能についてこの欄で前にふれたが、上に立つ者には権威 authority と権力 power が必要だ。米国大統領は精神的権威と政治的権力の体現者であるべきはずだが、難しい注文で、それだけに大統領がまずい事をしでかすと、合衆国民は動揺する。不徳のニクソンは弾劾《だんがい》され、クリントンは性的スキャンダルに塗《まみ》れた。米国の象徴であるだけに、オーソリティーとパワーを一身に集めた大統領の品位が地に落ちれば、米国の品位も落ちる。その醜状を見た時は、権威は君主、権力は首相に分ける立憲君主制はいいものだ、と私は感じた。

君臨スレドモ統治セズ

明治維新に際し、王政復古派は、天皇親政を唱えたが、明治日本は国家構成の範を立憲君主制に求めた。明治天皇は重大会議に臨席するが、自分の政治的意向を強く主張しない。幕府政治が何百年も続き、政権は将軍が握っていた、そのせいだろうか、天皇は「君臨スレドモ統治セズ」の英国風に馴染みやすかった。

昭和天皇も民衆に崇《あが》められ、権威はあったが、権力の行使は控えた。英国王室のありかたを良しとされたからである。ただ、岡田首相暗殺未遂で政府の機能が失われた二・二六事件と、最高戦争指導会議の意見が二分した終戦の際とだけは、陛下が決断を下すことで日本は危機を乗り越えた。国民が昭和天皇を深く敬愛する所以である。

吉田茂は、傲岸《ごうがん》な貴族風の首相だが、昭和天皇に対しては「臣茂」と頭を低くしてお仕えした。エリザベス女王は死ぬ二日前、新任首相の拝謁で女王の務めを果たされた。高齢でも退位は口にせず、九十六歳で女王がバルモラル宮殿で亡くなられたことは、スコットランド人の記憶に深く刻まれるだろう。

神ヨ、陛下ヲ護リ給ヘ

God Save the King の言葉が繰返された。「なぜ saves でないのか」と質問が出たが、s がないのは、May God save the King. の May が略された祈願形だからである。トラス新首相は国葬に際し、聖書を朗読した。日本国憲法には「いかなる宗教団体も、国からの特権を受け、又は政治上の権力を行使してはならない」とあるが、今や多宗教国家となった英国にも政教分離の大原則はある。だが戴冠式や国葬はウェストミンスター寺院で行なわれる。

しかるに日本では、天照大神の子孫である天皇の国葬の際にも、鳥居を建てるのは憲法違反だなどと言う者がいた。「神ヨ、陛下ヲ護リ給ヘ」と日本で首相が八百万の神に対し、祈りを捧げようものなら、憲法違反だとマスコミは騒ぐだろう。だが古代以来の神道文化の伝統を消し去ろうとする憲法なら、そんな憲法は廃止するがいい。英国の王がキリスト教の儀礼を重んじると同様、日本の天皇家が自国の宗教儀礼を尊ぶのは当然ではないか。

国体の護持

国体護持とは神道を重んずる皇室の永続だが、降伏に際し、日本はそれを条件とした。それで終戦を成し遂げた鈴木貫太郎首相、阿南惟幾《あなみこれちか》陸相、東郷茂徳《しげのり》外相等にお礼申したい。『祖父東郷茂徳の生涯』（文藝春秋）の著者東郷茂彦氏は神道学博士で、このたび『「天皇」永続の研究――近現代における国体論と皇室論』を弘文堂から刊行した。祖父の最後の外交努力を引き継ごうとする志がうかがわれる。終戦時、東郷外相の交渉相手のバーンズ米国務長官が洩らした言葉が思い出される。「国王を見捨てて降伏した第一次大戦のドイツとは違う。日本は敵ながら天晴れだ」と。

（二〇二二・十・六）

洗脳を手伝ううちに洗脳された人々

渡辺京二氏が熊本で令和四年（二〇二二年）の歳末に九十二歳で亡くなった。『逝きし世の面影』という情緒豊かな標題の書物で氏は、日本が西洋化することで失った明治末年以前の文明の姿を追い求めた。この代表作が再刊された時（平凡社ライブラリー）、未見の著者に依頼され私は解説を書いた。「西洋人という鏡に映った旧日本の姿に新鮮な驚きを感じた渡辺氏の、イデオロギーや先入主にとらわれない、率直な反応が、美しい日本語に表現されていて、本書を価値あるものとした。共感は批評におとらず理解の良き方法である」。

美化された幻影か

九州で予備校講師を務めた渡辺氏は、学問世界の本道を進んだ人ではない。だが歩き方には力があった。滅んだ古い日本の姿を偲ぶには、異邦人の証言に頼らねばならないとし、私たち自身は見慣れて自覚しないが、西洋人がひとしく注目した明治初年の生活の特徴を、「陽気な人びと」「簡素とゆたかさ」「親和と礼節」などに分類、詳述した。この「外国人が見た日本」という視角について、渡辺氏はさらに次のように指摘する。「日本の知識人には、この種の欧米人の見聞記を美化された幻影として斥けたいという、強い衝動に動かされてきた歴史があって、こういう日本人自身の中から生ずる否認の是非を吟味することなしには、私たちは一歩も先に進めない」。

なぜインテリは逝きし明治の面影を「美化された幻影」として斥けるのか。それは敗戦後、占領軍の管理下で日本批判が繰返され、知識層は日本が好い国のはずはない、と自虐的に思いこんだからである。一例が中野好夫氏で、戦争中の愛国者は、一転、戦後民主主義の旗振りとなった。前非を悔いた東大英文科の有名教授は、以前は愛した小泉八雲ことラフカディオ・ハーン（一八五〇－一九〇四）を戦後は全面的に否定し、昭和二十一年、雑誌『展望』誌上で、ハーンが讃えた神道の国日本をぼろくそに難じた。

トウダイモトクラシ

米英側では日本に帰化したハーンを敵国を美化した日本政府御用の裏切者と非難した。ケンブリッジ英文学史はハーンは「全く無価値」と切って捨てた。そんな様だから、戦後の東大英文科出身者でハーンをまともに扱った人はいない。外国文学専攻の秀才は、本国の作家評価に敏感に反応する。戦前、市河三喜英文科主任が東大に集めたハーン関係資料は、篤志家の闕田かをる氏が私費で出版助成するまで、誰も利用しない。トウダイモトクラシとはこの事だ。

劇作家でシェイクスピアの翻訳者の木下順二氏（一九一四－二〇〇六）の場合も、中野氏に似た。木下の父はハーンから直接教わったが、木下氏本人は熊本中学五年生で百枚の小泉八雲論を校友会雑誌に寄稿した。中学で木下に英語を教えた丸山学氏は後に熊本商大教授でハーン研究の開拓者となるが、熊本の五高生だった木下氏は丸山氏の紹介で「八雲先生と五高」という記事を『九州新聞』に寄稿した（昭和十年四月『五高同窓会会報』に転載）。この秀才は翌十一年、東大英文科に進学、中野氏に師事し、昭和十年代を通じ、中野氏とハーンや演劇を論じあい、中野氏の勧めで『夕鶴』を書いた。民話に想を得るあたりハーンの刺戟にちがいない。

ハーンの民俗学にいちはやく着目した丸山学氏の『小泉八雲新考』が一九九六年に講談社学術文庫として再刊された際、私は監修の木下氏にお会いしたが、かつて傾倒したハーンにすこぶる冷淡で「日本人が小泉八雲が好きなのは自己愛のあらわれ」と敗戦直後の中野氏と同じだった。

中野氏は敗戦直後に発した悪口を改め、筑摩の明治文学全集に小泉八雲の解題を書いたのに、と私は思った。来日外国人の日本観を「美化された幻影として斥ける」と渡辺が言ったのは、木下氏も念頭にあっての事だろう。

占領下の検閲で歪んだ日本観

だが占領下の報道制限と検閲で一番被害を蒙《こうむ》ったのは、ハーンよりもハーンが良しとした神道だ。日本の宗教文化についての発言は厳しくコントロールされ、米軍が「神社神道」を改名した「国家神道」なるものに対し知識人は悪口を言うべきもの、という社会通念が固着した。戦後の閉ざされた言語空間で培養された蛸壺《たこつぼ》史観の持主の一人保坂正康氏も、昨年も『文藝春秋』で神道について歪んだ見方を述べている。占領軍の検閲・宣伝工作の後遺症は恐ろしい。

それだけに二〇二一年に出た山本武利著『検閲官、発見されたGHQ名簿』（新潮新書）には愕然とした。なんと占領下、中野好夫氏の紹介で木下氏が検閲官として占領軍総司令部に勤務したことが詳述されていたからである。

山本氏の調査は仮借《かしやく》ない。読んで陰鬱になった。日本の多くの英才は「検閲は、これをしてはならない。通信の秘密は、これを侵してはならない」という憲法に違反する仕事をしながら、検閲する自分を正当化した。彼らは日本独立後も、戦後の閉ざされた言語空間の枠を維持し続けた。同胞の洗脳を手伝ううちに、自分自身が洗脳されてしまった人たちだったのである。

（二〇二三・一・二十七）

第四部

日本語と外国語

ブラウニング《春の朝》に神道的畏敬の念

原詩に劣らぬ訳詩のでき映え

上田敏訳《春の朝》は原詩もいいが、訳詩のでき映えがさらに素晴らしい。

　時は春、
日は朝《あした》
朝《あした》は七時、
片岡《かたをか》に露みちて、
揚雲雀《あげひばり》なのりいで、
蝸牛《かたつむり》枝に這《は》ひ、
神、そらに知《し》ろしめす。
すべて世は事も無《な》し。

原作者はヴィクトリア朝の英国詩人ロバート・ブラウニング（一八一二－一八八九）である。彼の作品《ピッパが通る》の中でこの八行は歌われるが、上田敏（一八七四－一九一六）はこの詩を一個の独立した詩として訳詩集『海潮音』（一九〇五）に収め、《春の朝》と題した。

The year's at the spring
And day's at the morn;
Morning's at seven;
The hill-side's dew-pearled;
The lark's on the wing;
The snail's on the thorn:
God's in his heaven—
All's right with the world!

では原詩と訳詩とどこがどう違うか。

最初の四行は、「朝《あした》」の尻取りまで含めて、原詩そのままだ。だが「揚雲雀《あげひばり》なのりいで」と訳したのは上田敏の工夫で、原詩は無声の on the wing「雲雀は空を舞い」といわば水平飛行だ。それを、主語の雲雀に「揚げ」を足すことで上昇飛行させ、動詞も有声の「なのりいで」を足すことで小鳥に空高く発声させた。すると、枝を這う蝸牛も、雲雀とともに、にわかに生気を帯びる。この空高く舞う鳥や小さな生物が生き生きと動くことで、次に来る「神、そらに知《し》ろしめす」という宇宙の大存在と協奏する。こうして詩は一幅《いっぷく》の画となり、All's right with the world という作者の楽天的な宇宙認識は完結する。「神、そらに知《し》ろしめす。すべて世は事も無《な》し」という結句は、肯定的な世界観だ。生きとし生けるものをそのまま良しとするのが詩人の態度であり、それに共感する読者の気持でもある。

キリスト教から神道の神様へ

家内は昔この訳詩と原詩を三人の中・小学生の私の娘たちに暗誦させた。私も時々和した。日本語訳は易しいが、それでも平川家の海外帰国子女たちには英語の方が覚えやすい。英詩のThe year's の 's が is の省略であることなど子供たちには説明抜きでわかる。

私は自分が英詩の最終行を All's well with the world. と勝手に読みかえていたことに今度気がついた。すると「well の方が right のような正義の押し付けでなくていい」と三女が言った。「英詩の方の『すべて世はこれで良し』の積極的強調はキリスト教のゴッドの世界だが、訳詩の『すべて世は事も無《な》し』の天下泰平は神道の神さまの世界だな」と私が言うと、娘もうなずいた。

上田敏の訳はいかにも名訳で、詩的世界が見事に日本化されている。七行目「神、そらに知《し》ろしめす」の「知《し》ろしめす」は「知る」の敬語表現で「君臨する」の意味だが、この大和言葉は神々《こうごう》しい。それで和訳には畏れ多いという神道的な雰囲気がただよう。英詩を読む西洋の読者はゴッドの存在への讃美の念を募らせるだろうが、上田敏の訳詩を読む日本の読者の多くは無意識裡に神道的な畏敬の念を覚えるだろう。

何語で読むかで宗教も変わる

世間はうすうす感じつつ、このような違いがあることを口にせずにきた。何語で読むかで、詩の雰囲気がキリスト教から神道に変わりもする。「翻訳は裏切る」と格言にあるが、実はキリスト教の『聖書』も何語で読むかで雰囲気が変わる。

近年の日本語訳の『聖書』ではjealous Godがかつてのように「嫉妬神《ねたむ》」でなく「熱情の神」と表現される。日本の多くの信者が、神様が嫉妬するのはおかしい、というから、それに配慮したのだといわれるが、余計な気兼ねは偽善的で宗教の本質を変える。嫉妬神とはキリスト教の神を崇める者はそれ以外の神を信じてはならぬ、という独占的排他性の意味だ。モーセの十戒第一条「汝《なんじ》我れの外に神ありとすべからず」と同じだ。

大学入試に「jealous Godについて次の三つの訳のうち一つは誤りである。A 嫉妬する神 B ねたむ神 C 熱情の神」という問題を出せば、受験者の多数はCを誤りと認定するだろう。

かつて山本七平は日本人キリスト教徒と西洋人キリスト教徒との違いにふれ、前者は「日本教徒のキリスト派だ」と指摘した。

日本人の仏教徒も似たもので、日本教徒の仏教派と指摘できることが多い。例えば、遺体を「仏さん」と呼ぶ仏教国は日本のほかにない。靈《みたま》を尊ぶ昔ながらの日本の神道的感覚が死後も霊《みたま》が宿る遺体を大切に扱うことを求める。仏教で一番尊い「仏さん」のお名前で御遺体を呼ぶのはその故であろう。

（二〇二四・一・八）

心打った日本人の英語スピーチ

先の大戦では中国が米国を味方にひきこんだから日本は敗れた。米国の支持を決定的にしたのは蔣介石夫人の宋美齢が米国議会で声涙《せいるい》ともにくだる英語演説をし、抗日戦争の義を訴えたからだといわれる。

その同じ米国議会で安倍晋三首相が演説し喝采を浴びた。世界の警察官を任じる超大国に気力の衰えが見える昨今、米日同盟の価値を米国民に再認識させるには、智にも情にも訴えねばならない。そうである以上、英語で話しかけたのがよかった。「日本の首相だ。日本語を使え」とさかしらの評論家はいうが、異性に声をかけるとき通訳を使えというに似た愚論だ。

有名人の英語は立派だったか

東大教師は昔から口先は反体制が多く、安倍演説にもケチをつける。そんな東大に頭のいい奴が入る。学生はエリートで、まして教授ともなれば英語は自由自在と思ったら錯覚だ。戦後の東大で一番高名な英文学者は中野好夫だ。日本語のめりはりが利く講義は聞かせたが、戦中派だから英会話はおよそ得意でない。米国へ招かれて立往生した。幸い夫人が留学体験に富み、お蔭で助かった。中野利子『父　中野好夫のこと』はその辺があけすけに書いてあって面白い。

外交官の語学力の差もひどい。失礼だから名は伏せるが、娘が私に同行して公邸に招かれ大使の英語に驚き「あんな下手でいいの？」といった。もっともこの娘、父はどこの国でも言葉が通じると思っていたが、留学から帰国して父の発音がすこぶる日本的なことに気づき「うちの父親、昔からあんなに下手だったの？」と姉にいった。だがそれでも外国語教室主任もつとめた私だ。有名人の英語講演を失礼ながら品評させていただく。

伊藤博文は偉物だ。明治四年、岩倉使節団の副使はサンフランシスコへ着くや英語でスピーチして大喝采を博した。日の丸はもはや日本を「封ぜし手紙の封蠟《ふうろう》ではなく昇る朝日である」と開国和親の大方針を告げたからだ。

それまですでに二度海外を体験していたとはいえ、封蠟 taper などの英単語は同行米国人の入れ知恵だろう。だが伊藤は英文の手紙を何通も書いている（滝井一博氏の『グナイスト文書』調査結果による）。よく勉強した。後年も渡欧の船上でトルストイの英訳を読んでいた。

サンフランシスコ講和会議で吉田茂は日本語で演説した。直径三寸の巻紙を繰りながら読む日本首相の様はトイレット・ペーパーと揶揄《やゆ》された。マッカーサー最高司令官と六十七回、二人だけの英語のトップ会談で臆するところなく「戦争に負けて外交に勝った」吉田だが、演説は日本語でも上手でなく、それもあって側近の白洲次郎も英語演説を止めたのだろう。ただし会議のあと日本人留学生向けには英語でスピーチしたがお愛嬌《あいきょう》だった。

大事にすべき護国の英霊

だがあの世代の帝国外交官は気概があり立派だ。A級戦犯重光葵は巣鴨出獄後、外相として敗戦国日本の国連加盟を果たすや、その謝辞演説をすませ、帰国して死んだ。戦死ともいうべき最期だった。

安倍演説で感動的な光景は、硫黄島で戦った海兵隊のスノーデン中将と栗林忠道司令官の孫の進藤義孝議員が握手した時だ。激しく戦った両軍だからこそ和解の拍手も大きかったのだ。言葉の力が戦いの蔭で働いたことも忘れてはならない。硫黄島で海軍司令官市丸利之助は米国大統領へあて日英両文で遺書をしたため日本側の理を堂々と主張した。トーランドは『日本帝国滅亡史』にその全文を録したが、そのような護国の英霊を私たちは大事にせねばならない。両陛下は激戦地に慰霊に赴かれた。有難いことである。

神話の意味を説かれた美智子皇后

スピーチで見事なのは美智子陛下の国際児童図書評議会の講演で、英語版日本語版ともにすばらしい。皇后さまは世界の神話の意味を説き、日本については『古事記』の弟 橘 媛《おとたちばなひめ》が海神の怒りをなだめるために海に身を投じた話をされた。日本 武 尊《やまとたけるのみこと》を救うための、むごい恐ろしい生贄《いけにえ》の物語である。皇后さまは英語講演でも

さねさし相模の小野に燃ゆる火の火中《ほなか》に立ちて問ひし君はも

とまず日本語で読まれ、次いで英語でPrince Brave of Yamatoはかつて敵に囲まれ火攻めにされた。だが火中にあって危険をかえりみず妃である自分を救ってくれた、と弟橘の感謝の気持を説明し、オトタチバナはそのように優しくしてくれたヤマトタケルのために進んで身を犠牲にした。愛と自己犠牲は不可分であり、愛は時に厳しく残酷である、と古代の神話にことよせて皇后としての覚悟をそう述べられた。

今後、英語授業で繰返し聞かせたいのは美智子皇后の講演。オリンピック東京招致の外国語プレゼンテーション。安倍スピーチ。いずれも教育価値が高い。日本の首相が何を言わんとしたか、その意味は年をとればさらにわかるだろう。賛成にせよ反対にせよ、まず聞かせること。そして生徒に自分の意見を述べさせ、できれば英語でまとめさせるがいい。

日本人は小成に甘んじてはならない。外国語でも著述して自己主張せねばならない。もっとも日本語でも主張のない外交官や教授に外国語で書けといっても無理な話だろうが。

（二〇一五・七・十）

日本人の特性を備えた世界人に

尊皇を唱えて幕府を倒した明治維新の志士たちは、西洋列強の実力と日本の非力を知るや、攘夷を断念、開国和親に転じた。ところが革新を唱えて重臣を暗殺した昭和維新の将校たちは、己《おのれ》を知らず敵を知らず、尊皇攘夷を断行、軍国日本は昭和二十年、米国に敗れた。

明治日本の国際主義の精神は一八六八年の『五箇条ノ御誓文』の次の二条に示される。

旧来ノ陋習《ろうしゅう》ヲ破リ天地ノ公道ニ基クベシ。

智識ヲ世界ニ求メ大ニ皇基ヲ振起スベシ。

自分の目でじかに世界を見よ

日本が国をあげて西洋文明摂取に向かった明治維新が第一の開国であるとするなら、敗戦後の日本は第二の開国だった。昭和天皇が昭和二十一年元旦の詔書に『五箇条ノ御誓文』を引かれた意味は深い。昭和二十年代に学生生活を送った私なども「智識ヲ世界ニ求メ」ようとした。その時の心理は、明治の開国世代と共通する。わが国の精神史の連続性がそこに認められる。

そんな私はこの島国に跼蹐《きょくせき》するつもりはなかった。日本語以外の文化も知りたくて英仏対訳や独仏対訳叢書でひたすら学んだ。外国語を学べば学ぶほど外国がすばらしく見えた。そんな私はパリを夢みたが、同級生には共産国を理想化し、挙句に人生を棒にふった男もいる。共産党も罪作りなものだ。

だが旧制高校世代の多くは翻訳書の中に世界観（ヴェルトアンシャウウング）を求めた。なにしろ戦後十数年の間、この国は鎖国のままで、講和後も外貨制限で外国渡航はできず、自分の眼で世界を見ることはできなかった。だからこそマルクスは正しく、ソ連や人民中国をバラ色に描く『朝日新聞』などの宣伝も可能だったのである。

私は運よく昭和二十年代末にフランス政府の奨学金で日本の閉ざされた言論空間の外へ出た。外国の男女とつきあい、外国の新聞を読んで、この目でじかに世界を見て感じて考えて世界観を作ったが、その方が健全なはずだと思うけれども、五年後帰国して「安保賛成」といった途端に皆に白い眼で見られた。

「複眼の人」の養成を目標に

一国ナショナリズムを高唱する愚《ぐ》は繰返したくない。世界の中の日本を知りたい。政治的にもそうだが、学問的にも一国・一言語の枠組みに囚われたくない。皇国史観も困るが、モスクワ本位のコミンテルン・テーゼとかパリ本位の普遍主義とか、外国本位の歴史観で日本を裁断されても困る。

それから漱石の言い分ではないが、西洋本位の一国研究者で自足している教授は自己の日本人性を喪失している。「彼ヲ知リ己ヲ知ル」という複眼の人こそエリート教育の理想で、それがグローバル人材養成の目標であるべきだ。

では世界に通用する日本人の語学教育はどうあるべきか。地球社会のグローバル化に伴い、非英語国民の指導層は母語のほかに二十一世紀の世界語である英語の習得が求められる。その際英語を一生懸命勉強するのはまことに結構だ。しかし一本の足を自国の文化に、もう一本の足を外国の文化におろす「二本足の人間」であらねばならない。

この英語グローバル化現象には、落とし穴が二つある。第一は覇権的言語の国である英語国では、世界中どこでも頭のいい人は英語ができると思い込み、英語だけでビジネスはもとより、世界の文学も歴史も論じることができると錯覚しがちなことである。第二は我々非英語国民の側の問題で、お利口さんの脳内白人化が進むことである。中心文化と自己同一化したい人々は北米で新しいイズムが生まれればそれを鸚鵡返しに唱え出す。

一石二鳥の言語文化教育を

グローバル化する日本で英語習得の重要性が強調されるのは結構だ。私たちは時代の要請に応じ、外に向かって開かれた人として母語以外の言語文化を学ばねばならない。だが、外国のファッションを追うだけではつまらない。やはり自己の母なる言語文化にも一本足を下す二本足の人になって欲しい。外国だけでなく自国の現在にも過去にも通じること。それが日本産グローバル人材の理想と考える。

しかし外国にも日本にも通じるには言葉を習うだけでも時間がかかる。そこで私の提案は一石二鳥の教育を要領よく行なうこと。たとえば『源氏物語』をウェイリーの英訳と照らし合わせて読む。ウェイリーは東洋の鷗外に比すべき西洋の大翻訳家である。*Tale of Genji*を読むと、平安朝の文化と共に二十世紀初頭のロンドンの上流社会の文化もその洗練された英語を通じて感得することができる。

徳川時代のエリートは新井白石のように漢文のみか和文にも通じていた。過渡期の鷗外や漱石は和漢洋の知識を血肉化していた。日本人が精神の豊かさを取り戻すには、そのような一石二鳥の教育を広く推進するほかない。

「英語より論語を」という主張もあるが、孔子も漢文訓読体と英訳とあわせて教えるがいい。しかし日本人のアイデンティティーをそなえた洗練された世界人の養成には、選ばれた才媛や英才に、日英両語で紫式部を読ませるのが一番だ。雅《みやび》な古典文化を解する男女ならば世界のどこに出しても位負けすることはないだろう。

（二〇一六・四・二十七）

ローマ字表記の方針を鮮明に

マイナンバーカードにローマ字をつける、氏名にアルファベットで添え書きする、との上川陽子法務大臣の談話を聞き、ほっとした。

今の日本では親が漢字や仮名を選んで子供に名前をつける。それが音読み、訓読み、まざり読みとさまざまで、その多種多様に感心もし、寒心もした。教室で出席名簿を見て、教師の私はどう発音して良いかわからず、しばしば立往生したからである。

ヘボン式が標準

しかしローマ字を振れば他人も発音がわかるから、ほっとした。だが今度は親が勝手なローマ字をつづるかもしれない。今の日本のローマ字表記は乱れているからだ。

私がローマ字を習った昭和初年は「ヘボン式」で、米国人宣教師ヘボンが『和英語林集成』第三版を出した一八八六年に採用した。ローマ字つづりの発音が英語本位なのが特色だ。チは ti でなくchiと書く。しかしchiはフランス語ではシと発音するから、フランス人は反対した。ヘボン式では拗音《ようおん》のキョはkyo。だがジョはjoとつづる。オウはōと母音の上に長音記号のマクロンをつけ、オーと同じとした。ただマクロン付きの字はタイプやワープロにもなかった。

英国の東洋学者、アーサー・ウェイリーは『源氏物語』の英訳に際し、マクロンは略した。だから、源氏の競争相手の頭の中将はTo no Chujoとつづる。Tō no Chūjōと長音記号を三つ足しても英米読者のトノチュジョの発音は変わらない。日本人は長音を耳で区別するが、多くの外国人は区別できない。「おばさん」と「おばあさん」の差は耳でつかない。

スポーツ選手のユニフォームにも長音記号は書かない。そもそもマクロンという呼び方を世間は知らない。

プロ野球巨人で活躍した王貞治選手はŌやOでなくOhと書いた。Otaniではオタニかオオタニか分からない。大谷とはっきり言いたい人はOhtaniとhを加えるようになる。米大リーグで活躍中の大谷選手の背にはOhtaniとある。ただし翔平はShoheiのままだ。

プロ野球阪神や米大リーグで活躍した新庄剛志選手は、日本ではSinjyoとしていた。五十音図の各行の子音字を一定にし、シはshiでなくsiとするのが日本式で、新庄選手はそれを教わった。だが渡米後、米紙はShinjoと報じた。帰国後、日本ハムに所属した際にもShinjoと記した。巨人からヤンキーに移籍した松井秀喜選手もヘボン式のMatsuiで米国に名をとどめた。日本式ローマ字のMatuiではまずいのだ。

本人と役所のつづりが不一致

ローマ字表記を統一しないと、本人のローマ字つづりと他人や役所のつづりが一致しなくなり、証明書が役立たず、銀行から金が下ろせなくなる。福井さんが海外旅行を Hukui で申し込むとパスポートはヘボン式の Fukui だから、出入国で、怪しまれる。

日本語や中国語では視覚が聴覚に優先だ。私は住所・氏名は漢字の字面で覚える。篠塚がシノツカかシノヅカか区別は考えない。横文字書きを求められ、Shinotsuka, Shinozuka, Sinotuka か迷う。表意文字を表音文字でつづる際の宿命だ。

ヘボン式は標準式と呼ばれ、西洋の日本研究者はこれを用いる。フランス人はかつて Tokio と書いたが、近頃はフランス人も Tokyo にそろえた。海外ではヘボン式に統一され、落着くかに見えた。

電子辞書普及で混乱に拍車

だが現場の混乱は増す一方だ。今や若年層のインターネット検索や電子辞書によってローマ字書きは左右されるためで、東郷平八郎を電子辞書の Togo で探すと、「アフリカ西岸の共和国」としか出ない。Tougou と綴らねば出ない。東條英機首相も Tojo では見つからない。上川陽子法相もハーバード時代は Yoko と名前を書いたろうが、名前をローマ字で検索する際は Youko でないと出ないだろう。

電子辞書の『広辞苑』では Tokyo と引いても東京は出ない。Toukiyou とか Toukyou とか漢字にルビを振る感覚で引けという。Tokyo の o は英語では二重母音で ou の発音だ。

大阪はどうか。電子辞書では Ousaka だと逢坂は出るが、大阪は出ない。Oosaka と押さねばならない。しかし大坂なおみ選手の場合、電子辞書では Oosaka かもしれぬが、ローマ字は Naomi Osaka だろう。郷に入れば郷に従えで、英語圏では名・姓の順になるのが自然だ。西洋で生活する人、西洋語で著述する人は、西洋式に名・姓の順で書く。私は、どちらが姓か、はっきりさせたい時は Sukehiro HIRAKAWA と大文字をまじえるか、Hirakawa, Sukehiro とコンマを入れる。

西洋の学術書では明治以来、日本人の氏名は日本式に姓・名の順で記載されている。政府はローマ字表記は、ヘボン式を推奨すべきか、親や本人の自由に任すべきか、方針を鮮明にするがよい。

（二〇二一・五・十一）

「平和憲法」の呪縛が解ける時

一九四五年、敗戦国日本は武装を解かれ、「平和を愛する諸国民の公正と信義に信頼して、われらの安全と生存を保持しようと決意し」（前文）、「戦力は保持しない」（九条）という憲法が翌年公布された。以後、二大主張が対立し、今日に及んでいる。多数派は、占領軍の日本非武装化に賛成し、『朝日新聞』『公明新聞』『赤旗』など憲法護持である。

日本人の精神的武装解除

「平和憲法」の夢は美しい。この幻想にすがるのは、日本人の精神的武装解除を意図した占領政策に端を発するが、主権回復後もその呪縛がさらに続いたのは、その理想に憧れたからだ。平和は憲法のおかげのような報道もあった。

だが、そんな日本の安全神話は、国際情勢の険悪化により、シャボン玉のごとく破れた。自分も血を流そうとせぬ日本を、米国は本当に守るのか、そんな疑念がかすめたからである。

日本人は戦前は「絶対不敗」を確信し、戦後は「絶対平和」を盲目的に信仰したが、両者は同一コインの裏表なのだ。「平和憲法」の美名は、憲法批判を禁ずるタブーとなって私たちを呪縛した。国際関係の実相を見る眼が曇り、思考停止が続いた。

だが、独裁者が核で恫喝《どうかつ》するに及んで、平和の幻想は破れた。ウクライナ侵攻で、北欧人も日本人も、考えが変わる。近隣諸国の不義不正を警戒せねばならない。安保法制を容認、憲法改正を主張する『産経新聞』は、以前は新聞界での少数派だったが、そのオピニオンが今や日本の主流になりつつある。ここで新聞にまつわる思い出をたどり、私が戦後体制の呪縛から脱皮した様をスケッチしたい。

小学五年の頃から新聞を読んだ。陸海軍の戦果が知りたかったからで、今の子供が野球やサッカーの打数や打率や点数に一喜一憂するのと変わりない。獅子文六が本名の岩田豊雄で『朝日』に連載した真珠湾雷撃の特殊潜航艇の勇士を扱った『海軍』など毎朝、待ち遠しかった。『読売』が、「鬼畜米英」と獣偏をつけて印刷したときは、品のなさにいやな気がした。

占領下で学生生活を送ったが、昭和二十年代末から仏独英伊に留学し、世界を見、各地の新聞を読むことで、私の世界観も変化した。人民民主主義より西側民主主義の方がいい。一九五九年、社会党の浅沼稲次郎が北京へ出かけ「米帝国主義は日中共同の敵」と言ったときは驚いた。私が帰国すると、周囲は安保反対の大合唱だ。「安保反対に反対。民主主義を守れ。議会の多数決に従え」などと私は言ったが、変人扱いである。大学は年中ストライキだ。その十年後、ようやく助教授になった私も当直したが、そこでも「平川はいつも妙な発言をする」と数学の講師が腹を立てた。『朝日新聞』しか読まない同僚とは話が合わないことを私は自覚した。

触らぬ毛沢東に祟りなし

当時東大で『朝日』の売れっ子は菊池昌典で、文化大革命礼讃。それに対し東外大助手となった中嶋嶺雄は、文革を毛沢東の権力闘争と見て、その分析を遠慮せずに発表した。私もたまに寄稿したが、本紙「直言」欄に、毛主席はドイツの詩人シュトルムを読んでいると東独の大使が驚いているが、それは訳者、郭沫若が旧制岡山高校に留学中、ドイツ語で『インメンゼー』を習ったからだ、と書いた。政治的直言はまだ控えていた。それでも『朝日』はやめ『産経』を購読した。

毛沢東が一九七六年九月に死んだ直後、昔のパリ留学仲間が集まった。中国大使館を弔問し記帳して来た、と応用化学の本多健一東大教授が恭《うやうや》しく言うから、「江青女史がそろそろ逮捕される頃じゃないか」と私が冷やかした。外交官の加藤吉彌が「おい、ここは中華料理店だぞ。口を慎め」という。比較文化史の芳賀徹は「あの中国一辺倒はなんだい」と『朝日』をこきおろす。するとドナルド・キーンは「私は日本の文化事情を追う立場ですから、文化欄は『朝日』です」と応じた。

翌年、私はワシントンのウィルソン・センターへ赴任し、日中国交再開に際し初代中国大使を務めた小川平四郎氏とご一緒したが、「『産経』だけはどうも」と言われた。

擬似平和主義の自家中毒

北京に特派員を置くことを拒否された『産経』が正しかったか、中国御用の記事を日本へ送り続ける特派員を北京に駐在させた『朝日』が賢かったか。『朝日』退社後中国の日本向け広報誌『人民中国』の編集者に天下りした北京特派員もいたが、風上に置けない。

加藤周一は、日本はかつて中国に対して侵略戦争をした前科があるから中国批判は一切しない、という一見「良心的な」立場をとり、『朝日』で重用された。社側も「知的巨人」加藤の発言を尊重した。だが振り返ると『朝日』が信用を失ったのは、慰安婦問題の吉田清治の詐話事件だけではない。そんな擬似平和主義の自家中毒に世間がうんざりしたからだ。「アカイ、アカイ、朝日ハアカイ」というふざけた記事が同社の雑誌に出てから、はや半世紀が経った。（二〇二二・六・十七）

日中両国での外国語学習の盛衰

西洋文明の優位を感じ西洋語を学ぶ

日中両国の外国語学習や塾の盛衰について考えたい。

日本では十八世紀後半から蘭学が盛んになった。西洋技術文明の優位を感じ、オランダ語を学び始めたのである。アジアで西洋語と自国語に跨《また》がる辞書を制作したのは日本が最初で、それで緒方の適塾などで西洋語の翻訳も可能となった。

十九世紀後半からは日中ともに公式に西洋語の学習を始めた。その際の日中の公的機関の名称の変遷が、時勢を反映している。砲艦は西洋文明の侮り難さを感じさせた。東洋側は侵略者の言葉も習わねばならない。ペリー来日後三年の一八五六年（安政三年）に蕃書調所が江戸に設けられる。それが一八六二年（文久二年）には洋書調所に改名され、翌一八六三年には開成校、そして一八七七年（明治十年）には東京医学校と合併して東京大学となる。

中国での学校の名称はさらに興味深い。英仏露語学習のために設けられた教育機関は同治元（一八六二）年、同文館と名づけられた。西洋人教授を雇い通訳を養成する。外文を学ぶ学校に同文の名をつけたのは、建学の趣旨と矛盾しないか。

野蛮人を中華の有徳の道に改宗させる

察するに中華思想の強い当局は、夷狄蛮戎《いてきばんじゅう》の類から中国が文明を学ぶとは考えたくない。（ちなみに英華字典は最初は西洋人ロプシャイトが作った）。外国語を習わざるを得ないのは、アヘン・アロー戦争以来の清国の屈辱的地位のせいで、英仏軍は北京を占領、交渉には通弁が必要だ。外国語学習は、西洋文明を学ぶためではない。古来中国は、外敵が支配者として臨んでも、外敵を中華文明に同化してきた。それが同文同軌《どうぶんどうき》に由来する同文館の意味だろう。

中国人が外国語を学ぶのは中国文化を外国人に知らせ、野蛮人を中華の有徳の道に改宗させるためである。現にそれと同じ発想で、文化大革命の最中に、英訳『毛沢東語録』を中国の学生は一斉に暗誦した。

文明史的には「脱亜入欧」、言語史的には「脱漢入英」

明治維新は日本の一大方向転換で、文明的に「脱亜入欧」を試みた。それを推進したのが「日本英学の父」福沢諭吉の慶應義塾で、その結果、日本人の第一外国語は漢文から英語へ「脱漢入英」した。

わが国の戦中派と戦後派の違いは、後者が英会話がやや流暢《りゅうちょう》な点だが、中国の文革世代と以後の差は深刻だ。天安門事件の後、私は北京で教えたが、突然見知らぬ三十代の人から「自分は文革で下放され大学教育を受けそびれた」と訴えられたことがある。それが鄧小平の改革開放路線が鮮明になるや、中国人の外国語学習熱は燃え上り、塾は大繁昌した。

英語と中国語は主語・動詞・目的語の順が同じ、発音も似ている。だから、中国人の方が日本人より英語はよほど達者だ。中国外交部の面々の英語で言い返す能力は、霞関のお役人よりも上だ。日本の大学語学教師より向うの方がよく喋る。北京の英語放送の方が流暢と書いてはNHKに失礼か。「この調子だと、世界で英語を話す人口はインド、米、英、次は中国となるぞ」と私も笑ったことがある。前世紀の末には同じ外国語学院の教授でも辞書製作などの副収入から中国人英語教師は懐《ふところ》があたたかく、次は日本語教師であるらしかった。不振はロシア語。

私は塾や家庭教師に頼らずにすんだが、塾の功能は学生からいろいろ聞かされた。我が国でも英語の教え方がよほど上手な人が塾にはいるらしく、東大構内に、新入生有志が有名塾の名物教師を招いてコンパをする旨の歓迎の大きな立て看板が出た。外国語主任会議で、「なんならその名物教師を引き抜いて東大の英語教師にしたらいかがです」と冗談交じりに提案したことがある。そしたらその人は、元過激な学生運動家で教授のお覚えがめでたくなく、それで塾で教えているとのことであった。塾は浪人の受験生にとって貴重だが、職にあぶれた元学生運動家にとっても有難い就職口なのだ。そこでは受験勉強のほかに予備校教師から反体制闘争の裏表もいろいろ聞かされたことだろう。

大学紛争のせいで東大入試が中止となった一九六九年春、大学院だけは入試を行なった。キャンパス内では過激派学生の襲撃のおそれがあるから入試会場に使えない。それで学外の代々木ゼミナールにお願いし、その建物を借りて筆記試験を実施した。

深刻な教育格差と塾の閉鎖

台湾では予備校も名門校となれば制服制帽がある。中国や韓国では親の所得による教育格差が日本より深刻だ。塾や家庭教師の教育費負担が出生率低下にまで響いている、そこで北京当局は、学習塾の新規開設は不可とした。中国は社会保障制度がうまく機能しない。頼りになるのは肉親の助けだけだ。塾が閉鎖されれば、親は勤務先を早退してでも、子供の教育を手伝おうとする。

習近平は主席となるや、「中国夢」を語って、ポスト・アメリカ時代、大中華民族が世界一の中国時代を実現する、と唱え、大衆はそれに和した。

ナショナリズムは高揚する。だがそれでも蔭で子供たちは英語を習って、内心いつかアメリカへ行きたいと思っているに相違ない。

(二〇二二・十一・十)

英語塾と予備校の過去と現在

あぶれ者の浪人と受験生の塾

昔も今も、浪人はあぶれ者でとかく世間を騒がすが、同様に受験生向けの塾も公教育のあぶれ者だ。

しかし「東大粉砕！」と喚《わめ》き、反体制を呼号《こごう》した往年の大学紛争の闘士Yの就職先が、予備校講師だった図は滑稽なしとしない。近年のYの誇りは、生徒が何人東大に合格したかであるからだ。

Yも近く定年、紛争当時のクラス担任の敵方の私とたまたま会い、睨《にら》みあった話もしたが、より多く英語教育について議論した。

「塾の方が実力がつく。大学と違い、能力別クラス編成だから」とYは勝ち誇るように言った。その通りで、能力別教育反対が建前の文科省官僚も子供は塾へ通わせている。苦笑したが、「日本人が英単語を覚えるのは受験勉強のお蔭だ」という点では二人は一致した。

私の元学生がYをほめた。一人は「英作文を褒められて、講評に『東大ニ来タレ、自由ト思索ガ待ツテイル』と書いてあり、嬉しかった」という。

もう一人は「英語以外にもいろいろ教わりました。予備校生は受験勉強ばかりして読書量が足りない。小説よりも評論を読めと勧められ、大いに啓発されました」と振り返った。塾という非公式教育機関は、公の場で話題にならぬ割には、若者の人格形成の上で、大切な存在なのだ。

東大サンデー・スクール

実は私も塾で教えた。昭和二十年代、大学院生有志が、東大サンデー・スクールと称して、学期中は日曜日（夏休み中は毎日）、数百人の高校生相手に受験課目を教えた。

大学教師が学生を教えたのでなく、本郷の東大の建物を借りて、東大生が講師で受験生を教えたのである。講師仲間はおおむね二十代、雰囲気がよかった。

寡黙な物理担当の古参教師は、物理と医学の大学院を受験、時間が重なる課目もあったから、物理の試験場で答案を提出、医学の試験場に急行、二つとも合格した。そんな人も私も、給料は一時間百二十円、当時、もりそば十円、肉南蛮うどん五十円であった。

英語担当は大勢いたが、医学部生の金子嗣郎氏は詩人肌、後年は都立松沢病院長として常識円満な論を書く勇気があった。シェイクスピア全訳で名をなした小田島雄志氏も教育熱心、東大学生文化指導会編『大学への英文解釈』なる受験参考書を二十三歳で出した。だが今思うと、キリスト教の日曜学校でもないのにTodai Sunday Schoolと称した英語は間違いではあるまいか。

生徒ではお茶の水付属高女生が出来た。最前列の一人に同人誌を五十円で売ったところ、「先生に言われれば買わないわけにいかないですよ」と後からやんわりたしなめられた。恵泉女学園の生徒も目立った。個性があり、英語力がある。後年、白髪の上品な婦人から「その昔、お習いしました」と挨拶され、恵泉女学園の噂をした。

塾は草創期、指導者の個性が刻印され、熱気を帯びる。恵泉は河井道（一八七七－一九五三）が米国留学から帰国して、五十過ぎで創立したキリスト教主義の英語塾だが、後に女子農業専門学校として寮生活をさせた。

七十年前に教えた生徒は、河井女史の謦咳《けいがい》に接した最後の世代だから、キラキラしていたのだろう。学園の雰囲気はたちまち変わる。娘は神奈川県伊勢原市にあった園芸科の寮で暮らし、五月の学園祭でメイ・クイーンにも選ばれ、女王の冠を着けて踊ったが、惜しいことに園芸科は廃止された。

河井が学園創立十周年の一九三九年に刊行した *My Lantern*（わたしのランターン）は、塾で暮らし、学び、教えた思い出の見事な自伝である。

伊勢山田の神職の娘だが、父は維新後の生活になじめず、一家は北海道に移住、道はミス・スミスの宣教師の塾で苦楽を共に生活した。その原体験の細部の語りが尊い。日本のキリスト者の英文著作では、内村鑑三や新渡戸稲造よりも、この自伝の前半が私には好ましい。最近はフィクションの伝記小説も出たが、河井の達意な英文を読むにかぎる。米国留学の際、教室で習ったことより、寮で友達と暮らしたことの方が生涯の糧《かて》となった。

天皇を敬慕し続けた河井道

キリスト教信者だが、神道、仏教にも理解がある河井は、天皇を尊んだ。一九四五年、連合国軍最高司令官マッカーサー元帥の副官フェラーズ准将は厚木に着くや直ちに六十八歳の河井と連絡、天皇観を聴いた。

そして「日本国民は玉音放送が平和をもたらしたことを喜んでいる。そのお蔭で戦争は早く終結した。この天皇を裁判にかけるなどすれば日本占領統治は不可能になるだろう」という覚書を元帥に提出した。昭和天皇は戦争犯罪の訴追を免れた。その経緯を調べた岡本嗣郎『陛下をお救いなさいまし——河井道とボナー・フェラーズ』（後「終戦のエンペラー」と改題、集英社）は必読文献だ。

九人の生徒を中核に創られた恵泉は、昭和の初めは畳敷きの英語塾だったが、いつか、ひっそり世界を照らすランターンとなった。

（二〇二二・十二・二十七）

中国語紙も報じた「独身主義教主上野千鶴子」の結婚

人文社会系の国際会議

前世紀、東大を定年後、諸外国の大学や学会に次々と呼ばれた。若いころ、長年外国で学んだおかげで、外国語で話す骨《こつ》を心得ていたからだろう。

その機会に自分の著作を外国用にアレンジする。するとと発表媒体の言語が変わるにつれ、新視野が開ける。私の元学生にも国際会議に参加するよう声をかけた。会場では質疑に応じ、討論や会食と忙しい。場外でプールやジャクージに誘われたこともある。

気が重いのは、最終総括を頼まれたときで、発表を丁寧に聞き、長所を拾い、短所も指摘せねばならない。最終日前夜、宿舎で総括文に苦心した。若い人はもう終わったと市中に繰り出したが。

国際会議への出席が単なる物見遊山でない証拠は、ペーパーが選ばれて印刷されるか否かだ。商業ベースで売れるよう、学術論文も読ませる工夫が必要だ。

カナダでの会議のとき、環境問題が当局の念頭にあり、議場のトイレは、水洗でなく、地下の大穴の排泄物が自然に還元されるよう工夫されていた。京都精華大助教授として「マルクス主義フェミニズム」を説いた上野千鶴子氏も招かれて《「日本の母」の崩壊》と言う基調講演をした。会議を組織したのはブリティシュ・コロンビア大学のキンヤ・ツルタ教授で「男性優位といわれる日本にもこんなラジカルな女性学者がいるぞ」と言いたくて彼女を招いたに相違ない。会議名は「崩壊」に「再生」も足して「日本の母――崩壊と再生」とし、日本語論集の題となった。（カナダで出た英語版は *Mothers in Japanese Literature*）。東京から出版社の人も来た。

「日本の母」の崩壊

上野女史の論旨は、日本文学で繰返し語られてきた「日本の母」に対する異議申し立てで、われわれは「日本の母」を「日本の母」たらしめている言説の文化的根拠を問うべきだという。「日本の母」の従来の姿は創られた伝統だ、文化の陰謀だ、母性は、歴史の構築物であって、自然でも文化でも生物学的本能でもない。日本文学が産み出した母の表象も、歴史の産物で、脱構築すべきだ。女史はそう断じ、江藤淳『成熟と喪失』や小島信夫『抱擁家族』を例に、「日本の母」の像は戦後揺らぎだしたと述べ、一九八〇年代後の日本文学はもはや自己犠牲的な「苦しむ母」を引受けようとしない「不機嫌な娘」たちによって書かれている。彼女たちは結婚の中に留まらず、子どもより自分の欲望を優先すると説いた。

「良妻賢母」に成りそびれ、世間が期待する「日本の母」の道から離れてしまった女性たちにとって、このような反体制的言説は、救援ラッパ、いや進軍ラッパに聞こえたろう。新しい解放を示唆する上野女史は結論で啖呵《たんか》を切った。いわく、――「母親らしくない」母に育てられることで起きる「日本人の倫理観の危機」をめぐる問いなど、犬にでも食わせるがいい。その母の背後には、「父の役割」を放棄した男性がいる。日本人の倫理をめぐる問いに女性だけが答える責任はない。日本の家父長制が「母の献身」によってようやくその屋台骨を支えられてきたのなら、女性の変貌がその屋台骨を土台から掘り崩したとしても、それを非難する資格はだれにもない。――

社会学科出身の名士には進歩的左翼が多く、安保闘争の際は清水幾太郎氏、大学紛争の際は東大助教授で全共闘支持の折原浩氏もいた。紛争時、学生の上野は京大の闘士、籠城したがバリケード内で男女差別を痛感した。あれから四半世紀、名士の系譜に上野千鶴子氏も連なった。東大社会学科が教授に迎えたからである。

ビジネス・レフトで大成功

いよいよ意気盛んな上野教授は、結婚しているフェミニストを批判、性的自由を放棄する契約関係に自ら入り、その契約関係を相手が破ると非難する権利を持つ、とは何事か、と〈おひとりさま〉宣言をした。賛同女性の多さはその著書の売行きからもわかる。

女史はさらに「平等に貧しくなろう」と主張した。が、問題は、いかにして富を配分するかだろう。印税収入は莫大。言行不一致の上野教授はキャンパス・レフトとしては知的破産者、だがビジネス・レフトとして大成功と感じた。それでも私のような老人は平成三十一年、東大入学式で彼女が祝辞を述べると聞いたときは違和感を覚えた。

はたして、このたびその正体が週刊誌にすっぱ抜かれた。中国語新聞も「独身主義教主上野千鶴子早已結婚」、女史は令和三年に死去した色川大吉教授と結婚入籍していた、と報じた。

結構な資産と結構でないゴシップに包まれて、おひとりさまは余生をすごすことになる。こうした事実が国際的に報じられるとかつてのファンは「口車に乗せられた」と口惜《くや》しがるだろう。

上野名誉教授に特別講演させた当局の面目は潰れた。だが今こそ今こそ東大は「キャンパス・レフト――その崩壊と再生」の問題を取り上げて、不名誉を挽回するがいい。（二〇二三・四・二十）

支配する言葉と愛する言葉

文明の中心と周辺の言葉

ローマ帝国以来、中世を通じ、西洋で書き言葉はラテン語が中心で、これは東洋で中国帝国とその周辺の国の書き言葉は漢文だったのと軌《き》を一《いつ》にする。片や古典ラテン語が文言体として権威があり、片や四書五経の文言体中国語が権威をもちつづけた。

支配者の優越が強く明らかだと、帝国の臣民はその言葉を表向きは使う。西洋の学問語がラテン語だったように東洋の学問語は漢文だった。

多くの国の最初の歴史は母国語で書かれていない。フランスでは六世紀にトゥールのグレゴリウスが『フランク史』を、イギリスでは八世紀にビードが『イギリス教会史』をラテン語で編纂《へんさん》した。朝鮮では十二世紀に金富軾が『三国史記』を、ベトナムでは十三世紀末に黎文休が『大越史記』を漢文で編纂した。日本もほぼ同様である。

もし日本文学史の基本を、舎人《とねり》親王の『日本書紀』（七二〇）から頼山陽の『日本外史』（一八二九）

にいたるまで、漢文著述が占めたら、日本もシナ系Sinic文明に分類されたろう。ただ他の大陸周辺国と違い、わが国には日本語の『古事記』や『万葉集』が漢文の『日本書紀』と同じ頃に編まれた。この島国にはやまと言葉の国風文学が豊かだったから、それで、『文明の衝突』の著者ハンチントンも、日本をシナとは別個の文明にかぞえたに相違ない。

母語で書き出した時

そんな言語文化的環境の中で、誰がいつ土地の言葉で書き始めたか。それは文学史上の目安となるばかりか、西洋では近代の出発点として、歴史の決定区分となる。その際、西洋の伊仏英等の近代語はラテン語の延長上に出来たが、日本のやまと言葉は、中国語から語彙《ごい》は入れたが、中国語の延長上に出来たわけではない。日本語と中国語は語族を異にし、文法は違い、言語的に血縁関係はない。発生が違う。

それなものだから和語で書かれた『古事記』（七一二年）を初めとする日本の文学史は歴史が古い。『源氏物語』のウェイリー訳が出たとき、「十一世紀初頭、英国人がまだ野蛮な格闘を続けていた頃、日本ではかくも洗練された物語がすでに書かれていたのか」とヴァージニア・ウルフは感嘆した。私は大学で仏伊語を教えていたが、紫式部の古文を読み通した頃から日本文化に深い自信を持つようになった。

男女の恋は里言葉で

なぜ母語が大切か。学術語では恋は語れない。古代から日本の男女は和歌で愛情を表現した。紀貫之は『古今集』の仮名序（九〇五年）で「やまとうたは、ひとのこころをたねとして、よろづのことの葉とぞなれりける」と書いた。その際「うた」でなく「やまとうた」とあるのは「からうた」すなわち「漢詩」との対比において「和歌」でしか述べられない内奥の気持のあることを強調したのである。

誰がいつ母の言葉、いわゆる里言葉で詩を書き始めたか。イタリアではダンテが『俗語論』を十四世紀に、フランスではデュ・ベレーが『フランス語の弁護と顕彰のために』を十六世紀に、朝鮮では金萬重が『西浦漫筆』で十七世紀に、それぞれ詩を母語で書くことの有利を主張した。中国では口語文（白話）で本音《ほんね》を書くべきとする文学革命は二十世紀になって起る。

詩論とナショナリズム

詩論がナショナリズムと関係する事について、世界を広く見渡して、私がこう述べた時、教室ですぐ反応した内モンゴル出身の留学生がいた。ふだん漢文化の重圧下で暮らすから、愛情や人情についても歴史や政治についても、思いのたけは母語で述べたい。貫之の言わんとするところも即座にわかった。

あれから三十年、そのテレグント・アイトル氏が大著『超越への親密性――もう一つの日本文学の読み方』を北星学園大学出版会から出した。比較文化を日本語で雄弁に論じるが、最後の章で、『クビライの挑戦』の著者杉山正明教授のモンゴル時代史研究に共感し、「蒙古襲来」について従来の日本史教科書の記述に異議を呈した。漢籍のみに依存すれば、『元史』が明の洪武帝の政治的要請で書かれた以上、モンゴルは絶対的な悪で暴力、破壊、非文明になる。なるほど、そんな中華中心の元朝蔑視史観では迷惑だろう。

蒙古襲来と怨親平等

アイトル教授は敵味方の戦没者に対する日本人の「怨親平等《おんしんびょうどう》」の心にふれる。庶民は近代の安っぽいイデオロギー史観に汚染されない。仙台善応寺の「蒙古の碑」とその献句碑には、大陸にはおよそ見られない、こんな句もある。

蒙古之碑囲み花咲き花が散る

もし今後、新しい「江南軍」が九州南西へ襲来したらどうするか。文学・俳句は現実・歴史を超え、より超越的なものを求めると教授はいう。戦士の散華《さんげ》をいとおしむ里言葉の句を読むうちに、有事の際は敵味方の差別なく平等に死者は葬りたい。私はそう感じた。

（二〇二三・六・六）

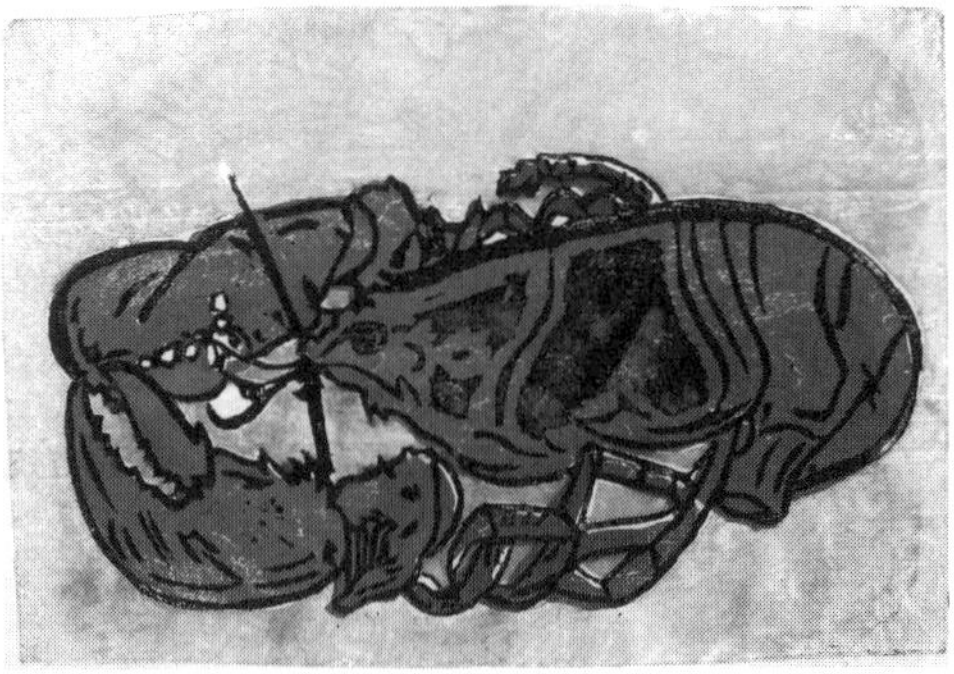

第五部

書物と私

世界文学の猫

書を読むや躍《をど》るや猫の春一日《ひとひ》

明治三十八年の新春を賀したこの句は『漱石全集』「俳句」の巻にない。全集で定評のある岩波版なのにどうしてか。これは『吾輩は猫である』で旧門下生が苦沙弥《くしやみ》先生によこした年賀状の句だから、漱石作とみなされなかったのか。だが旧門下生とても漱石の創作だ。

先に『ホトトギス』掲載の『猫』第一章が評判で、気をよくした漱石は最近とみに有名になった当家の猫を念頭に年賀状が舞い込む風景を次号に設定したまでで、

「はてな今年は猫の年かな」

と苦沙弥先生は呟くが、十二支に猫があるはずがない。連載は続き、翌年の元旦、漱石は猫が二匹いる絵はがきにこんな句を添えた。

寄りそへばねむりておはす春の雨

この句ものどかでめでたいが、こちらは全集にある。

『猫』を読むとこれが国運を賭《と》してロシアと戦う最中かと太平の逸民の正月風景に驚く。その明治三十八（一九〇五）年は蛇の巳《み》年で、漱石没年の大正五（一九一六）年は辰《たつ》年である。『猫』に始まる漱石全作品は十二年の年まわりの中で書かれた。偉いものだ。猫の主人公の「吾輩は波斯《ペルシャ》産の……黄を含める淡灰《たんくわい》色に漆《うるし》の如き斑《ふ》入りの皮膚を有して居る」。そんな漢語まじりの見事な記述と違って、神経衰弱が昂じると写生した漱石の水彩画の猫は「吾輩」も失笑する出来映えだった。

私は漱石は『猫』が好きである。そこに漂う笑いがいい。

猫と一体化するコレット

猫を文筆で描いて世界的な女流作家はコレット（一八七三－一九五四）で、画筆で描いて世界的な画家は藤田嗣治（一八八六－一九六八）だ。コレットは『牝猫』を執筆する自分を「紙を引っ掻いています」といった。猫と一体化する女や男は、今の日本にもいるだろうが、百年前のパリにもいた。

作中で十九歳のカミーユは五歳年上のブロンドの美青年アランと結婚する。一人息子で母に甘やかされて育ったアランは実はカミーユより猫の方に深い愛着を覚えている。猫は実家においたまま式をあげた。なにしろカミーユはおとなしからぬ娘で素っ裸で寝室を歩きまわる。新郎はそんな当世風の新婦に辟易《へきえき》する。披露宴を家でやらなくてよかった、猫がさぞかし興奮しただろうと思う。ある日「ちょっと実家を覗いてくる」とアランが顔を赤らめていうと「あたしのライバルに会いに行くのね」とやり返す。痩せ細った猫を見かねて夫は新居に連れてきた。猫を寂しがらせないため夜の外出を控える。夫婦生活は充足するかに見えるが、アランはこのカミーユがいずれ実家に住むという考えは母を想うと受け入れられない。妻もやりきれない。突然彼女は猫を十階のベランダから投げ落とす。死ななかったが、夫は妻の所業にひとり実家に戻ってしまう。「カミーユは猫があまり好きじゃないんです」と母に訴える。「それは大変ね」「そう、カミーユにとってはね」とアランは悪意をこめて母に向かって言った。

母親と息子と嫁の難しい三角関係は日本文学でも扱われるが、コレットの場合、牝猫がその三角関係にさらに重なる。漱石も猫をシンボリカルに使ったが、残酷物語の要素はない。本能的な獣性は紫式部には一見ない。小動物を決定的な場面で使う術《すべ》にかけては『源氏物語』の作者は絶妙で、幼い紫上が「雀の子をいぬきが逃《にが》しつる」と泣きじゃくる時に慰め手の源氏が登場する。

決定的場面に猫を用いた紫式部

若菜の上の巻の末で柏木が源氏の正妻の女三宮《おんなさんのみや》を見そめるきっかけとなるのは唐猫《からねこ》である。「いと小さくをかしげなるを、すこし大きなる猫追ひ続きて、にはかに御簾《みす》のつまより走り出づるに」大猫には綱がついていているものだから走りまわってひっかけて御簾が斜めにあがってしまった。それで袿《うちぎ》姿の三宮の立ち姿が「御髪《みぐし》の末までけざやかに」見えてしまった。「猫のいたく鳴けば、見返りたまへるおももち、いとおいらかにて」とある。天皇のお嬢様らしいおおらかな態度ともいえるが、英訳でいえばガウン姿のおとなしからぬ姿が庭から見えてしまった。女官たちは騒ぎ、女三宮はやおら奥へさがった。柏木は「若くうつくしの人やと」かいまみた皇女への道ならぬ思いをつのらせる。取り残された唐猫を柏木が抱くと「いとかうばしくて」かわゆげに鳴く。

読者の中には猫の香ばしい匂いととる人もいるが、ウェイリーはroyal scentと訳した。女三宮の移り香である。柏木はその唐猫を「尋ね取りて、夜もあたり近く臥せたまふ」こんな共寝の様は動物的に肉感的である。はたして四年後、源氏の留守に二人は通じ、女三宮は子をみもごる。栄耀栄華をきわめた物語世界の凋落《ちょうらく》はここに始まるが、そのきっかけに猫を使った作者の才は並ではない。ユルスナールは日本文明の絶頂は紫式部の時代にあったのではないかと述べた。

（二〇一六・一・十四）

鷗外像を一新する西澤光義論文

岩波書店発行の『文学』の休刊が決った。文系の学問では定型化した見方ができると、若手はそのヴァリエーションを繰返す。そんな「研究」がかさぶたのようにくっついて肝心の傷口の真実がしまいに見えなくなる。そんな論文に読者が飽きたせいだろうか。

だが独創的な学術論文は上手に書けば、商業ベースでも売れる。——それが私の学者人生の経験則だ。私の大学院時代は敗戦後のこととて出版助成金などなかった。それでも「書物を出すこと」で滅びずに生きてきた。お蔭で学問社会で市民権を得た。「論文を出すか、教職を諦めるか」publish or perish の原則を日本はもっと厳しく尊重するがいい。

『文学』の掉尾を飾る論文

仲間内の学術的隠語《ジャルゴン》でなく世界に向けて書くかぎり、優れた書物は世に認められる。それで賞を獲《と》れば、実力者は自信もまして、独立独歩の道を進むだろう。学問の自由はそんな男女が守るので、反体制の流行に靡《なび》くことではない。日本が自由の国だからといって、反権力だけが取柄の無能教授に大きな顔をされても困る。

戦後の岩波書店がイデオロギー的な旗振りをしたのは岩波茂雄の創業の精神に悖《もと》ると思うが、雑誌休刊は惜しい。それでも『文学』十七巻二号には掉尾《とうび》を飾る一文が出た。西澤光義《さいざわみつよし》「鷗外森林太郎の三科学論文総評」がそれで、鷗外像を一新する、何年に一度しか出ない、定型化打破の研究である。格別の起爆力を秘めた論文で、一冊の鷗外研究にまとまればいいが、と思う。

西澤は独米の医学部実験室へ留学した人で、森の「ビールの利尿作用」の実験の実態を吟味した。初めての検証である。というのは従来の鷗外論では若き日のドイツにおける鷗外の仕事を手放しで「本格的な業績」「今日でも通用する内容」と褒めることがパターン化し、肝心の実験の真実が見えなくなっていたからである。文芸評論家唐木順三は「独逸の学生、その他の諸国の留学生と肩を並べ、いな、群を抜いて愛され、その実績を示した」と讃えたが、全く無根拠な礼讃で、その「実績」なるものの根拠はどこにもない。

森林太郎に課せられ実験の程度

森林太郎はいかなる科学実験者か。森は「ビールの利尿作用成分は何か。その利尿効果はどのような生理作用として説明できるか」と実験するよう指示された。ビールを飲んで経時的に尿をとってメスシリンダーの目盛を読み、比重を測るというおよそ初歩的な人体実験で、緒方正規、三浦守治、北里柴三郎など同窓の留学生に与えられた課題に比べ甚だ見劣りがする。森の実験の仕方も報告も「方法論的検討がぬかりなく行われているところに近代性を認めることができる」（宮本忍）どころか「あまりにも素人っぽい書きぶりは異様に際立って」おり、思いつきにまかせて場当たり的と西澤は判定した。

三〇分毎に必ず採尿すべきなのに、森はその辺いい加減で素直でない。森の心底には儒教的学問観があって百日間、毎朝早くビールを一リットル飲んでトイレに入り浸るうちに「計測勘定の類いを小才覚の為せる技」という不快感が生じたのだろうか。それは意気揚々の留学生の得意とはほど遠い。計算下手の森は、こんな人体実験は下男にでもやらせればよいと思ったのか。いずれにせよミュンヘンで手がけた実験的研究が「鷗外が近代医学を身につけることに決定的な役割をはたした。……それは、いうまでもなく理論と実験を重視する近代医学のドイツ的類型である」といった従来の定式化した評価にはどれほどの真実もないことを西澤は明らかにした。

国文出身の鷗外研究者や盲目的な崇拝者は世に数多い。だが「鷗外は日本の大作家である。よって国文科出の者が扱うべきもの」と決めてかかる縄張り意識はよくない。

東西の学芸に通じた鷗外の全貌は一国文学の枠内では捕捉できない。小堀桂一郎『森鷗外』（ミネルヴァ書房）が研究必携書であるのは、小堀がドイツ留学体験者で、鷗外文庫のドイツ語書物を精読し鷗外の翻訳を調査したからだ。それと同じことで、鷗外の実験の実態を評価するには医学者西澤の論文を待たねばならなかった。

脚気問題は森の責任だったのか

鷗外は「地位と境遇とが自分を為事場《しごとば》から撥《は》ね出した」と言ったが「自然科学よ、さらば」（『妄想』）

でも、まあよかった人だったのではあるまいか。鷗外が丹念に綴った史伝の伊澤蘭軒や澀江抽齋は一方では医者という宮仕えの身でまた一方では儒者であった。それを理想とした鷗外は一方では軍医という宮仕えの官僚でまた一方では文学者であり、医学の道一筋を進んだ北里とは別の生き方をした。

しかし森は職を疎《おろそ》かにして述作に耽《ふけ》った人ではない。日露戦役において陸軍が被ったとされる脚気病の大被害については、栄養学的試験に基づき陸軍兵食の基本を米食とした森に責任があるとする非難は近年とみに激しい。だが脚気問題を学閥派閥の人事情念に基づく俗見で臆測を重ねていいことか。

西澤は偉人崇拝の裏返しにすぎぬ偶像破壊には与《くみ》せず、ビタミンB1発見以前の時期の森たちの努力に注目する。日露戦争後、森軍医総監は学際的、職際的な研究組織、臨時脚気調査会を発足させる。明治四十一年十月、調査会で森はすでにこう述べている。

「脚気ノ原因ハ未定ニ属スルモノト見做《みな》スベシ……実際ノ処置上ニハ伝染説ト栄養説トヲ両立セシメテ考察スルヲ要ス」。森のこの発言は公正と私は思う。

（二〇一六・八・二）

漱石が仰ぐ立憲君主制の天皇

作家以前の漱石

妻につらく当たりもした漱石だが、一妻主義で優しい面もあった。明治二十九年六月に鏡子と結婚し熊本で暮らしたころ、看護して徹夜したこともある。

枕辺や星別れんとする晨《あした》

産婆が間に合わず、漱石が寒天《かんてん》のようにぷりぷりしたものをあわてて取りあげた。

安々と海鼠《なまこ》の如き子を生めり

歳末にこんな句を詠んだ。

行年《ゆくとし》を妻炊《かし》ぎけり粟《あわ》の飯

翌三十年の歳末にはこう詠んだ。

行く年や猫うづくまる膝の上

月並みな句だが、それが暦に印刷されるのは、出世作『吾輩は猫』との連想のせいだろう。昨今は日本一の作家といわれる漱石だが、自然主義全盛期には「女を知らないから女が描けない」とけなされた。

早稲田派が文壇を制し、改造社が現代日本文学全集を出した昭和初年、早稲田の文学部を造った坪内逍遥には一巻五百頁を割当てたが、慶応の福沢諭吉には三頁だった。かくて『福翁自伝』は文学外に追いやられた。平川家では親が買った文学全集を少年の私が納戸から引き出して読んだ。『漱石集』は愛読したから本がぐにゃぐにゃだ。『吾輩は猫である』は繰返し読むたびに面白い。繰返し笑うところと以前は気づかなかった新発見に驚くところとがある。

熊本時代の漱石は、作家活動はまだ念頭になく

明天子上にある野の長閑《のどか》なる
と天下泰平で、自分も国民も
行く年の左《さ》したる思慮もなかりけり

という様であった。私もさしたる思慮もなく『漱石集』を読んできた。それが近ごろは皇室の将来のことが気になる。

『こゝろ』では明治天皇の崩御と乃木大将の殉死を機に、作中人物の先生は「明治の精神」への殉死という形で自殺を決意する。だがその辺の必然性がどうもわからない。あれは頭で拵《こしら》えた物にちがいない。

するとそんな小説より、文学外の漱石の方が興味を惹く。まず漱石は手紙がいい。『漱石追想』（岩波文庫）に拾われた元生徒たちの言葉の数々もいい。政治家、鶴見祐輔は「一高の夏目先生」で「生徒の質問に対する返事が痛快であった。真地目な質問には、真地目に答えられた。拗《ひね》くった質問に

は、拗《ひね》くって答えられた」と英文の実例まで添えている。英語教師だった漱石の面目躍如だ。もっともこんな偏愛が生ずるのは私も語学教師のはしくれだったせいかもしれない。

明治天皇と漱石

『こゝろ』の先生の「明治の精神」とかいうフィクションよりも、漱石が『法学協会雑誌』に書いた明治天皇哀悼の辞の方が直接、胸に迫る。明治の国造りを肯定した堂々たる学者の文章である。

「過去四十五年間に発展せる最も光輝ある我が帝国の歴史と終始して忘るべからざる
大行天皇去月三十日を以て崩ぜらる。
天皇御在位の頃学問を重んじ給ひ明治三十二年以降我が帝国大学の卒業式毎に行幸の事あり。
日露戦役の折は特に時の文部大臣を召して軍国多事の際と雖も教育の事は忽にすべからず。其局に当る者克《よ》く励精せよとの勅諚《ちょくじょう》を賜はる。
御重患後臣民の祈願其効なく遂に崩御の告示に会ふ。
我等臣民の一部として籍を学界に置くもの顧みて
天皇の徳を懐ひ
天皇の恩を憶ひ謹んで哀衷を巻首に展《の》ぶ」

御意向と御威光

だが漱石の漱石たる所以《ゆえん》は、一面では皇室にこのように深い敬意を表しつつも、天皇といえども法律の順守をはっきり言う点だろう。漱石は皇族の勝手気侭《きまま》はたしなめた。明治天皇崩御の際も、情に流されやすい世間の風潮を戒め、それを「悪影響」と断じた。新聞が「畏れ多い」と一斉に右に倣《なら》えをする。すると漱石は諸新聞の皇室に対する言葉使いが極度に仰山過ぎ《ぎょうさん》て「見ともなく又読みづらく候」(森次太郎宛、大正元年八月八日)といい、オベッカの語すら用いて非難した。

漱石の時代も今も日本は立憲君主制である。記者も学者も「大御心」とか「承詔必謹」などの言葉を安直に使うのは控えるべきだろう。政府も政党も国民感情に乗じたり、動じたりしてはならない。

漱石は陛下のご意向を優先することの是非を自問自答して、ノートにこう記した。これは戦前の『漱石全集』には遠慮から掲載されていないが、含蓄に富む言葉であるまいか。

〈昔は御上の御威光なら何でも出来た世の中なり〉
〈今は御上の御威光でも出来ぬ事は出来ぬ世の中なり〉
〈次には御上の御威光だから出来ぬと云ふ時代が来るべし〉

その漱石は大正五年の十二月九日に亡くなった。まだ四十九歳であった。

(二〇一六・十二・二十二)

共産支配ラトビアで母娘の悲劇

ソ連支配下のラトビアの母娘の物語を描いた『ソビエト・ミルク』の作者、ノラ・イクステナが来日し、新評論から訳が出る機会に、私も大使に招かれ、話を聞いた。公邸の壁に二〇〇七年、ラトビアを訪問された上皇陛下のお歌が掲げられている。

シベリアの凍てつく土地にとらはれしわが軍人もかく過しけむ

強烈な共感を伝える陛下の感動的なメッセージである。

ラトビア国民の悲しい運命

近年は平和なラトビアの首都リガを訪ねる日本人も増えた。この国は東隣のエストニア、西隣のリトアニアと第一次大戦後の一九一八年に独立したが、小国の悲しさ、運命は三転四転した。一九四〇年、スターリンとヒトラーの密約でソ連に併呑《へいどん》された。しかし独ソ戦が勃発するやドイツ軍に占領された。一九四四年秋にはソ連軍が入ってきた。共産軍兵士は勝手に樅《もみ》の木を伐採《ばっさい》する。とめようとした作者の祖父は殴られ、血だらけとなり樅の木と一緒にトラックに投げ込まれ、シベリア送りとなる。こうして小説は始まる。

陛下のお歌は、日本の「いくさびと」も同じシベリアの凍《い》てつく土地で虜囚《りょしゅう》となったラトビアの人々へのシンパシーの表明である。

現在でも女の方が多い

極寒《ごくかん》の地の強制労働で数万人の日本兵は死んだが、日本の男女比が変動することはなかった。しかし人口二百五十万のラトビアでは、今でも女の方が男より多い。シベリアで多くの男は死んだが、女は生きのびた。作者の祖父は衰え、九年後に帰国したが陋巷《ろうこう》で死ぬ。祖母はすでに再婚していた。当時小学生だった母はある日、もっさりした男が近づいて、いきなり自分は父だと切り出したときは、とっさに逃げ出した。涙ながらに家に駆け込んだとき、そこに蒼白《そうはく》の母がいた。お利口さんの娘は、母には知らせず、実の父に会いに行く。実父の病死がきっかけで彼女は医学を志望し、優等生はレニングラード（現サンクト・ペテルブルグ）へ留学するが、事前に思想チェックがあった。「実の父親に会ったことがあるかね」「いいえ」「お父さんが祖国の裏切者だったことを知っているかね」「いいえ」。

自伝文学『ソビエト・ミルク』

医学部を出た娘は望まない妊娠をして自分を生んだ。生んだのち数日間、姿を消した。乳が張っても自分の母乳で育てようとしない。祖母はカモミール・ティーで自分（作者）を育てた。母はこんな世の中に生きることを憎んだらしい。留学帰りで将来を嘱望《しょくぼう》されたが、思想的感情的に共産党体制と合わない。反抗したために睨《にら》まれ、医学者としてのキャリアを断念し、娘（自分）を連れて、田舎の救急センターに勤務する。

そこでの作者の娘時代も、休暇にリガの祖母と義祖父に会いに行く楽しみも、そして母と娘の葛《かっ》藤《とう》や和解も、二人の思い出が交互に重なるように、描かれる。ラトビアの自然は詩情が溢れ、茸《きのこ》狩りとか、母娘が二人裸で泳いだ月夜の川とか、忘れがたい。飼っていた雌のハムスターが生まれた子を食い殺したとき、「どうして自分の子供を」と驚いて泣く娘を、母は強く抱きしめた、「檻《おり》から出してやりたかったのかもしれない」。母は「私は生きていたくなかった。生きようとしない母の乳を与えたくなかった」と打明ける。

娘の一九六九年十月十五日という誕生日が作者の誕生日と同じことが示唆するように、『ソビエト・ミルク』は自伝文学だが、二人の交錯する語りは、母子和解の一種の心理療法でもある。それほどに赤裸々に母と自分の日常が語られる。『ソビエト・ミルク』は多くのメタファーを含む現実描写である。娘はリガに戻り、祖母の家のかつての母の部屋が自分の部屋となり、高校へ進学するが、生徒に人気の教師は、教会を見学させた。それは唯物論からの逸脱として当局に睨まれ、生徒は教師を密告するよう強制される。共産党政権下の矛盾に満ちた生活を送るうち、娘は母の心の闇を理解し始めるが、母の心の傷は回復せず、そのまま田舎で死ぬ。

人間の鎖

その直後の一九八九年、ベルリンの壁は崩壊し、バルト三国も蹶起《けっき》する。独立を訴える住民はタリン、リガ、ビルニュスの三市を、北から南へ六百キロにわたり、手に手をつないで道路に立ち並んだ。この「人間の鎖」が結ばれたことで、バルト三国は一九九一年ふたたび自由を回復する。

だが、ソ連の後継国家ロシアと国境を接する三国は、近年欧州連合ＥＵと北大西洋条約機構ＮＡＴＯに加盟したとはいえ、ロシアがまた魔手をのばすかもしれない。ラトビア国内の四割近くの住民はロシア系だ。彼らはラトビア語を話さない。『ソビエト・ミルク』のロシア語訳はロシアでは読まれても、ラトヴィアのロシア語系住民は読まない。西欧派と親露派が対立するウクライナに似るこの国で、いかに自由と独立を維持するか。人は、人民民主主義体制下の苛酷で非人間的な過去を直視することによってのみ、人間の尊厳を維持し得る。「私が書いたのではありません、物語が作家に書かせたのです」。再来日したイクステナ女史は、訳者黒沢歩さんとの対談の末、そう言った。

（二〇一九・十・二十三）

ハーンと親しかった日本の友人

外国人も日本で生活に馴染《なじ》む人がふえてきた。私たちも外国人と親しく接することが大切だ。外地で生活に溶け込むには、土地の言葉を気楽に話せる力を身につけるのが大事だが、よき外国人と親しくなれるかどうか、それが一層大切だ。日本に帰化して小泉八雲と名のったラフカディオ・ハーン（一八五〇－一九〇四）は、明治日本の面影を見事に書き留めたが、よき人を友に得たからこそできたのだ。ハーンが日本の庶民の心の動きをさとく捉え得た秘訣《ひけつ》はそこにある。ではその知友とは誰々か。

仏教以前の日本の信仰感じる

三十九歳で明治二十三年四月来日したハーンは横浜で寺めぐりの途次、真鍋晃《まなべあきら》に出会った。仏道修業中で、明治の青年らしく英語も熱心に勉強、通訳を引受けた。ハーンは、日本人がお地蔵様を大事にし、子供を可愛がるのを見て、親に捨てられた子供だっただけに、良い第一印象を得た。西洋の厳かな教会と違って、神社やお寺の境内で子供が愉しげに遊んでいる。賽《さい》の河原では地蔵様が「幼きものをみ衣《ころも》の裳裾《もすそ》のうちにかきいれて」助けてくれる。その話に耳を傾けると、真鍋が『賽河原口吟之伝』を教えてくれた。ハーンを横浜翁町の貧しい下宿に案内し、観音開きの扉の片方の蝶番《ちょうつがい》が壊れた仏壇も見せてくれた。

その前で亡き子のために祈る下宿の上《かみ》さんは、ときどき唇で息を吸い込む。やわらかなシューという歯擦音《しさつおん》が聞こえる。その姿にハーンは仏教伝来以前の信仰を感じた。ハーンは、自分は日本人の暮らしにまじった具体的な宗教を見て感じて語ろう、と思った。

八月下旬、姫路から二台の人力車で中国山脈を抜け、日本海寄りの上市で盆踊りを見て感銘する。村をウワイチでなくカミイチとしたのは真鍋の読み違えだ。誰かこの青年の正体をつきとめないか。

八月三十日松江到着、九月から島根県尋常中学校で教えた。真鍋とは二週間後、出雲大社参拝後、別れる。中学では人柄の立派な若い同僚、西田千太郎（一八六二―一八九七）が助けてくれた。『西田千太郎日記』は一九七六年公刊され、二人の親密な交際が世に知れたが、文通はハーンが一八九一年秋、熊本へ去った後も続いた。その『ラフカディオ・ハーン西田千太郎往復書簡』（常松正雄訳、八雲会刊）がこのたび出たが、両人の親交のほどに心打たれる。西田はハーンの来日第一作の資料も調べて英語に訳して送っている。西田は熊本まで遊びに行きハーン家に泊った。家人が蚊帳《かや》の穴に後から気づき、西田は安眠できなかったろうとハーンも気にして謝っている。そんな仲だった西田は明治三十年、結核で亡くなるが、ハーンはなつかしみ、亡くなった後も「今日途中で、西田さんの後姿見ました、私の車急がせました、あの人、西田さんそっくりでした」などと妻節子に話した。

ある保守主義者のモデル

ハーンは来日第二作『東の国から』(一八九五)を「西田千太郎に、出雲の日々のなつかしい想い出に」献じた。翌年の第三作『心』は「詩人、学者、そして愛国者なる我が友、雨森信成」に献じた。『心』に収められた「ある保守主義者」のモデルがその雨森だろうことは推察されたが、その正体が判明したのは、昭和末期に山下英一氏がラトガーズ大学のグリフィス文庫で雨森の写真を発見したのがきっかけである。福井出身の雨森信成(一八五八-一九〇六)は、明治学院の草創期の最優秀卒業生で、グリフィスはじめ宣教師などを助けたが、キリスト教を棄てた。そのため同窓会名簿から抹消されていた。それもあってボストンの『大西洋評論』に達意の英文で寄稿したほどの学識ある雨森なのに、消息は長く不明だったのである。

ハーンの代表作は来日第一作の『知られぬ日本の面影』、『心』、最終作の『怪談』だが、『心』の執筆を助けたのは、横浜で「西洋洗濯屋」として生計を立てた雨森で、この市井の思想家の詳細を記した拙著『破られた友情——ハーンとチェンバレンの日本理解』は品切れだったが、このたび『平川著作集』に入ったので再説しない。

日本の最高の友は妻の節子

『怪談』は妻の小泉節子の協力で出来た。「耳なし芳一」も節子が「琵琶ノ秘曲、幽霊ヲ泣カシム」という原文を節子がハーンがわかるよう読んで聞かせた。節子の声音の変化から、ハーンは日本人の気持をさとく捉えた。こうして英語芸術作品は生まれた。怪談を語る時は日が暮れてもランプをつけさせなかった。英国詩人カーカップは、ハーン理解の最高の名著は節子のこの『思ひ出の記』だと述べたが、ハーンが得た日本の最高の友は妻の節子だ。松江に来て初めに節子と結ばれたことが良かった。

「初め良ければすべて良し」

All's well that begins well. ハーン来日百年記念の席で梶谷泰之教授が英語講演をそう結ぶや、松江の八百人の聴衆がわっと喝采した。

（二〇二〇・十一・六）

中国人よ『神曲』中国篇を書こう

戦争中、東大を追われた矢内原《やないはら》忠雄は自宅で『神曲』を講義し、ダンテとともに怒り、ダンテとともに泣いた。その怒りの相手はわが国を戦争に追い込んだ内外の策士どもだ。共産党の志賀義雄も獄中で『神曲』を読み、詩人を裏切った者への怨みを自分を裏切った同志への怨みとした。

独立不羈のダンテ没後七百年

ダンテ（一二六五－一三二一）生誕七百年の昭和四十年に私は『神曲』を訳した。二〇二一年の今年は、五十六歳で死んだ詩人の没後七百年にあたる。独立不羈《ふき》の政治人であったダンテは、作中で自分と同時代の法王を次々と地獄に堕《お》とした。まだ生きているボニファチオ法王も死んだら地獄落ちだぞ、と地獄篇第十九歌で予言した。

この恐るべき反抗心を今日にあてはめると、ロシアの反体制派詩人が、スターリンを地獄に堕としたばかりか、「プーチン、お前も死んだら地獄で火あぶりになるぞ」と叫んだも同然で、大迫力だ。

だがスターリンは死んでも不敵、「俺の方がお前より余計殺したぞ」と隣りのヒトラーに自慢する。そんな二人にお構いなく毛沢東ははるか上座にいる。大躍進や文化大革命で非業《ひごう》の死をとげた人数が遥かに多いから、それだけ愚かな民に畏敬されるのだ。遺体は北京に保存されているが、霊魂は別だ。その場所では今も江青が地獄の役人に威張りちらしている。

現在に当てはめると『神曲』とはこんな文筆による復讐《ふくしゅう》の作品なのである。香港から自由を求めて亡命した人は『神曲』中国篇を書いて鬱憤《うっぷん》をはらすがいい。十九世紀、暴政下のイタリアから難を逃れた者が亡命地の英国でダンテ熱に火をつけた。ダンテ・ガブリエル・ロセッティは『新生』を英訳した。世界最高詩人としてダンテの地位が確立したのは、彼ら亡命イタリア人とその子孫の功績である。中華民族は才能に富む。中国の夢も、悪夢も、韻文で書くがよい。名句は必ずや記憶される。そうなれば、公安警察ももはや取締りはできるまい。

最大のタブーに挑む

しかしお利口さんは物騒なことは危ぶむ。この微妙な点に『神曲』が含む毒というか問題性は存する。『神曲』は次々とタブーを破ることで成立した世界文学の最大傑作であるからだ。最大のタブーは最大の政敵、皇帝や法王である。大陸では「同じく人民服を着たお前も、死んだら地獄で火あぶりになるぞ」とは絶対に言えまい。だがダンテはそれをあえてした。それを詩作品に仕立てた以上、生まれ故郷のフィレンツェへ戻れば死刑だ。それで後半生は辛い亡命生活を余儀なくされた。

ダンテの肖像はみな痩せている。

そんなダンテがなぜ死後、母国でたちまち非常な尊敬を受けたか、私にはその機微がよくわからない。歴代法王を地獄に堕とした『神曲』は、教会では当初は禁書とされたが、世間のダンテ評価が高まるにつれ、ついにカトリック教会側までが、ダンテを「キリスト教の最高詩人」と呼ぶようになった。

法王か教皇か

ここでその法王の呼び方について考える。『神曲』翻訳の際に私は「教皇」でなく、日本人が使い慣れた「法王」を用いた。韓国人は「天皇」でなく「日王」と言いたがるが、それは「皇」より「王」の方が位が下だから、そう呼ぶことで日本を見下げたいのだ。その位付けが気になって、カトリック側は「法王」でなく「教皇」と呼ばせたい。しかしキョウコウと発音すべきかキョウオウと発音すべきか戸惑うような漢字表記は使いたくない。それに私の記憶では築地のヴァチカン代表部には法王廰の文字が記されていた。

空飛ぶ法王

夏石番矢の『空飛ぶ法王　44句 Il Papa che vola: 44 haiku』(ISBN978-88-6591-030-6) については拙著『東の自生観と西の創造観』(勉誠出版) で論じたが、今度イタリア語訳と並べて読んで、この句集の爽快な問題点に気がついた。日本人はタブーなしに法王様を俳句にする。そこでは法王様も仏様も冷やかすことが出来る。

子供とキリンにだけ見えている空飛ぶ法王
狼《おおかみ》へ金貨を投げる空飛ぶ法王
海底の蛸《たこ》が友だち空飛ぶ法王

このお偉いさんを手玉にとる夏石の俳句は楽しくていい。わが国ではかたくなに自己主張する人を「わが仏尊し」と冷やかすが、そんな諧謔《かいぎゃく》が許される成熟した寛容な日本文化であればこそ、法王も皇帝も総統も揶揄《やゆ》できる。その言論の自由が尊い。だが米国や中国で「あなたの主張はわがキリスト尊しですね」とか「わが主席尊しですね」とたしなめると、失敬な、と怒りだす人もいる。相手が怒るだけならいいが、中国だと発言者はとっ捕まるかもしれない。そこがあちらの世界の窮屈さだ。夏石番矢ほど各国の言葉に訳されている俳人は珍しい。今度は空飛ぶ皇帝の句集でも出してその漢俳でもって対立をなごめてもらいたい。

自由の女神のたいまつ掠《かす》めて空飛ぶ皇帝

（二〇二一・八・三）

疫病を逃れて生きる男女の喜び

ステーション・ワゴンに食料品をしこたま積んで、まだ寒いのにN県の湖畔の別荘へ、友人たちが車を連ねて行ってしまった。コロナ・ヴィールスの発生で、東京のような大都会に居ても、展覧会も音楽会も中止。レストランへ行くことも憚《はばか》られる。それならいっそ高齢の者は、人里離れた山奥で暮らすに限る。退職した外交官と学者と画家と三家族、別荘村の仲間の男三人女七人、計十人が、進んで世間から自己隔離して生活を送る、という。犬も連れて行く。車には葡萄酒もチーズも積んであったから、羨ましくて「良いお休みを」とご挨拶し「せいぜい読んでくれたまえ」とイタリア文学の翻訳を三冊、餞別《せんべつ》に渡した。

コロナを逃れ優雅な隔離生活

昔と変わらないな、と思った。七百年前、西洋で黒死病流行のとき、難を避け、別荘で閑雅な生活を送った人々がやはりいた。当時はテレビも携帯もない。退屈しのぎに十人の男女が一日に一人が一話ずつ、代わる代わる延べ十日、話をした。金曜土曜は休んだから、実際は二週間余の滞在となった。それで計百話の『デカメロン』の物語となったというのが作者ボッカッチョの弁である。「デカ」は「十」を意味する。『十日物語』ともいわれる。

物語の歴史的背景はこうだ。日本では足利尊氏が力を握った十四世紀半ば、イタリアでは都市国家が栄え、フィレンツェの政治家ダンテ（一二六五－一三二一）は『神曲』百歌を書き、ジョット（一二六六－一三三七）は教会の壁にフレスコ画を描いた。トスカーナ地方にはルネサンスの文化が花咲き始めた。

だが西暦一三四八年、その地方をペストが襲った。中近東に端を発したペストの猖獗《しょうけつ》は、武漢に端を発したコロナ・ヴィールスの比ではない。フィレンツェは死者が続出、九万の人口が三分の一の三万に激減した。それでも同市は再び立ち直ったが、フィレンツェと覇を競ったいま一つの都市国家シエーナ市は二度と立ち直らなかった。

ペストの猖獗

中世の西洋ではペストは天譴《てんけん》とされ、人間の行ないが不埒だから天罰が下る、と坊様は説教した。だがそんな宗教的説明のまやかしに我慢できない人もいる。フィレンツェの商人ボッカッチョ（一三一三－一三七五）は、父をペストで亡くしたが、本人は災害の少なかったナーポリで働いていたお蔭で生きのびた。人間、死の脅威にさらされると、逆に生の執着や性の欲望が強くなる。ボッカッチョは溢れんばかりのヴァイタリティーに富む作品を書いた。

　だが凄いのはそのまえがきに描かれたペストだ。近ごろ話題のマンゾーニ作『いいなづけ』の十七世紀北イタリアの疫病の記述は、この『デカメロン』に想を得、社会の混乱を迫力ある筆致で描写した。「これに罹った病人から病気が健康人に移るさまは、乾いた物体や油を塗った物体に火が飛び火するのと同じでした。病人と話したり近づいたりした人に病気がうつり、同じように死に至らしめたばかりか、病人の衣服とか病人が触ったとか使ったものに触れただけでも病気は伝染したからです。ひとたび病に伏すや皆に見捨てられ、病床に呻吟しました。誰もが相手を避け、誰一人隣人の世話をせず、親戚同士も見舞うことは絶えてない。会っても距離を置きました。時には妻も夫を顧みなくなりました。頼りとては使用人の貪欲さ加減に頼るしか手はありません。そうした使用人は看護の心得など毛頭ない。病人から頼まれた物を差出すか、死んでゆくのを見守るかぐらいがせいぜいでした。しかもこうした仕事で稼ぐうちに、本人もしばしば病気に罹り、儲けた金を手にしながら死んでいった。…」

　ボッカッチョが報ずるこの人心の荒廃は恐ろしい。しかし苛烈《かれつ》で峻険《しゅんけん》な山路は辛いが、それを一旦乗り越えた先の平野はそれだけ一層心地よい。悲惨の極みもいつしか歓喜に代わる、その後に続く優しい男女のきわどい話が楽しく頤《おとがい》を解く。

コロナ禍の後に来るもの

イタリア文学の名著は『神曲』を別格として『デカメロン』と『いいなづけ』だが、強制された隔離は古典の読書で過すにかぎる。コロナ禍は長く続きそうだが、いつかは終息《しゅうそく》するだろう。友人が山中から戻り、訳書の感想が聴ける日を私は楽しみに待っている。「世間が落着けば今度は愛情が濃厚感染しますよ」と笑うと電話が切れた。

そんな私はマスクして拱手傍観《きょうしゅぼうかん》しているが、疫病は個人の運命ばかりか国の運命をも左右する。今回の大災厄の後に、米中いずれが覇権国として生きのびるか。米国側は「中国ヴィールス」と発生源の中国の隠蔽体質を非難する。中国側は米軍人が「新冠肺炎」のヴィールスを武漢に持ち込んだ、と噂を流す。北京当局は、人民の非難が習政権でなく米国に向くよう反米感情を煽る世論操作に出たらしい。これにはさすがに呆れた人も中国内にいて「不要瞼《プヤオリエン》」（恥知らず）とネットに出たという。コロナ禍との戦いは、民主的自由国家と強権的専制国家との戦いの一環に化しつつあるようだ。

（二〇二〇・四・三）

コロナ禍の災い転じて読書の福

強制なしの要請で済むか

米国では「家にとどまれ」Stay home! とテレビに出、コロナ禍で戦々恐々《せんせんきょうきょう》だ。孫娘は先日までテキサスの高校に留学していたが、飛行機が飛ばなくなる前の二〇二〇年三月に帰国できてよかった。「成田で行列の人と人との間に間隔がなかった。あんな防疫《ぼうえき》でいいのか」と驚いていた。米国の田舎町でも人が集まる催しは禁止だ。お達しを無視し「室内でパーティーを開いた廉《かど》」で逮捕者が出た。近所が警察に通報したらしい。釈放された由だが、緊急事態だ。私権制限もやむを得ない。

日本では「外出自粛」とテレビに出、人通りはまばらだが、七割減の目安とは、人と会う機会を以前の三〇パーセントにすることで、以前の七〇パーセントならいいという目安ではない。それだけに東京の戸越銀座の混雑が画面に映ったときは「これで大丈夫か」と思った。あの賑わいを取り締れない当局の弱腰が気になる。政府は国民に協力を要請するしか能がないのか。強制なしの要請でわが国は守れるのか。このままでは現行の民主体制の有効性が疑問視され、中国の強権政治の効率性を肯定する声が強くなりはしないか。

読書習慣の復活

コロナ報道で気が滅入《めい》ると、チャンネルを変える。だがスポーツ番組は前に見たと同じ試合だ。いかに名場面があろうと、結果が知れている試合の再放映は興をそぐ。国技館も、観客あっての大相撲だ。テレビは消す。では何をするか。

隔離下は読書にかぎる。少年のころ対米英戦の空襲下、光が洩れぬよう電燈を遮蔽《しやへい》し、英語教科書を朗読した。すると父が「昔、ロンドンの下宿で隣の少年の声を聞いた時のようだ」と言った。戦時下でも英語は一生懸命勉強した。

今度のコロナ戦争も、これを機会に日本人に読書習慣を復活させ、持久戦を生き抜きたい。オン・ライン授業が無理なら『坊ちゃん』『風と共に去りぬ』『レ・ミゼラブル』等を読ませる。感想を送らせ、先生は自宅で採点する。近代史の自習には『福翁自伝』や司馬遼太郎『坂の上の雲』を読ませる。コロナ禍の災い転じて読書の福としたい。

ただ図書館は閉鎖だ。書物は手元に揃えるにかぎる。世界文学全集や日本文学全集がある家庭なら、疫病が年を越そうが、退屈はしない。漱石全集や鷗外全集を読み通すなら、文学部卒業以上の実力がつく。

狭い室内で子供が騒ぐと面倒だ。読書を課すがいい。スマホのゲームに溺れないかと心配する家内は「この際、祖父《じいじ》の本でも読めば」と言う。だが帰国子女は米国の高校の宿題に追われ、馬耳東《ばじとう》風《ふう》、私の著作集など見向きもしない。

日本に光を当てる本

在宅の大人には、昭和の戦争に意外な光を当てる本を勧める。陸軍大将と聞けば、戦後世代はもうそれだけで顔をそむけたが、今村均ほどの将軍は世界にも稀だ。ジャワ島を無血で攻略、ラバウルでは自給自足の持久戦で終戦を迎えた。だが立派なのは今村均が『幽囚回顧録』（昨年中公文庫再刊）で語る戦後だ。

オランダ側は死刑を求刑したが、結局、豪州軍が禁固十年の刑に処した。一旦は日本に送還されるが、志願して部下が服役中の瘴癘《しょうれい》の地マヌス島へ戻る。一九五〇年のことで戦争は戦犯裁判という形でまだ続く。獄中の今村の満洲事変当時の関東軍批判はバランスがとれている。トイレの紙に記した自伝など英訳に値する。読めば、インドネシアの独立は、オランダ王室も日本皇室も共に祝賀すべき、歴史的事件だったとわかるだろう。

日本に意外な光を当てる本

だが日本は、そのような海外向けの自己説明をしなかった。みな英語の発信が不得手な中で、例外は上皇后陛下である。美智子さまは海外で知られない日本近代詩を英訳し、そのご朗読ＤＶＤ付詩集『降りつむ』（昨年毎日出版）を出された。題は永瀬清子の詩で、「かなしみの国に雪が降りつむ／失いつくしたものの上に雪が降りつむ／その山河の上に／そのうすきシャツの上に／そのみだれたる頭髪の上に」。

これは今村が描くとは別の国破れた光景で、戦災孤児もふるえている。陛下の朗読を日英両語で拝聴し、深い強いお声は詩人の声と驚きつつ感得した。日本語と英語を通して、悲しみを糧《かて》として生きた昭和二十年代の日本人の感情が立体的に蘇える。この御本も意外な光を敗戦後の日本に当てる。孫にはその気持がまだわからない。だが当時を生きた者にはわかる。そして私は思う。ウィルスと苦戦する令和の日本もまた「地に強い草の葉の冬を越すごとく」このさき生きるであろう。「その下からやがてよき春の立ちあがれと雪が降りつむ」。Snow falls—Ah, with what merciless mercy. On this country of sorrow.「非情のやさしさをもって雪が降りつむ／かなしみの国に雪が降りつむ」

翻訳は外国語から母国語にするものと私は確信していた。しかしこの英訳の世界には訳者の解釈に独得な力があり、原詩が意外な光を浴びて英詩として輝き、新しい命を帯びている。尊いことである。

（二〇二〇・四・二十八）

コロナ去って明るき秋の日射し哉

占領下でのカミュの『ペスト』

コロナウィルスが流行するや、その先例となる伝染病としてペストがひとしきり話題となった。一九四七年『ペスト』を出したカミュ（一九一三－一九六〇）は、戦後フランスを代表する作家だ。フランスは第二次大戦が勃発するや、たちまちドイツに降伏、領土の過半をドイツ軍に占領された。するとドイツ軍に抵抗し、武力蜂起を企むフランス人も現われる。

密告されたら処刑だ。そんな疑心暗鬼のナチス占領下の人間の生き方を、ペストに襲われた北アフリカの都市オランの住民の生き方に置き換えて描いた。

こうした状況下で、良心的とはいかなる生き方か。そんな問題が提起された。だからカミュの『ペスト』は「形而上学的寓意」と解説される。そんな作品だけに、どこか読みづらい。友人に貸したら、鼠の死骸が次々と見つかる冒頭から無気味で、読み続ける気力が失せた、と言った。

昭和二十年代、カミュは日本でも有名で、レジスタンスの抵抗運動を加藤周一が褒めちぎるのを講演会で聴いた。

だが一九五四年に渡仏した私が知り合ったフランス人に聞くと、降伏後、ドイツ軍の占領下で物資は乏しく、砂糖にも事欠き、生活は辛かった、政府が降参した以上、たいていのフランス人は、無難にじっとおとなしく暮らそうとしたらしい。それなのにレジスタンスと言い出した連中が騒ぐから、無辜《むこ》の人まで巻き添えで処刑された。

そう声をひそめて、抵抗運動を厄介物のように言う。これがかれらの本音か、とわかると、私はいつかカミュを読まなくなった。

マンゾーニの『いいなづけ』

今回のコロナ感染拡大で、西洋での大流行の端緒《たんちょ》となった北イタリアでは、昨二〇二〇年春、ベルガモ市がまず悲惨な状況に陥った。

そのとき話題となったのは、マンゾーニの『いいなづけ』（決定版一八四〇年）である。全三十八章ある大作の第三十一章から三十六章にかけてペストが描かれる。黒死病と呼ばれたペストは、十七世紀、北イタリアのミラノ市で猖獗《しょうけつ》を極めた。その様がすざまじい。

当時の北イタリアはスペインの占領下で、細部が実に生き生きと血が通って描かれている。作者マンゾーニ（一七八五－一八七三）自身は、北イタリアがオーストリアに占領された時代に生きた。

そんな育ちだから、その状況を百五十年前のスペイン支配下に移して書いたが、大した筆力だ。この大作が出たことで、イタリア人の国民感情は全土で盛り上がり、国家は独立を回復、一八六一年、イタリア維新はなった、

私がイタリアに留学した一九五〇年代、高校・大学生用国語教科書（文系）は部厚いイタリア語詩文集で、名作の名場面が網羅《もうら》されている。

ところがダンテ『神曲』とマンゾーニ『いいなづけ』の二つがはいっていない。『神曲』と『いいなづけ』は、生徒各自が単行本での所持が当然とされる、イタリアの国民古典だからである。

帰国して、島田謹二先生に「イタリアで何が面白かったか」と訊かれ、『いいなづけ』と答えた。巻末近くのペスト描写を怖いもの見たさに読む人もいるだろう。荒れ狂う時代だった。

少女ルチーアは、暴君の手で拉致され、いいなづけのレンツォから引き裂かれるが、紆余《うよ》曲折《きょくせつ》の揚げ句、二人はついに再会する。周囲の善玉、悪玉が生動して、脇役の臆病な村の司祭などその性格描写は実に見事だ。

災厄はいつ、どう終わるか

マンゾーニ本人にペストの体験はない。参考にしたのは『デカメロン』冒頭の一三四八年のペストの様だ。その人心の荒廃の様はこの欄でも前に引いた。今回は、嵐が去って、自然の災厄と人生の苦難が収まるありさまを、第三十七章から引きたい。

「その時、雹《ひょう》のような大粒の雨がばらばらと激しく降り出した。その粒があっという間に繁《しげ》くなって、レンツォが小径《こみち》に着く前に、はやどしゃ降りとなった。彼はだがその雨に慌てるどころか、雨の中をしぶきをあげて悠々と進み、その涼《りょう》を楽しんでいる風さえあった。草葉《くさば》は囁き、揺らぎ、打ちふるえ、滴《しずく》を垂れ、鮮やかな緑を取戻して、光っている。久しぶりにゆったりと胸一杯大きく息を吸いこんだ。そしてこの天から沛然《はいぜん》と降り注ぐ、大自然の溶解に、いまさらのように生き生きと溢れんばかりに、我が運命においてなにものかが定まったことを感じたのである」

豪雨が問題を溶かし去ったがごとくにマンゾーニは書いた。日本で今回のコロナ災厄はいつ、いかに終わるか。小康状態の今、私は久しぶりに外出し、早とちりかもしれぬが、一句を口にした。

コロナ去って明るき秋の日射し哉

（二〇二一・十一・二十三）

漱石と坊っちゃんと清と神道

生れ得てわれ御目出度《おめでたき》顔の春

これは明治三十年正月、熊本在の漱石が子規に送った俳句で、前年に中根鏡子を妻に迎え、新任の教授夏目金之助は意気軒昂としていた。

クリスマスがキリスト教の祝日なら、元旦は神道の祝日だ。漱石はその日、この世にある自分は「おめでたい奴だ」と照れながら、この滑稽もなしとせぬ句を詠んだ。

今年は猫の年か

ではそんな漱石にとり元旦とか神道とかは何だったのか。「世界文学の猫」ですでに紹介したが、『吾輩は猫である』の連載第二回は『ホトトギス』明治三十八年二月号だが、正月気分が冒頭から横溢《おういつ》する。苦沙弥《くしやみ》先生宅に来た最初の賀状には猫の絵が、次に来た賀状には句も添えられていた。

書を読むや躍るや猫の春一日《ひとひ》

「はてな今年は猫の年かな」と苦沙弥は独り言を言う。漱石は、自作が評判で、わが家の猫も世の話題となったことを、猫の年賀状を披露することで読者に伝えた。翌三十九年は猫が二匹いる絵葉書に漱石はこんな句を添えた。

寄りそへばねむりておはす春の雨

文学における猫の使い方は第五部の冒頭で述べた。今回はその背景にある漱石の宗教気分を話題にしたい。

元日にあらたまって感懐《かんかい》を述べるのは、その日にあらたまって神棚に向い柏手《かしわで》を打ち、神社に参拝するのと同じ気分だろう。

夏目金之助は一八六七年、旧暦の慶応三年一月五日に誕生、正月生まれの目出度い男たる所以《ゆえん》だが、明治三十一年の年頭にはこんな句を詠んだ。

正月の男といはれ拙《せつ》に處す

正月男とは結構なご挨拶で、めでたい。ただし「あの人はおめでたい」と「お」がつくと、これはむしろ軽侮《けいぶ》のご挨拶で、お人好しで思慮が足りぬ、馬鹿《ばか》正直で、人間こすからくない、だから他人にしてやられる、お上手が言えない、そしてお上手の反対こそ、この句にある「拙《せつ》」なのだ。

漱石は自分は世に処して、人にとりいることの下手な男だから「拙に處す」と居直り、年頭に自己の生き方を披露した。「拙」は漱石のキー・ワードの一つで、おべんちゃらをいう漱石は想像し難い。

神道気質《かたぎ》の正月男

鷗外も漱石もおべんちゃらからほど遠い実力本位の生き方をしたが、違いがある。鷗外は「拙」に処す、とか処さぬとか、個人的な余計なことは口にしない。処世術をきちんと心得ていたからである。

では、道理に外れた真似《まね》はしたくない、言いたくもない、という漱石の態度は、頑《かたく》なで、強情《ごうじょう》にも似るが、何に由来するか。侍《さむらい》の子なら、武士道徳とか儒教倫理とかで説明もつくが、彼の江戸っ子気質《かたぎ》は、漢学塾で習う以前の、江戸の名主の家で育つ間に身についた神道的感性ではなかったか。

清らかさを尊ぶ神道は、第一に美的感情に、第二に倫理感情に反映する。曲がったことはしない。そんな神道の気分こそ日本の士道のもとにもなり、それが私たちの行動美学ともなった。漱石の俳句にも小説にも無自覚かもしれぬが、そんな気分が出ている。

漱石の作中人物で断然人気者は「坊っちゃん」だ。大人になりきれず幼稚だが、このヒーローこそ「坊っちゃんといはれ拙に処す」とでも言えばぴったりだ。

これこそ神道気質《かたぎ》の正月男ではないか。その倫理感覚は儒教倫理などと改まっていうような、後天的に身につけたものではない。漱石は禅に関心があったといわれ、参禅する作中人物もいる。しかし「坊っちゃん」は禅以前の存在だ。

漢学・洋学の二つの学問を学んだ漱石は晩年、漢詩に「耶《や》に非ず仏《ぶつ》に非ず又た儒《じゅ》に非ず」と自分が耶蘇教以下の大宗教に帰依する人でないことを口にした。

江戸っ子の生得《せいとく》に近い好き嫌い

漱石の根底には江戸っ子の生得《せいとく》に近い好き嫌いがあって、不潔不正を嫌い、清い心を好んだ。その感覚が、作中人物の坊っちゃんを国民的人気者たらしめたのだ。

ほかに同様の人物は、坊っちゃんの天性の良さを疑わぬ、年老いた下女清《きよ》だ。坊っちゃんの家で十年奉公し、「御世辞は嫌だ」という「おれ」に対し清は「好い御気性」と即反応する。封建時代の主従に似た関係で仕え、小日向の養源寺の墓で坊っちゃんの来るのを楽しみに待っている。教育はないが、昔風で、気立ての良い人柄の清も、坊っちゃんと同類の日本人とみなせよう。

なお坊っちゃんと対照的な鼻持ちならぬ「江戸っ子」ももちろんいる。芸人風の画学教師の吉川だ。松山を去る前に坊っちゃんは、天誅《てんちゅう》と称して、その顔面に卵を八つ叩きつけた。

（二〇二三・十二・八）

与謝野晶子を造った『源氏物語』

日本の女、革命の歌を詠む

日本を代表する女性をと言われるなら紫式部を、近代日本を代表する女性をと言われるなら、与《よ》謝《さ》野《の》晶子《あきこ》（明治十一－昭和十七年）を挙げたい。歌集『みだれ髪』をたたえる人は多いだろう。

その子二十《はたち》櫛《くし》にながるる黒髪のおごりの春のうつくしきかな

若い女の堂々たる自己礼讃に明治三十四年の男たちは、驚いた、

髪五尺ときなば水にやはらかき少女《をとめ》ごころは秘めて放たじ

この大胆な自己陶酔に感心する人もいたが、顔を顰《しか》める人もいた。だが晶子は堂々と言った、

やは肌のあつき血汐にふれも見でさびしからずや道を説く君

世間はたじたじとした。

鳳《ほう》晶子は何者か。堺の和菓子店の三女、向学心の盛んな家庭環境で、兄の秀太郎は中学を出て上の学校へ（後に東京帝大工学部教授）、老舗の帳場格子で多く過した晶子も、女学校へ進み歌を詠んだ。

あなかしこ楊貴妃《ようきひ》のごと斬られむと思ひ立ちしは十五の少女

娘盛りの晶子は『明星』に投稿、選に入る。明治三十三年八月、雑誌の主宰者の与謝野鉄幹が遊説で関西に来、運命的な対面をする。翌年六月、晶子は生家を出奔《しゆつぽん》、上京、東京府豊多摩郡渋谷村の鉄幹の家に身を寄せる。八月『みだれ髪』を出版、世間を驚かせた。

臙脂《えんじ》色は誰にかたらむ血のゆらぎ春のおもひのさかりの命

晶子の歌には原色のフォーヴの油絵のどぎつさがあった。

明治は日本の青春で、若くて美しい歌が次々と詠まれた。三ヶ島葭子《よしこ》（明治十九年‐昭和二年）の歌は水彩画のすなおさだ、

君を見ん明日の心に先立ちぬ夕雲赤き夏のよろこび

女流歌人は次々とデビューした。だが誰も晶子のようには論壇で長く活躍できなかった。なぜか。違いは晶子には古典の教養が血肉化していたことで、そのために次々と新しい生活信条を述べ得たのである。

晶子には今の大学院卒以上の実力があった。かりに慶応義塾大学に教授として迎えられても、晶子なら源氏の演習は務まったろう。彼女は『源氏物語』一冊によって人間そのものが造られた教養人なのである。現にわが国最初の源氏口語訳は晶子の筆になる（明治四十五年）。『源氏講義』の原稿は関東大震災で焼失したが、晶子は源氏を大切にした。昭和十三年、新新訳も出し、戦後はこれが流布した。そこには晶子の生命感が横溢《おういつ》し、訳文の個性がくっきりしている。

古典の教養習得した蔵での読書

父が読書好きな三河屋の蔵《くら》で晶子も読み耽った。店で今度の羊羹の名を相談すると、十二の娘が「花散る里」などと提案したから、親ははっとする。女学校に入り立ての晶子は紫式部に夢中だった。ほかに楽しみがなければ、古文はもはや古文でなく、自分の気持を語る読み物となる。かつて菅原孝標《たかすえ》の娘は、その興奮を、

「はしるはしる、わづかに見つゝ、心も得ず心もとなく思ふ源氏を、一の巻よりして、人もまじらず、几帳《きちよう》の内にうち臥してひき出でつゝ見る心地、后《きさき》のくらゐも何かはせむ」

と『更級日記』に記したが、源氏に夢中だった晶子の心の高鳴りも同じだろう。

私が小学生の昭和十四年、谷崎潤一郎訳『源氏物語』の大宣伝の幟《のぼり》が書店の店頭に並び、ベストセラーとなった。その際、谷崎は、誤訳批判を気にして、一度ゲラとして印刷された自分の訳の校閲を国文学者の山田孝雄に頼み、それをもとにまた朱を入れた。だがそれで文章がまのびした。力の抜けた文章だから谷崎訳源氏は日本の名文選に入らない。

大出版社の古典大系の古文にはおおむね国文学者たちの新訳が添えられるが、正確な解釈を期すために文章がトランスレーショニーズ translationese と呼ばれる文体となっている。原文従属で味気無い。これは誤訳の減点をおそれる受験生が、日本語らしからぬ日本語で英文和訳を書くのと同じ心理で、原文本位の翻訳者や学者先生もとかくそうなりがちなのだ。

熱い血が流れ心がときめく晶子訳

だが晶子は違った。数ある解釈から自分が良しとする解釈を自己責任ではっきり選び、力強く語る。だから晶子の源氏訳には熱い血が流れ、心のときめきが感じられる。

『よみがえる与謝野晶子の源氏物語』(花鳥社)で神野藤《かんのとう》昭夫跡見学園大名誉教授は、晶子には平安朝の大古典の経験を今日を生きるみずからを支える見識へと汲み上げ変換する力があったと説く。それが与謝野晶子を、大文学者、さらには近代日本の女性指導者たらしめた所以《ゆえん》だろう。一冊の古典は昨今の平板な一流の大学に優《まさ》る。

(二〇二四・二・二十九)

全集の読破は大学の卒業に優る

佐伯彰一氏が旧制富山高校の生徒だった時、確か小林秀雄だと思うが新鋭の評論家が富山に来た。文芸講演の後、宿まで行って話を聞くと「作家の全集を読破すれば文学部卒業以上の実力がつく」と言われた由だ。これはまさにその通りで、人間の自己教育の尊さを示唆している。

私も新入生に忠告したい。講義などつまらない。自分で読むことが肝心だ。では私が読んだ作家は何人か。漱石、鷗外、ハーンは作品も手紙も八割方読んだ。この折に、三人の手紙に人間の生死を観察したい。

死を前にしたユーモア

夏目漱石の正岡子規宛ての手紙はいい。子規の最初の喀血は明治二十二年五月で、十三日に見舞いに行った漱石は帰途、子規を診察した医者のところへ寄って話を聴いた。子規を慰めるために当日手紙を書き、文末に to live is the sole end of man! 生きることが人間の唯一の目的だ、と言い、さらに「歸らうと泣かずに笑へ時鳥」の句を添えた。

時鳥《ほととぎす》は、鳴いて血を吐くほととぎす、と言われ、子規、不如歸などの漢字が当てられる。喀血した正岡常規は、死を見据えたユーモアで、敢えて子規と名乗り、出す雑誌も『ホトトギス』と名づけた。その子規が空元気《から》に終わることの無いよう、漱石は、簡単な、一見思いやりのないようでいて、その実、同情のこもった右の句を添えた。

不如歸とは帰るに如かずの意味だ。だがそんな泣きごとは言わずに笑え、と励ました。句は月並だが、これを添えた漱石は人間的に尊い。ちなみに漱石の現存する最初の句がこれである。

僕ノ尿即妻ノ涙ニ候

森鷗外はどうか。大正十一年初夏、鷗外五十九歳、体調が悪く、六月十五日、帝室博物館を初めて欠勤した。軍医総監にまでなった人だが、医者に体を診せない。萎縮腎は死病だから無駄だ、という自己判断である。それでも妻の茂子が泣く泣く頼むので、ついに自身の尿を親友の医師賀古鶴所のもとへ手紙を添えて届けさせた。

「六月十八日午後十時（服薬時）ヨリ十九日午前五時マデノ尿差出候。僕ノ尿即妻ノ涙ニ候。笑フ可キコトニ候。始テ体液ヲ人ニミセ候。定メテ悪物多ク含ミアルベシト存候」

死を前にしての鷗外の言葉にはユーモアが込められていて、さながらシェイクスピアの句でも読むような気がする。そこには妻へのいたわりも秘められている。ちなみにこれが鷗外の最後の自筆の文章である。

再び日の目を見るハーン

日本名小泉八雲ことラフカディオハーン（一八五〇－一九〇四）の手紙は一九〇六年、没後二年で早くも書簡集が刊行され、こんな書評が出た。

「ウィットに富み、雄弁で、多様性があり、手紙に魅力という、えもいわれぬ何かを添えるあらゆる特質において、ハーンの手紙は、おそらくスティーヴンソンの手紙を除けば、近年比類のないものである。しかもハーンの幅広い頭脳をひきつける数多くの主題と絶えず変化してゆく手紙の地理的背景は、世の他の書簡集が滅多にもちえない内容となっている」。

英国の日本学者B・H・チェンバレンもこう評した。「ハーンの著書は会話に優り、手紙は著書に優る。ハーンの名は、魅力的な、さばかりの用意もなく書き流された手紙の中で、永く残るだろう。文体は彼の思考のあらゆる面を表現するよう出来ているが、その思考は詩的であると同時に自然科学的にも正確である」。

だが日本に不信の念をもつ米英人は、第一次書簡集の編集に際し、ハーンの日本に対する悪口を日本側が削除した、と推測した。

確かに当時英米の出版界ではヴィクトリア朝的な気配りが支配的で、性や金や権威への批判的言及は、カットされた。が日本側への遠慮があったのも事実だ。

しかしハーンの激しく揺れた日本に対する愛憎の感情は、ありのままに見ることが大切だ。それで今回、私達はカット部分も復元、英文『小泉八雲書簡集完全版』を公刊するとともに、あわせて日本語全訳も刊行することとした。

カット部分に露わな真意

原文を読むと、来日当初、ハーンが在日西洋人から苛められたこともわかる。「お前のような片目の醜い男は御婦人方のいる社交界へ出てはならんのだ」。ハーンは横浜のヴィクトリア・スクールの英国人校長にそう言われたと書いた。今回活字化するが you cannot mix in Society with that Eye. とすこぶる露骨である。

長男が生まれた時のハーンの感動を伝えるヘンドリック宛の手紙はつとに知られるが、喜びと共に書き添えられた「自分の子どもを産んでくれる女を虐待する男も世の中にはいるのだ、と思いだしたら天地が暫《しばら》く暗くなるような気がした」も忘れてはならない。ハーンは自分を産んだ母を見棄てた父を思い出し一瞬暗然とした。そして自分はそんな無責任な男にはならないと誓ったのである。

（二〇二四・四・十八）

ミステリー文学をいかに読むか

「娘は高校時代は漱石の『坊ちゃん』、大学に入り立ては『三四郎』に夢中でしたが、専門課程に進んでからは、スマホでミステリーに読み耽っている。困ったものです」と知人がこぼす。「若者は新聞も読まない。頭も悪くなった。気力もない」

古本屋めぐりが中学生以来の楽しみだった昭和育ちの私は、そんな書物ばなれの話を聞くと、文化の衰退そのものに思えて淋しい。

書物離れは文化の衰退か

だが私は孫が『平川祐弘著作集』よりアニメや探偵物が好きなのは、人間性の自然と納得というかもう観念している。ただ天邪鬼《あまのじゃく》だから、ミステリーを弁護してこう言った。

「なに、漱石の『心』だってミステリーです。自殺の動機を解き明かすことで読者を惹きつける。『心』の遺書には「罪」「良心」「呵責」「暗い影」といった言葉が並んで、高尚な心理小説のようにいわれるが、「隠す」「思い当たる」「罪を犯す」などは、探偵小説の語彙《ごい》そのものだ。新聞連載の『心』にはミステリーという大衆文学の要素がある。弟子筋が漱石を神格化して、純文学に祭り上げ、学問の研究対象を限定し、ミステリーなどを大衆文学と一段下に見くだした。そんな純文学一筋のアカデミックな風潮こそ偏見です」

「娘はスマホで目を悪くした」というから、「本を読んで頭を悪くするはずはない。進学祝いにお嬢さんが好きな作家の大きな活字本でも買ってあげればよかった。鷗外や漱石の全集が家にあるような学生はおのずと出来が違う。だがより大切なのは読破しようとする気力。そして読み出したら止まらない魅力ある学者や作家を自分で発見することです」とまた自説を繰返し、ミステリー文学の思い出と功能を述べた。

探偵小説を擁護する

私の探偵小説との出会いは戦時中にさかのぼる。当時はミステリーとはいわない。小学二年、日本軍が武漢を攻略した頃、内地は平穏、習字は苦手だが「東洋永遠の平和」と書いた。好きなのは修身（道徳はそう呼ばれた）の時間で、担任の池松良雄先生は、教科書は一応読むが、すぐしまい、江戸川乱歩『怪人二十面相』を朗読した。教室をゆっくり歩きつつ読む。踵《かかと》を踏み潰した靴をスリッパにして歩く。聞くうちにわくわくした。だからその時間が好きだったのだ。納戸《なんど》から小学生全集の『ルパン』や『地下鉄サム』を取り出して夢中になった。はじめて渡米してシカゴで地上も走る地下鉄を見上げた時は、サムが掏摸《すり》を働いたのはここか、と思った。

米国到着当初は英語能力の不足を痛感し、テレビを見続けた。『ペリー・メーソン』は、辣腕《らつわん》弁護士の迫力に魅せられたが、コンビの女性秘書も気に入った。オフィス・ワイフという感じであった。

帰国すると留守中拙宅で暮らした英国人が「お宅の書庫にはアガサ・クリスティーが揃っていて」と喜んでくれた。私は渡米前ミス・メープルを片端から読んだ。その後は音声機器が普及し、自宅でもビデオで見た。『刑事コロンボ』を一番借り出す東大教授は平川先生」と外国語研究室の助手に笑われた。来訪した米国婦人にその助手を、「She is my office wife」と紹介したら、婦人が妙な顔をした。私は「オフィス・ワイフ」と平気で口にしたが、これはどうやら日本の週刊誌好みの英語だったらしい。米国で大学秘書をそう呼ぼうものなら、訴訟沙汰になりかねない、とのことだった。

フランス語に馴れるにはシムノン『メグレー警視』に限ると思い、揃えることを仏語教室に提案したが、却下された。純文学でないと見られたのだろう。そこでは文学・思想は反体制が主流で、評論家まがいの先生たちが、反日の語り部として気勢をあげていた。

ミステリー映画の効用

コロナの蟄居《ちつきよ》以来、テレビで各国語の警察物をもっぱら見た。戦時下の英国のフォイル刑事の話はいたって聴きやすいが、犯人がわかるともう見る気がしない。それより聴きにくくて、見終わってなぜ犯人が犯人なのかわからない作品は、二度見ても飽きない。中でも評判はオクスフォードのモースやルイス刑事、イングランド農村のバーナービー刑事だ。人間にこくがあっていい。

最近の趨勢は女性警察官の進出だ。イタリアでも女性刑事がアドリア海に面したバーリの街に颯爽と登場する。北東部英国の海辺は淋しいが、ヴェラ刑事は貫禄がある。下僚はこの女親分をムッソリーニの綽名で呼んでいるが、ヴェラは警察の皆から尊敬されている。私がこのヴェラを繰返し見るのは、つい居眠りして、一度見ただけでは合点がつかないからである。

私の映画鑑賞は外国語学習用だから、日本のミステリーは原則見ない。近年たまたま読んだ『クリーピー』は恐かった。もう御免蒙るつもりだったが、前川裕の文章力には惹き込まれた。また読むかもしれない。

（二〇二四・五・二十二）

日英両文で読み解く『源氏物語』

佳境迎えたカルチャー教室

二〇〇八年、『源氏物語』千年紀の国際フォーラムが京都で開かれた折、基調講演者として招かれた私は《『源氏物語』の翻訳者アーサー・ウェイリー》について語り、一冊の書物にまとめた。その時から『源氏物語』を原文とウェイリーの英訳と照らし合わせて読む授業を続けている。十七年が過ぎ、いま五十四帖《じょう》中、五十一帖「浮舟」の巻が終ろうとしている。薫《かおる》大将と匂《におうの》宮の二人に言い寄られ、浮舟は立つ瀬が無くなり、宇治川へ入水《じゆすい》を決意する――。

原文も英文も丁寧に下調べしてくる二十名ほどの聴講生は、体験豊かな男女（平均年齢六十代）だから、感想が面白い。クライマックスを迎えてクラスは最高潮だ。その一人に「私一人では到底できなかったことを先生ができるようにしてくださった」などと言われると、恥ずかしい。テクストの説明がよいから聞き手がわくわくするのではない。講師は満九十三歳、記憶は鈍り、前回、宇治の対岸の隠れ家で匂宮と浮舟が何を食べたか一向に憶《おぼ》えていないが、授業の後、皆と一緒に食べたのはペッパー・ステーキと憶えている。そんな様だ。それなのに、カルチャー教室が盛り上がるのは、日英の文章がすばらしいからである。

二つの物語から成る名作

『源氏物語』は前後作者が違う、と与謝野晶子は主張した。光源氏が主人公の時期と、薫や匂が中心の時期とでは、文学作品として質も違い人間関係も複雑化する。

ウェイリーは *Tale of Genji* を六分冊で一九二五年から九年間かけて世に問うた。最初の四年は毎年一分冊ずつ出したが、光源氏が亡くなるや、訳業の筆を一旦とめた。彼もまたこの作品は光源氏を語る物語と源氏の血を引く子孫の物語と二つから成ると感じたからであろう。

ウェイリーは何をしたか。気晴らしに『枕草子』の訳に手を染める。中国物にもとりかかる。年初めの三カ月は休暇をとる。アルプスで隻眼なのに九〇キロのスピードでスキーを飛ばす。R・C・トレヴェリアンはやきもきして、詩を送ってウェイリーに源氏翻訳を促した。

一体どこの賢人が自分の意思でロンドンに冬の間
ずっと霧に鎖《とざ》され囚人同様、煤煙《ばいえん》を吸って
植物みたいにぐずぐず暮らすものかね?
だとすると君を咎めるわけにいかないな、君が好みの
あの物騒なスポーツ、その支度をきちんと整え、どこか遠く

オーストリアの上高地《かみこうち》へさっさと飛んで行ったとしても。
だがな、これだけはお願いだ、
道なき道で無鉄砲な怪我の功名だけは立てないでくれ。
憶えていてくれ、『源氏』はまだ半分だけの物語。
仮《かり》に事故が君に起きたら、誰か生きた人間で
ほかに紫式部を訳すにふさわしい才学識を
兼備《けんび》した人はいるかね？君、
君を措《お》いて他にいないよ。

前後「韻を踏む」物語

私の聴講者もいろいろ言い出した。光源氏の華やかな生涯の物語と違い後半の宇治十帖は近代の心理小説そのものだ、プルーストに似ている、等々議論が沸く。

ではウェイリーは何と言ったか。なにしろ四、五年もほっておいて、第五、第六分冊は一九三二、三三年になって訳出したのだが、最終分冊の緒言にこう述べる。

「ここには『源氏物語』全冊中の最も素晴らしい百五十頁が含まれている。訳者としてはついにこの部分と向き合って仕事をすることができて、たいへん興奮を覚えた。しかしこの部分が情的に密度が高ければ高いだけ、それだけ翻訳は難しかった。たった一頁を訳するのに三時間も四時間も

かかることがあった」。

そして後にこう指摘した。「翻訳には、そこをはっきり正確に訳すことが作品を生かすか殺すか決めるだろうと初めから予感されるような鍵となる箇所がある」。そして侍女の右近が浮舟のために良かれと思う忠告が浮舟を苦しめる様を説明した。

ウェイリー訳六冊本には第一、第二、第六分冊にそれぞれ緒言があったが、後に一冊に合本された際、第二、第六冊の緒言は削られた。

だが削除部分のウェイリーの指摘は意表をつく。紫式部は人物の病状を極度のリアリズムで記述した。だから今日、医師が一読すれば、鬚黒の大将の妻の精神錯乱は「早発性痴呆症」とわかる。また薫もそうだが浮舟はよりパソロジカルなケースだと言った。

ただウェイリーは『源氏』は前後を通じて一人の著者の手になるとみていた。

光源氏は五条の夕顔の板張り小家で一夜を過ごし壁越しに明け方、行商に出る人の会話を耳にするが(四帖「夕顔」の巻)、薫大将は三条の浮舟の家で明け方、「おぼとれたる声して、いかにとか聞きも知らぬ名のりをして、うち群れて行く」声を聞く(五十帖「東屋」の巻)。間延びした声だが、このあたかも韻《いん》を踏んだようなエピソードの反復こそ名手の筆法だとウェイリーは評した。『源氏』は読んでこそ身にしむ世界の古典である。

(二〇二四・八・二十三)

第六部

なつかしい人

正道示した渡部昇一氏を悼む

「日本が人民民主主義国にならなかったことは僕らの生涯の幸福ですね」「近隣諸国が崩壊し、何十万の難民が舟で日本へ逃げてきたらどうします」「大陸へ強制送還するより仕方がない」。平成十九年の春そんなテレビ対談をした。それが渡部昇一氏(一九三〇－二〇一七年)との永の別れとなった。

氏は極貧の学生生活を送った人だが、正直で明るい。八十六歳になっても書生の初々しさがあった。大学生だった昭和二十年代、朝日新聞や岩波書店にリードされた論壇は資本主義は邪道で社会主義が正道であると説いていた。共産党の野坂参三は皇居前広場を埋め尽くしたデモ隊に向かい、「第一次大戦のあとソ連が生まれ、人類の六分の一が社会主義になった。第二次大戦のあと人民中国が生まれ、人類の三分の一が社会主義になった。この次の革命の際は……」

とアジった。

あのころ講和をめぐる論戦が『文藝春秋』誌上で交わされた。全面講和論とはソ連圏諸国とも講和せよ、という一見理想主義的、その実、容共左翼の平和主義的主張で、東大生だった私は南原東大総長のそんな言い分が正しかろうと勝手に思い込んでいた。それに対し米国中心の自由陣営との講和を優先する吉田茂首相を支持したのが慶應の小泉信三塾長で、朝鮮半島で激戦が続き、米ソの話し合いがつかぬ以上、全面講和の機会を待つことは日本がこのまま独立できずにいることだ。それでよいか、という。その小泉氏に上智の学生の渡部は賛意の手紙を書いた。すると小泉から返事が来たという。

武骨なオピニオン・リーダーに

この話は示唆的だ。戦後昭和三十年代末までは小泉信三こそがわが国の一代の師表《しひょう》だったが、昭和四十年代末からは武骨な渡部昇一が、世間がそれと知らぬ間に、日本のオピニオン・リーダーとして後を継いだ。渡部氏ほどの偉者《えらもの》は東大にはいなかったと私は観察している。

和漢洋の読書量で氏に及ぶ人は地球上に見出だしがたかったのではないか——この素直な愛国の大学者は、当り前のことを言うことで正道を示した。——日本の文部省が教科書検定で華北に対する「侵略」を「進出」に改めさせた、と新聞テレビは騒いだが、それが誤報で「万犬虚に吠えた」と指摘したなどその一例である。

そんなまっすぐな言論人だったから『朝日新聞』の狙い撃ちにあった。新聞が煽動し過激派が連日、上智大の教室に押し寄せる。だがたじろがない。その前に竹山道雄がやはり『朝日』の狙い撃ちに遭ったが、そんなアカ新聞まがいの意図的な人身攻撃をするうちに『朝日』は信用を落とした。

英語史家として傑出したが、渡部氏が大学者たる所以《ゆえん》は古今東西の知識を存分に生かしたことにある。頭脳は明敏で溌溂と回転した。判断のバランスもおおむねよくとれていた。氏が学問的新天地を開いたのはキリスト教化される以前の西洋と比べることで日本の宗教文化の特質を理解したことにある。その観点から古代史を説くから氏の比較文化史は面白い。「神代から続く皇統」の「言《こと》霊《だま》の幸《さき》はふ国」である日本を論じて秀逸だ。

御厨貴氏の冷笑

ところが西洋には言語を意思伝達の道具としか考えない一派があり、米国の学術誌が渡部氏を非難し、私が氏のために英文で弁じたことがある。渡部氏は皇統百二十五代が日本の誇りである所以を説く。その男系の歴史を踏まえ、拙速な女性天皇容認論を排する。「雅子妃適応障害問題」でも世間が遠慮から口外しない問題点を皇室の本質から考えて指摘する。その時は古風な言い方だが、これぞ忠君愛国の士と感じた。

二〇一六年秋の天皇の公務軽減の有識者会議に氏は病身をおし松葉づえをついて出席、摂政を置かれることを進言された。今の天皇様はもう十分外回りのお勤めは果たされた。これからはご在位のまままず祭事《まつりごと》のおつとめをお果たしください、というのが私どもの意見である。杉浦重剛が若き日の昭和天皇に講義した『倫理御進講草案』にも「神事を先にし、他事を後にす」とある。この優先順位の提言が間違いとは思えない。この主張のインパクトが大きかったのは筋が通っていたからではないか。

有識者会議の論点は当初は「譲位か、御在位のままお休みいただくか」であった。それが整理の過程で「譲位は一代限りか、恒久的にすべきか」に替わり、ある意味で予想通りの、特例法の制定により今回決着をみた。すると御厨貴氏が『文藝春秋』二〇一七年七月号に退位に反対した渡部昇一、桜井よしこ、平川を冷笑するような「天皇退位有識者会議の内実」を書いた。私に関しての記述はおぼえのない発言が書いてある。速記録もあるのだから確認できるはずだ。座長代理ともあろう人がこんな失礼なオーラル・ストーリーを拵えるのか。だが同じ調子で渡部氏も悪く描かれたのだとするなら故人に気の毒だ。

陛下のご意向なるものが新聞の一面に出る。翌日、宮内庁が否定するが、テレビでは田原総一朗氏がとりあげる。こんなリークの繰り返しが続くマスコミ文化に、わが皇室も侵されてゆくのだろうか。

（二〇一七・六・二十七）

高雅な友　芳賀徹の人柄しのぶ

夏風や汽笛那須野に響きけり

これが昭和十六年、山形から東京へ転校してきた芳賀徹の俳句だ。芳賀と私はその小学四年以来、中・高・大・大学院・留学、そして勤め先の東大教養学部も同じで、比較文化研究の大学院を平成四年の定年まで担当した。その芳賀が二月二十日、八十八歳で草葉の蔭に去った。君の高徳を偲び、敬慕哀悼の微衷を捧げる。

人の憂いに感じる心の優しさ

学問に豊かに芸術に敏《さと》く、第一級の人文学者だった。人柄は優しく、優しいの「優」の字は人偏に憂いと書く。人の憂いに感じる心が優しさだと学生のころから言った。芳賀が詩歌の森を散策しながら語ると、心ある読者はその文章に納得し感じ入った。それは芳賀が作者の気持に共感し上手に解き明かすからだ。東京大学の授業でもよく下調べし、一旦自己嚢中《のうちゅう》のものとした上での語りは講演に血が通い、座談は名手の即興演奏の如く、内外の学生も、学会の聴衆も、陛下も、芳賀教授の生き生きした話に耳を傾けた。召人《めしうど》として詠んだ、

子も孫もきそひのぼりし泰山木暮れゆく空に静もりて咲く

芳賀青年の広く明るい薔薇《ばら》色の肌にはいつも春風が駘蕩《たいとう》していた。大人物たる所以《ゆえん》は、留学するやパリの当時は無名の画家、今井俊満やサム・フランシスと親しくなり、前衛芸術アンフォルメルの評論家タピエとはフランス語の共著『日本における伝統と前衛』をイタリアの書店から出版したことでわかる。

その豪華本がフィレンツェの目抜き通りの店頭に飾られたのを見て羨《うらや》ましく思った。そんな若き日の昼夜を分かたぬモンパルナスの絵描きとの交流が、後半生の『絵画の領分』（朝日新聞社）『藝術の国日本』（角川学芸出版）等の著書に豊かに美しく結実し、読者に絵を見る楽しみ、詩をよむ喜びを教えてくれ、京都造形芸大学長、静岡県立美術館長として若き才能の発掘育成に通じたのだと思う。

一九六一年、島田謹二教授は、軍人廣瀬武夫を学問の対象とする大胆な方向転換で明治研究に新天地を開いたが、芳賀はその年『島田教授還暦記念論文集』に《明治初期一知識人の西洋体験――久米邦武の『米欧回覧実記』》を書くことで、岩倉使節団を見る眼を一変させ、学問の海に堂々と船出した。ジャンセン教授に認められ、三十代半ばの芳賀一家はプリンストン大学に招かれ、以後

は日本側からも英語で発信する二本足の学者として学問の王道を進んだ。徳川の知識人が日本の遅れを自覚しつつも米欧で臆するところなく振舞ったように、芳賀も外国でもアット・ホームな日本人として、よく人と交わった。福沢諭吉以下の西洋体験が処女作『大君の使節』（中公新書）で生き生きと再現されたのは、著者、芳賀徹の西洋体験が豊かだったからである。

英語で発信する二本足の学者

その人柄がかもしだす好ましい雰囲気で、芳賀は内外の男女から愛されたが、日英仏語でも挨拶も司会も質問も見事にこなした。政治色は強く出さないが、時流を恐れるな、時流から隠遁《いんとん》するな、時流を見つめよ、時流をこえて人間と世界を思え、そのために歴史を学べ、古典に触れよ、という精神の自由を守った。そんな芳賀だから自己の感性に忠実に徳川の文化を見事に蘇《よみがえ》らせた。俳人蕪村、蘭学者玄白、画家由一などに温かい光をあて、きめ細かく論じた。自国を卑下せず、強がりもせず、仏米からも韓国中国からも古今の日本からも、良いものをとり、己《おの》れの宝とした。そんな芳賀教室は内外の学生でいっぱい、対話は豊かで活発だった。父君芳賀幸四郎の同僚小西甚一教授は幸四郎先生の最高傑作は息子の徹だと言った。

平川芳賀で最後の揃い踏み

ただ遅筆で、桃源郷の広告は出たが、本は出ない。「桃源郷はいつ出ますか」と台湾でも質問が出た。すると、桃源について書き終えると最後の本になる予感がすると、妙な弁解をしたが、昨夏ついに

『桃源の水脈』（名古屋大学出版会）が出た。結びに父幸四郎が八十八歳で三冊大著を出し、そのあと周囲に迷惑をかけず大往生したと書いてある。

これは徹もそのつもりかと察し、日本戦略研究フォーラムの長野禮子事務局長を煩わし「平川芳賀で最後の揃い踏み」と昨秋二人で講演した。芳賀は吉田茂夫人雪子の英語文章を読み解いたが、近日刊行の『外交官の文章』（筑摩書房）の最終章となる。

正月に倒れた。最初に見舞った日は能弁で、往年の女子学生がクワラスミ報告に賛同する、と笑い、フェミニスト連のその程度の判断力不足を冷やかさないのが、芳賀の人の良さと感じた。二月、若き芳賀がヴェネチアからフィアンセの知子さんへの手紙を読んできかせようと持参したが、聴く力もなかった。最後に芳賀が伸ばした手を握り、今生の別れとなった。

手紙に限らず、丁寧に推敲《すいこう》された芳賀の文章は言語芸術として香り高い。絶品である。しかし徹という人間はさらに高雅だった。君の如き人を友とし得たことを私は生涯の幸福にかぞえる。君去るも温容髣髴《おんようほうふつ》として目に浮ぶ。いささか蕪辞《ぶじ》を連ね、謝意に代える。

春は名のみの風の寒さや、君去りて淋しきこの日

（二〇二〇・三・四）

石原慎太郎と大江健三郎

戦後日本を代表した二人の行動する作家の有為転変《ういてんぺん》を語りたい。

石原慎太郎（一九三二－二〇二二）は一橋大在学中の一九五五年、『太陽の季節』で、大江健三郎（一九三五－二〇二三）は東大仏文科在学中の一九五八年、デビューした。芥川賞が光り輝いていた頃だ。学生作家として出発した二人は、社会的発言も活発、世間の耳目をひいた。

現実直視・直言派の石原慎太郎

だが政治的立場は正反対。石原はナショナリスト、一九六八年、自民党から立候補、参議院選挙全国区でトップ当選した。一九七五年には社会党・共産党が推す美濃部亮吉と東京都知事の座を争い、敗れた。選挙の最中、「これで日本が共和制だと、この二人のどちらかが大統領になるわけだ」と私が言ったら、「それよりは天皇の方がいい」と新左翼の活動家学生が即座に答えた。その発言に実感があった。

石原は二〇〇〇年、都知事となるや九月一日、防災訓練に自衛隊の協力を要請した。すると「銀座へ戦車隊出動か」と騒がれ、『朝日新聞』も石原知事を冷笑した。だが多数国民は五年前、阪神大震災の時、社会党の村山首相が自衛隊の出動をためらい、あたら被害を大きくしたことを覚えており、マスコミの擬似《ぎじ》平和主義を次第に嫌うようになった。

国内外の現実を正視し、歯に衣《きぬ》着せず直言する石原への支持が増える。二〇一一年、東日本大震災の折、福島の原発事故の現場で、危険を冒し、破損した格納容器に放水したハイパーレスキュー隊員が帰京するや、石原知事は声涙ともに下る感謝を述べた。消防隊員の凛々《りり》しい表情に、往年の日本の勇士たちの面影を私は見た。戦後久しく忘れていた護国の長官と部下の姿であった。

護憲派の大江健三郎

米軍占領下で育った大江健三郎は。戦後イデオロギーのチャンピオンである。民主主義世代のイメージを鮮烈に提示し、時流に敏感に反応した。女子学生に向い自衛隊員と結婚するなと説き、文化大革命となれば紅衛兵を、大学紛争となれば造反学生を支持、翻訳調の日本語を書いて、ノーベル賞まで上り詰めた。だが日本の文化勲章の方は拒んだ。二〇一五年にも、半世紀前の安保反対と同じ「平和憲法を守れ」「戦争法案反対」と繰返し叫んで、国会周辺でデモの先頭に立ったが、支持者は激減、作家としても影が薄れた。

ここで巨視的に近代日本精神史を振り返る。明治大正期には森鷗外・夏目漱石の二人が屹立《きつりつ》した。

鷗外・漱石の全集を私は家に揃えた。しかし慎太郎・健三郎は無くていい。傑出した文豪として存在感のある鷗外・漱石に比べて、戦後派は品格・学識に欠ける。

だが戦後文壇では反体制が主流だったから、大江は大きな顔をした。大江が師と仰ぐ渡邊一夫以下の仏文学者たちもなにかとバック・アップした。石原は都知事となるや、都立大を首都大学に再編し、仏文科を廃止した。さては石原の意趣《いしゅ》返しか、と外国の学者から私は問い合わせを受けた。フランスでは反体制が売物のサルトルも死に、仏文科は日本でも人気は落ちたが、廃止せずともよかろう、と私も思った。

渡邊一夫が擁護した「理想」

では大江が師事した渡邊一夫は思想家として偉者か。戦時中に渡邊がフランス語で綴った日記は、醒めた目の観察が立派だ。しかし長男の渡辺格は父の容共的な見方を疑問視した。私も『戦後の精神史、渡邊一夫、竹山道雄、E・H・ノーマン』（河出書房）でそれにふれた。すると一読者が、渡邊と大江の対談「人間の狂気と歴史」を含む『思想との対話12　渡邊一夫　人間と機械など』（講談社、一九六八年刊）を貸してくれた。

渡邊はそこで、新教徒カルヴァンのたび重なる厳しい粛清や、そのひたむきな激しい防衛を釈明し、それをすべて新教徒の総本山ジュネーヴを是が非でも圧殺しようとした狂信的な旧教徒たちの圧力の結果だとして、さらに次のようなソ連弁護を述べた（ある教祖の話）。

「ある歴史家は、ソヴィエット・ロシアが第二次大戦前後、また特に戦後、あのように血の粛清を重ね、マキャヴェリスムの権化のようになったのは、スターリンの性格にもよるとしても、それ以外にソヴィエット・ロシアの「理想」を理解してやろうとせず、それを人間世界のものとして消化する意力もなく、ただひたすらソヴィエット・ロシアを恐れ、その徹底的な抹殺によってのみ生きようとして、技を練り術をみがいた周囲の国々の圧力の結果と考えられる点があるかもしれぬと申しています」。

「ある歴史家」とはノーマンか。私は、こんな理屈でソ連の「理想」を擁護した渡辺一夫やその弟子筋かと思うと、甘さ加減にがっかりした。優れたルネサンス研究者として後光がさす渡邊だが、よく読むとその平和主義はこの程度であった。しかし理屈と膏薬はどこにでもつく。早晩、これと似た論理で、習近平の「理想」の擁護をする日本人思想家や護憲屋も出るだろう。

（二〇二二・二・十六）

日本に必要な両棲類文化人

今日の学徒が目指すべき人間の理想

夏目漱石を鏡として後進の学徒はいかなる人間像を目指すべきか、理想を披歴したい。

漱石は東大教養学部の前身一高の生徒で留学後は同校の英語教授だった。その東大の外国語教師の私の同僚に亀井俊介がいた。亀井の『オーラル・ヒストリー』（研究社）を読むと偉才で、いちはやく就職、米文学専門の比較研究者として活躍、最後は英学教授漱石を論じ始めて、二〇二三年八月、九十一歳で亡くなった。

漱石の前任者ハーンを論じた *Ghostly Japan as Seen by Lafcadio Hearn* を私が贈ったところ「年長の大兄の生き生きした英語と内容に仰天」という礼状が最後となった。そこに亀井は漱石を勉強中、平川本を読むと感想が色々湧く。東大本郷でハーンに比べ漱石の講義が不評だったのはその通り。しかし漱石『文学論』は初めは批評理論に熱中し面白くないが「科学上の真」と「文学上の真」は違うと認め、それを具体的に作家・作品に即して語り出すや内容一新、後半はすばらしい。学者は真剣に文学を講じればハーンや漱石のように比較文学者にならざるをえない。亀井はこう私に同意を求めるが、贔屓《ひいき》の引き倒しは困る。公平な判断は亀井の遺著の公刊を待つことにし、漱石の再評価について私見をまず述べたい。

カナダで放送された『草枕』

一九八一年のクリスマス、カナダの大学宿舎でラジオをつけると、一人称で語る朗読が流れた。英国詩人シェレーを引用し「前を見ても、後ろを見ても、そこにないものにわれわれは物欲しげに憧れる」と言った。人間は怒ったり、泣いたりするが、雲雀《ひばり》は前後を忘却して歌う、とも言った。西洋の詩人は理屈っぽいな、と私が思うと、放送の話者も「嬉しいことに東洋には純粋詩歌がある」と話題を転じ、漢詩を次々と披露した。英訳だから固有名詞が聴きづらい。タオ・ユアンミン、My gaze wanders calmly to the Southern hills. と聞いた時は、あ、これは「悠然南山《なんざん》ヲ見ル」、陶淵明と察した。

それにしてもこの語り手は何者か。自信ありげに東西の詩を語る。耳をそばだてるうちにはっとした。「今宵泊る」と言った温泉地がナコイだからだ。インディアンの居留地ではない、奈古井だ。朗読は『草枕』の英訳抜粋だ。作中の話者は画家だが、このお喋りは漱石だ。その開陳される近代文明批判の面白さに私は聞き惚れた。

漢学少年漱石

漱石は初め漢学少年で、二松学舎で二年間漢籍に熱中した。大学生の時に漢文で書いた房総紀行『木屑録』にその漢学歴を書いている。「余、児タリシ時、唐宋ノ数千言ヲ誦シ、喜ンデ文章ヲ作爲《つく》ル。或ハ意ヲ極メテ彫琢シ、旬ヲ経テ始メテ成リ、或ハ咄嗟、口ヲ衝《つ》イテ発シ、自ラ澹然樸氣《ぼくき》アルヲ覺ユ。竊《ひそか》ニ謂《おも》ヘラク、古ノ作者、豈臻《いた》リ難《がた》カランヤ、ト遂ニ文ヲ以テ身ヲ立ツルニ意アリ」。ところが篋中《きょうちゅう》にしまった原稿をしばらくして読み返すと「皆観ルニ堪ヘズ」。以前自分に文才があると思ったがとんでもない。文章で身を立てるなど、若気のいたりと赤面自失した。

しかし同級の正岡子規は『木屑録』の漢文に驚嘆する、「西ニ長ゼル者ハ、概ネ東ニ短ナレバ、吾兄モ亦當ニ和漢ノ學ヲ知ラザル可シ、ト而ルニ今此詩文ヲ見ルニ及ンデ、則チ吾兄ノ天稟《てんぴん》ノ才ナルヲ知レリ」。英文もよくする夏目はなんと漢文も自在に駆使する人だった。現に漱石は熊本時代に「眼ハ識ル東西ノ字」と漢詩に書いた。

海陸両生動物

漱石の英国留学は失敗とはほとんど定説らしい。令和五年の『文藝春秋』九月号の巻頭随筆でも、鷗外のドイツ留学の成功と比較された。漱石認識はその程度で固着したらしいが、そんな低次元の見方は、文系日本人留学生多数のぱっとしない西洋体験の反映ではないか。その結果、近代日本についての日本人の自己認識が歪んだまま固着したら不幸である。

漱石や鷗外は、彼らが生きていた時期に、地球的に見て、最上級の知識人だった。この種の番付は、お国自慢に堕しやすい。しかしカナダで放送を聴いたころから、私の漱石観は変わりだした。漱石は「明治維新の丁度前の年に生れた人間で……中途半端の教育を受けた海陸両生動物のやうな怪しげなもの」と謙遜した。だが、漢学も英学も、漱石の水準に及ぶ人は少ない。

ロンドンでの不幸は漱石が東洋知識をわかちあう友人に恵まれなかったことだ。しかし二十一世紀は、二本足の教養人が、地球儀を俯瞰して、東西南北から語りあう時代である。今の北京には「焚書《ふんしょ》ノ灰裏《かいり》　書ハ活《い》クルヲ知リ、無法界中《むほうかいちゅう》　法ハ蘇《よみがえ》ルヲ解ス」と聞けば、頷く知識人もいるだろう。

日本の大学は多種多様の海陸両生の英才才媛をもっと育てるがいい。一番高い木の根は一番深い。人文学の出来不出来は、研究者の教養基盤の深さに左右される。漱石のような両棲類的人物を、東西の古典を教えることにより、大学は計画的に養成すべきではあるまいか。（二〇二三・十・十六）

伊東俊太郎博士との学際的交流

九十三歳で二〇二三年九月に亡くなった比較文明研究の科学史家で東大名誉教授、伊東俊太郎博士は、旧制東京高校から東大哲学科卒、昭和三十年代、米ウィスコンシン大に留学、ユークリッドがラテン語に訳された過程を研究、記録的な速さで論文を書いた。

二十代の日本人がギリシャ語、アラビア語、ラテン語の文献を読み、研究成果を英文でまとめた壮挙で、米国の大家が驚いたのは当然だ。学問世界に颯爽《さっそう》と登場、帰国して東大駒場に新設された科学史の助手となった。

理科的な詩人ダンテ

私は遅れて外国語教室の助手となった。一つ年上の伊東氏とのつきあいで啓発された。伊東氏はアラビア科学がヨーロッパに与えた影響に着目していたが、私が『神曲』を訳し、ダンテの理科的発想について話すと、「平川さんは出身は理科ですね」とすぐに私の学問的背景を見破った。

地獄めぐりの途中、三途《さんず》の川を渡るとき、案内のウェルギリウスが小舟に乗っても吃水線《きつすい》に変わりはない。しかし、ダンテが乗るや、初めて荷を積んだように舟はかしぐ。そして、「古色蒼然《こしょくそうぜん》とした舳《へさき》は常よりも深く水を切って進みだした」。普通は読み過してしまうこの描写には含みがある。先達のウェルギリウスは紀元前に死んだ古代ローマ人で、肉体を地上に遺《のこ》してきた魂だから、あの世では重さがない。しかし、いま西暦一三〇〇年、ダンテは生き身のまま地獄をめぐる。肉体の重みで舟がかしいだことがさりげなく書かれている。そんな雑談をしたら、「ダンテの中の科学者と詩人」について科学史教室で発表するよう招かれた。

伊東氏は巨視的な見方で文明間の刺戟伝播《でんぱ》を口にした。強烈な印象を聴衆に与える。私は微視的にその場で生じる刺戟伝播を感じた。

司会上手で、相手の長所を拾い、議論を盛りあげる。伊東氏の前だと内外の学生が気楽に自由に話し出す。教育者として非常な美徳だ。天性、実に明るかった。

自由自在な伊東氏への批判はあった。色々な外国語に頭を突っ込み、「学生よりは出来るだろうが、アラビア語の力はどの程度かね」との陰口は絶えなかった。

しかし、パリから地理学者が来た際、講演の途中、伊東氏が一度研究室へ戻って辞書を引いてからまた席に戻り、おもむろに質問した。その時は「偉い」と思った。そんな積極性のある伊東氏は外国の大学によく招かれ、評判が抜群によかった。

比較文明史家の登場

もっとも自分の関心に問題を引き寄せるから、周囲は時に閉口する。西義之氏が「革命」のテーマで雑誌『批評』の特集をした。編集者の念頭にあるのはフランス革命やロシア革命など暴力革命やそれに類する学生騒動だが、伊東氏は西暦紀元前の農業革命、都市革命という文明史観を展開した。

一九七四年、講談社『人類文化史　全7巻』に伊東氏は『都市と古代文明の成立』を、私は『西欧の衝撃と日本』を書いた。伊東氏が比較文明史家として広く知られたのは当時からである。科学史、西洋古典で教えていたが、比較の大学院でも教えたいという。比較文明論の授業かと承知したら、なんと『源氏物語』を教材にした。これには驚いた。しかし、大学には学問の自由がある。主任といえども何は教えるな、と命令する権限はない。さらに驚いたのは、日本古典に疎《うと》い学生だけでなく、本郷の国文科の大学院生も聴講に現れて「変だ、変だ」といいながらも面白がっていたことである。

文系と理系両能力に恵まれる

伊東氏は型破りだが、上皇陛下が皇太子殿下の時、赤坂の御所でお話ししたことがある。「十五分がせいぜいですよ」とお付の人から注意があったが「お話し申し上げます」というや、五十五分間話し続けた。陪席した私はもう啞然《あぜん》としたが、そのとき伊東氏に合槌を打ったり、固有名詞を訂正されたりするのは若き日の上皇陛下お一人だった。

直されたときはさすがの伊東氏も一瞬はっとして口を噤《つぐ》んだが、中東各国の王朝の変遷や栄枯盛衰を日嗣《ひつぎ》の御子《みこ》はまことによくご存知で、みな感心した。時間を越えてお二人の丁々発止《ちょうちょうはっし》に聞きほれたのである。

伊東氏は京都の国際日本文化研究センターでも水を得た魚のごとく活躍した。文系と理系の両能力に恵まれ、そこで知性と感性をフルに発揮することを得たのだろう。晩年は麗澤大学に十二年勤め、『伊東俊太郎著作集』はその出版会から出た。

八十歳になっても伊東氏は学会組織者として精励恪勤《かっきん》、七十九歳の講演者の私のために司会、傍聴、質問、討議、歓迎の宴へと案内した。さらに私の発表を大学の雑誌に掲載するべく録音から起こしてゲラまで送って頂いた。

大学人はとかく同業で固まり、排他的になる。幸い私は東大駒場で学際的なご縁で他業の人にも救われ、多くを学ばせていただいた。優れた同僚をしのび、一文を草し、感謝の微意を表する。

（二〇二三・十一・六）

雉子車
瀬高　清水寺

おわりに

私は一九九二年から十数年間、東京と九州を往復して暮らした。九州の新聞コラムに規則的に書き始めたのもそのころで、私の随筆集『書物の声　歴史の声』はそんなご縁で、福岡の弦書房から小野静男さんの編集で二〇〇九年に世に出た。当時の私が『熊本日日新聞』に毎週書いた文章に家内が添えた挿絵も何点か生かされた。平川家にはたいへんなつかしい一冊である。そのとき記事は拾えたが挿絵は代わりを載せたのに次の一篇がある。この《保育園の秋祭り》は十七年前のことだった。

私は七十六だが今でも毎週東大駒場キャンパスへ通っている。というと「さては勤勉な、書物の虫の図書館通いか」と人は思うだろう。が、さにあらず。毎週一回、大学の隅にある保育園へ孫を迎えに行くのが私の役目である。家から私なら二十五分、五歳の百合子はよく歩く方なので三十五分の距離である。火曜は午後六時、保育園でタイム・カードを押すと、二人はまわり道して上原中学の温水プールへ寄る。もう職員とは顔馴染みで、先週はロッカーで忘れた百円銀貨が戻ってきた。そこで「ジージ」は孫と四十分ほど水に漬かる。孫は半年ほどの間に身長が伸び目下、深さ九十センチの辺りでバシャバシャしている。ジャクージにもゆっくり漬かる。

それから外へ出ると、孫は私の携帯電話で母、すなわち私の次女に、勤務先から戻ったか否か確かめる。「規子、もう帰った？　御飯できた？　今晩の御飯なあに？」三十年ほど前、米国の一部の家庭で子供が親をファースト・ネームで呼ぶのがいて、ひどくとまどったが、そんな風習がまさか身辺にまで入り込むとは予想もしなかった。

駒場保育園の秋祭りには子供たちに倍する多くの父母が集まる。親馬鹿の最たる平川家は曾祖母まで四代が集まる。親が先頭に太鼓を叩き、踊りをおどる。写真を撮り、模擬店を楽しむ。私の長女の二人の子もここの卒園児、いわゆる「駒場っ子」で一人はもう小学六年だが保育園が懐かしい。毎年祭りに参加する。長女はかつて父母会の旗振りで、保育園の行事を熱心に手伝ったから、新しい園児のお母さんに職員と勘違いされたことがある。その婿も参加する。昔は大学構内の廃屋で始まった保育園だが、男女共同参画法案が通って予算がつき、建物が立派になった。それを婿が設計して新しく建てたのである。

家内の母は九十一だが、夫が昔駒場につとめ、戦時中は一高の職員室まで弁当を届けたことがあるという。それで曾孫も可愛く駒場もなつかしい。家内に鎌倉から車椅子を押してもらって参加した。ただ同じキャンパスとはいえ、近年は新建築が林立し、昔の面影はない。そ

れでも銀杏が大きくなった弥生道の向うの本館には見覚えがあった。かつての生協食堂は姿を消し、いまや洒落たイタリア料理店がガラス張りの建物に入っている。十六歳から六十歳まで駒場にいた記録保持者の私だが、その私にもそこはトイレも綺麗で別天地である。レストランで休んで世にも貴重な書物を読む。それは保母さんが毎日つけてくれる孫の記録だ。赤い表紙がぼろぼろになった保母と母と子の対話の記録は尊く有難い。この保育園は、文句をいう親もいるらしいが、子供たちに泥んこ遊びもさせる。そうした教育方針を徹底させた保育園は立派だ。「ここならいざという時、保母さんたちは身を挺して子供を庇ってくれる」と長女がいった。「三つ子の魂百までも」というが、良き保育園の五年間の教育は、良き大学の四年間の教育に優るとも劣らぬ価値がある。

すると一読者からこんな葉書をいただいた。

前略　熊日の『書物と私』の《保育園の秋祭り》拝読いたしました。
お孫さんとの週一回の楽しい過ごし方が目に浮かびました。なお、百円銀貨が戻ってくる職員との交流?もホットさせられました。秋祭りの貴家四代のご様子も楽しく、ほのぼのとしたもので笑ってしまいました。保育園との対話記録と泥んこ遊びには感心しました。拝読しまして自分の子供達の保育園時代をなつかしく思いだしました。「さし絵」はあらうまだけに、「あら!うま!!」でした。きっとおじいちゃんの文章に孫の絵は、良い思い出になります。草々心にしみるおはがきであった。著者の執筆背景がこれで良くお分かりかと思う。そのことのためにも、前回は没にした孫の秋祭りのあらうまの絵をここに復活させていただく。九十三歳の私は『歴史を複眼で見る』を一冊に編むことができて嬉しい。随筆の取捨選択には知友尾川俊宏、清水三美子とともに、この百合子の意見も聴取した。私の文章を読んで下さる内外の皆様にお礼申し上げる。

二〇二四年九月

平川祐弘

著者略歴
平川祐弘（ひらかわ・すけひろ）
一九三一年、東京生まれ。東京大学名誉教授。比較文化史家。フランス、イタリア、ドイツに留学し、北米、フランス、中国、台湾などで教壇に立つ。『小泉八雲　西洋脱出の夢』（新潮社／講談社）、『東の橘　西のオレンジ』（文藝春秋、サントリー学芸賞）、マンゾーニ『いいなづけ』（翻訳・河出文庫、読売文学賞）。著書に『和魂洋才の系譜』（平凡社ライブラリー）、『ダンテ『神曲』講義』（河出文庫）、『ルネサンスの詩』（沖積舎）、『アーサー・ウェイリー『源氏物語』の翻訳者』（白水社、日本エッセイスト・クラブ賞）、『西洋人の神道観』（河出書房新社、蓮如賞）『竹山道雄と昭和の時代』（藤原書店）、『平川祐弘著作集』（勉誠出版）、『Japan's Love. Hate Relationship With the West』（Brill）『Ghostly Japan as Seen by Lafcadio Hearn』（Bensei Publishing）

歴史を複眼で見る
——平川祐弘随筆集　2014～2024

二〇二四年十月三十日発行

著者　平川祐弘
発行者　小野静男
発行所　株式会社　弦書房
（〒810・0041）
福岡市中央区大名二—二—四三
ELK大名ビル三〇一
電話　〇九二・七二六・九八八五
FAX　〇九二・七二六・九八八六

組版・製作　合同会社キヅキブックス
印刷・製本　シナノ書籍印刷株式会社

落丁・乱丁の本はお取り替えします。

ISBN978-4-86329-296-3 C0095